LE DIEU GUERRIER

ELIZA RAINE

À tous ceux qui ont le sentiment de ne pas être à leur place.
Votre tribu existe quelque part...

UN

BELLA

— Bella, s'il te plaît, pose-moi !

Mon pouls battait tellement fort que j'entendis à peine les mots, mais je connaissais la voix.

— Bella, au risque d'insister, j'apprécierais vraiment beaucoup que tu lâches mon cou...

Je voyais trouble en raison de la brume rouge qui m'entourait, et je peinai à voir l'homme devant moi, cloué au mur par ma main en travers de sa gorge.

Mais je connaissais sa voix.

— Bella, s'il te plaît !

La voix était rauque et étouffée mais...

— Joshua ! m'écriai-je, reconnaissant enfin l'homme devant moi.

La fureur qui faisait rage en moi se dissipa et je le lâchai immédiatement, soudain rongée par la culpabilité.

— Merde, merde, merde ! J'ai recommencé, n'est-ce pas ?

Joshua glissa le long du mur rose poudré en face de moi, serrant sa gorge, les yeux rouges.

— Oui... Tu as recommencé... souffla-t-il avec difficulté.

— Pourquoi ? Pourquoi suis-je comme ça ? gémis-je avec amertume, m'accroupissant à ses pieds tandis qu'il se laissa glisser au sol, à bout de souffle.

— La thérapie va t'aider, Bella, me réconforta-t-il, clignant lentement des yeux et se tordant le cou alors que nous retournions vers son bureau.

Comme chaque fois que je venais le voir, je m'assis sur le long canapé en face de lui.

— Mais cela fait maintenant des mois que je te vois, et je ne vais toujours pas mieux.

Je sentis la colère m'envahir à nouveau. J'étais profondément frustrée de ne pas pouvoir, et cela me faisait enrager. J'avais découvert, au cours de ces derniers mois, que la frustration était le meilleur terreau de la colère.

— Apprendre à gérer sa colère est un long processus. Tu t'en sors très bien, dit Joshua en s'asseyant sur sa chaise.

Je penchai la tête vers lui, sentant l'adrénaline que provoquait ma peur de devenir folle, courir dans mes veines.

— Combien de fois vas-tu me laisser t'attaquer avant de m'abandonner ? murmurai-je.

En réalité, je n'avais pas envie d'entendre sa réponse. Il était le seul homme qui ait jamais essayé de m'aider, et je ne pouvais pas supporter de le voir souffrir à cause de moi qui essayais sans cesse de l'étrangler, sans pouvoir me contrôler.

— Je suis plus fort que j'en ai l'air, Bella. Je ne te laisserai pas tomber.

Il m'adressa un sourire bienveillant, la tension ayant

maintenant disparu de son visage, et j'avais terriblement envie de le croire.

Je savais qu'avoir une relation avec son psy était impossible, mais je ne pouvais m'empêcher d'être attirée par lui. Il était tellement sexy avec ses cheveux noirs bouclés tombant sur son front, et ses yeux noisette si calmes et apaisants. Quand il posait son regard sur moi, mon énergie bouillonnante s'apaisait instantanément. Et, pour ne rien gâcher, il était grand et musclé. Mes yeux parcoururent son corps.

Épaules larges.

Biceps bombés.

Grosse marque rouge sur son cou...

Mon œuvre ! pensai-je, dépitée.

La culpabilité me rendait malade, me tordant le ventre. Joshua était la seule personne qui était là pour moi ; comment pouvais-je lui infliger ça ?

Mais la vérité était que je n'y pouvais rien. Lorsque la brume rouge apparaissait autour de moi, je n'étais plus Bella, cette humaine plutôt agréable même si un peu survoltée. Non, je devenais une espèce de folle furieuse. Avec une force incroyable. C'était comme si ma colère me rendait physiquement plus puissante, au point d'en devenir dangereuse. Toute pensée rationnelle disparaissait, laissant place à mes instincts les plus féroces.

Et le pire, c'était que, dans ces moments-là, j'aimais cette force que je sentais en moi. Je la désirais, même. D'ailleurs, plus jeune, je n'avais jamais essayé de la combattre. Ce sentiment de puissance et de contrôle était alors presque devenu une drogue, et je laissai mon désir de violence se déchaîner. À l'époque, je me délectais de chaque combat que je remportais, sans me soucier de savoir si mon adversaire méritait ou non le sort que je lui infligeais. Chaque fois qu'une personne me sous-estimait, avec mon mètre cinquante-deux, mon visage d'ange, et mes cheveux blonds, je prenais un plaisir immense à pulvériser ses préjugés. Et je ne pulvérisais pas seulement ses préjugés ; je la pulvérisais. Elle ou lui. Il n'en restait plus que des miettes.

Lorsque je devins majeure et que les flics commencèrent à ne plus me laisser partir sans m'inquiéter, je dus me résoudre à plus de prudence. Mais je ne m'arrêtai pas pour autant...

C'est ainsi que, alors que je continuais de participer à des combats clandestins, je finis par écoper de six mois de prison ferme. Mais même là, je continuai. Je me battais avec mes codétenues, jusqu'à ce qu'on me place à l'isolement.

Ce fut à ce moment que je me lassai. La solitude était insupportable, et je fus gagnée par une profonde tristesse. Malgré tout, le fait de ne plus pouvoir me battre me permit, pour la première fois, de réfléchir à ma vie. Je réalisai alors que je devais absolument canaliser ma colère, et que je devais m'en servir pour une cause juste. Je décidai alors de me battre uniquement contre des personnes qui le méritaient.

— Parle-moi de tes parents adoptifs, me demanda Joshua.

— Mais... Et si ça me déclenche une nouvelle crise ?

— Je prends le risque, répondit-il doucement. Il faut absolument que nous résolvions tes problèmes.

Je secouai la tête.

— Non. Non... Je crois que nous ferions mieux d'arrêter là pour aujourd'hui. Je t'ai fait suffisamment de mal !

— Tu n'es pas une mauvaise personne, Bella. La colère

qui t'envahit parfois est un phénomène chimique, elle ne fait pas partie de ton âme. Souviens-toi toujours de ça.

Je ne répondis rien. Parce qu'il avait tort. Mon problème n'était pas chimique. C'était plus que cela, j'en étais certaine. Je savais depuis toujours que quelque chose n'allait pas chez moi.

Joshua soupira.

— Est-ce que tu veux participer à la session de groupe aujourd'hui ?

Je détestais la thérapie de groupe. Tous ceux qui y participaient m'énervaient. Mais Joshua insistait pour que j'y prenne part, me répétant que c'était bon pour moi. Après ce que je venais de lui faire subir, je ne pouvais pas refuser...

— Bien sûr, dis-je, à contrecœur.

— Super ! Et tu es sûre que tu ne veux pas que nous continuions maintenant ?

— Certaine ! confirmai-je.

Car j'avais envie comme de me pendre de parler de mes salauds de parents qui m'avaient abandonnée, et des familles d'accueil dans lesquelles j'avais été placée pendant plus de dix ans, alors qu'elles n'avaient de « familles d'accueil » que le nom et qu'elles étaient davantage intéressées par l'argent que par les enfants.

— Je vais aller faire un tour rapide du pâté de maisons pour évacuer mon énergie, jusqu'à ce que la thérapie de groupe commence.

— Bonne idée, sourit-il. Rendez-vous dans vingt minutes, alors !

~

— Tu es une humaine géniale, tu es une humaine géniale ! me répétai-je comme un mantra alors que je remontais Fleet Street, évitant les touristes et faisant de mon mieux pour ne pas leur balancer mes commentaires impatients.

Mais comment faisaient ces crétins pour bouger aussi lentement ?!

Peut-être devais-je déménager ? Londres était une véritable fourmilière et il y régnait une énergie franchement négative. Ce qui n'était pas fait pour m'aider à me calmer !

Mais je ne me voyais pas du tout quitter Londres. Non pas que j'y avais de la famille, ni même des amis – je n'avais pas d'amis, et encore moins de famille. Non, je ne me voyais pas quitter Londres en raison de ses théâtres.

Depuis que – cela faisait maintenant dix ans – j'avais emménagé en Angleterre, quittant les États-Unis et mon New Jersey natal, j'économisais tout l'argent que je gagnais, entre petits boulots de merde et combats clandestins, pour aller voir des pièces de théâtre. Je n'avais pas suffisamment de patience pour lire, ni pour regarder des films en entier mais, en revanche, le théâtre me fascinait. Chaque pièce, chaque comédie musicale, que j'allais voir me nourrissait. Lorsque j'étais dans le noir, les yeux rivés sur les acteurs, je ressentais une puissante empathie ; c'était comme si j'étais littéralement happée par les histoires qui se déroulaient sous mes yeux, avec une puissance et une énergie inouïes.

Non, vraiment, je ne pouvais pas quitter Londres. Même si, depuis que j'avais été virée de mon dernier job de merde, je n'avais plus les moyens d'aller au théâtre. Mais, au moins, j'avais appris quelque chose sur moi : je n'étais pas faite pour être serveuse dans un bar. Servir des trous du cul ivres m'était impossible ; j'avais envie de tous les tuer.

J'inspirai profondément en accélérant le pas.

Je trouverais un autre travail. Bientôt. De toute façon, je n'avais pas le choix si je ne voulais pas que mon chat famélique et moi finissions dans la rue...

— Tu es une humaine géniale, me répétai-je en serrant les dents, lançant mon majeur en direction d'un cycliste qui faillit me faire tomber en me doublant et en ravalant mon désir de l'insulter.

De retour au cabinet de Joshua, je me dirigeai directement vers les toilettes et changeai de t-shirt. Je défis mon chignon et passai mes mains dans mes cheveux pour tenter de les arranger et d'être jolie, mais je laissai finalement tomber et me regardai fixement dans le miroir.

Comment un homme que j'agressais régulièrement et qui savait le monstre que j'étais pouvait-il s'intéresser à moi ?

Je poussai un long soupir. Au moins, il *savait* que j'étais un monstre. Contrairement à tous les autres connards avec lesquels j'étais sortie qui découvraient, au hasard d'un faux pas, la folle que je pouvais devenir. Alors, ils nous plantaient, moi et mon agressivité, et prenaient leurs jambes à leur cou.

Mais Joshua... Il y avait quelque chose dans ses yeux quand il me regardait, j'en étais sûre. Quelque chose de plus profond qu'une simple attention professionnelle. Il tenait à moi.

— C'est ça... Continue de te bercer d'illusions, espèce de folle, marmonnai-je à moi-même.

Mais c'était la peur qui parlait. Je le savais désormais ;

c'était lui qui me l'avait appris, au cours de nos séances. Ma peur se manifestait sous forme d'agressivité verbale et physique.

En réalité, j'avais peur que, si je lui avouais mes sentiments, il me rejette et que je ne puisse plus lui faire face. Je le perdrais alors. Non seulement lui, mais aussi l'aide précieuse qu'il m'apportait.

En même temps, je ne pouvais m'empêcher de me dire que ma vie serait merveilleuse s'il ressentait la même chose que moi. Imaginer avoir quelqu'un avec qui partager chaque instant du jour et de la nuit. L'imaginer en train de m'embrasser...

Je me redressai et pris ma décision : j'allais lui dire ce que je ressentais.

De toute façon, s'il n'était pas intéressé, je savais qu'il ne réagirait pas mal pour autant. Ce n'était pas son genre. Je rentrerais simplement chez moi les yeux rougis, je m'empiffrerais de glace, et je passerais plusieurs heures à frapper mon punching-ball. Et puis peut-être que je l'éviterais pendant quelques semaines. Mais ce n'était finalement pas si terrible...

Mais s'il était intéressé... Ces yeux tendres, cette voix douce, ces mains viriles...

L'espoir prit finalement le pas sur la peur et je me résolus à aller jusqu'au bout. J'allais avouer à Joshua mes sentiments pour lui !

J'étais en avance et, lorsque j'ouvris les doubles portes de la salle de réunion, il n'y avait personne d'autre que lui et moi. Mon cœur martelait dans ma poitrine, mais je ne me décourageai pas. J'étais déterminée à le faire, à lui dire ce que je ressentais. Peut-être pas que j'étais amoureuse de lui – je ne voulais pas lui faire peur – mais qu'il me plaisait, en tout cas.

Joshua partageait son temps entre son métier de professeur de psychologie à l'université, et celui de thérapeute spécialisé dans la gestion de la colère. L'université lui avait donné l'autorisation d'utiliser son bureau pour des séances individuelles, ainsi que l'une de leurs salles de réunion pour ses séances de groupe. Je n'étais jamais allé à l'université. *Surprise, surprise...*

Malheureusement, le bureau de Joshua n'était pas situé dans l'une des magnifiques universités anciennes de Londres et qui donnaient à la ville un air de conte de fées. Lui donnait des cours dans une sorte de monstruosité en béton construite dans les années 70, et la salle de réunion était un espace vide et ennuyeux – d'autant plus laid qu'il était grand – rempli de chaises en plastique bon marché.

Je trébuchai en atteignant le cercle de sièges qu'il avait disposé pour nous, « les fous », au milieu de la pièce, et je le découvris allongé par terre, au milieu du cercle.

— Joshua ?

Je me précipitai vers lui et tombai à genoux, sur le point de le retourner, lorsque je m'aperçus de la flaque de sang qui s'était répandue sous lui. Je me figeai. J'étais incapable de faire autre chose que de regarder, hagarde, le liquide rouge se répandre et s'approcher de mes genoux. C'était surréaliste !

Puis, soudain, je repris mes esprits et analysai la situation. Si le sang était en train de couler, cela voulait dire qu'il venait juste d'être blessé.

Je bondis sur mes pieds, les poings serrés et les muscles contractés, prête à me battre.

— Où es-tu ? hurlai-je en direction de l'inconnu qui devait être là. Montre-toi !

L'air devant moi se mit à scintiller, puis il y eut un

éclair blanc aveuglant. Instinctivement, je couvris mes yeux avec mes mains, et je sentis la colère m'envahir.

J'étais prête à me battre.

Je laissai retomber mes bras et clignai des yeux rapidement, essayant d'y voir clair.

Lorsque ce fut le cas, je restai bouche bée.

Un homme se tenait de l'autre côté de Joshua. Un homme qui ne ressemblait à aucune des personnes que j'avais vues dans ma vie.

Il mesurait largement plus de deux mètres et portait une armure dorée étincelante. On aurait dit un soldat romain, avec son casque brillant orné d'un panache rouge, ses bras et ses jambes exagérément musclés, avec des veines ultra-saillantes comme celles d'Arnold Schwarzenegger.

Il tendit son pied chaussé d'une sandale, et poussa Joshua.

— Je t'interdis de le toucher ! criai-je en me précipitant vers lui. Pourquoi as-tu fait ça, putain ?

Les yeux dans le casque me fixèrent.

— Je vois que tu me défies au lieu de chercher à le sauver ? Parfait... C'est donc que tu es bien celle que je cherche, me dit l'homme d'une voix grave et abrupte.

Ses paroles me saisirent et je réalisai qu'il avait raison : je devais aider Joshua ! Immédiatement, et sans jamais quitter le géant des yeux, je pris mon téléphone portable dans la poche arrière de mon jean et le déverrouillai.

— Putain ! Ne bouge pas ! Je ne sais pas pourquoi tu as fait ça, mais j'appelle la police !

L'homme ignora mon ordre, et retourna Joshua avec son pied. Il y eut un horrible bruit de craquement d'os et de chair, et je découvris avec horreur que Joshua était recouvert de sang, les yeux ouverts et fixes. J'étais tétanisée.

— Il est mort ? Putain, je vous en supplie, sauvez-le... Ne le laissez pas mourir ! implorai-je l'inconnu, des larmes plein les yeux.

— Oui. Il est mort.

Je sentis une vague de vertiges me submerger, et mon estomac se retourner.

— Non, non, ce n'est pas possible ! m'écriai-je.

Je tombai à nouveau à genoux, et posai mon doigt sur son cou à la recherche de son pouls.

Il n'y avait rien.

— Il a quitté son corps humain. Pour vous, les humains, il est mort. Et la police va penser que c'est toi qui l'as tué.

— Quoi ? Mais... Comment ça ?

— Il n'y a que toi, ici, avec le corps. Et les policiers humains sont des imbéciles...

— Les « *policiers humains* » ? Mais vous êtes qui, putain ?

Alors que je fixai le géant en armure, je sentais ma tête tourner, la brume rouge troublant ma vision. Cela ne pouvait pas arriver.

— Je suis Arès, le dieu de la Guerre.

— Arès ? Quoi... Le dieu grec ? Putain... C'est quoi ce truc !

— Oui, le dieu grec. Et arrête de dire putain. Ce n'est pas très féminin !

— « Pas très féminin » ? hurlai-je en me relevant. Pourquoi l'avez-vous tué ?

— Espèce d'idiote. Je ne l'ai pas tué. Et, je te le répète, seul son corps est mort. Son âme s'est envolée et a rejoint l'Olympe.

Mes jambes devenaient de plus en plus faibles, mais une montée d'adrénaline me tint debout.

— Bon, arrête ton baratin et dis-moi ce qui s'est passé !

Le géant me fixa quelques secondes, puis soupira.

— Je suis Arès, le dieu de la Guerre. Et tu es Ényo, déesse de la Guerre. Je ne l'ai pas tué, mais je suis ici pour te tuer, toi.

DEUX

Toute personne normale, en entendant un géant lui dire qu'il voulait la tuer, se serait enfuie sans se retourner. Mais fidèle à mes habitudes, je restai là, devant lui, les poings serrés et la brume rouge autour de moi.

— Vas-y, essaye, grognai-je.

Toute ma raison m'avait quittée. Je ne pensais ni à Joshua, ni à la police, ni à la manière dont ce type avait pu apparaître de nulle part. Même ce qu'il venait de me dire – que j'étais une déesse – ne m'intéressait pas. Je n'étais plus que colère et violence, comme une bombe prête à exploser.

Il est peut-être plus grand que moi, mais j'étais plus forte que je n'en avais l'air. *Beaucoup plus forte.* Et je n'étais pas à cheval sur la loyauté...

Lentement, il tira une épée brillante du fourreau attaché à sa taille. Elle était presque aussi grande que moi, et je dus admettre que je fus déstabilisée. Je n'avais jamais combattu quelqu'un avec une épée auparavant.

Mais il y avait un début à tout !

Je me mis en position, pliant les genoux et levant les poings. J'étais prête.

— Tu ne t'enfuis pas ? me demanda-t-il, toujours avec le même calme.

— Non, sûrement pas, espèce de connard ! Je vais te garder ici jusqu'à ce que la police arrive.

— J'aurais disparu lorsqu'elle arrivera, et c'est toi qu'ils arrêteront, déclara-t-il d'un ton moqueur qui m'horripila.

— C'est ce qu'on va voir, crachai-je, même si une partie de moi savait qu'il avait raison.

Mais cette partie de moi n'avait aucun contrôle sur le reste de mon corps.

Mes jambes vibraient de toute l'énergie que j'avais refoulée ces derniers jours, et ma vision était maintenant complètement rouge.

Le géant leva son épée.

Puis, un éclair de lumière verte remplit la pièce, et une nouvelle silhouette apparut, juste devant moi, petite et... poilue. Sous le choc, je clignai des yeux, tandis que le géant rugit de colère.

— Zeeva ? balbutiai-je.

Ma chatte était assise, là, entre moi et le géant.

Ma chatte siamoise à poil court, trouillarde et mangeuse de thon. Juste assise là, comme si tout était parfaitement normal.

— Putain, qu'est-ce que c'est que ce putain de bordel ? grommelai-je en écarquillant les yeux.

Que l'homme dont j'étais secrètement amoureuse vienne d'être assassiné par un géant en armure était encore quelque chose que mon cerveau assoiffé de violence pouvait gérer. Mais que ma chatte apparaisse de nulle part, en plein milieu d'une scène de crime... Non... Ça, ça ne faisait pas partie de mon logiciel.

C'était trop.

Lorsque Zeeva se tourna vers moi et posa ses yeux ambrés dédaigneux et distants sur moi, je baissai les poings, complètement désarçonnée.

— *Bella, tu es ridicule !* résonna une voix de femme lancinante dans ma tête. *La prochaine fois qu'un dieu veut se battre contre toi, je te conseille de partir en courant !*

J'ouvris la bouche pour parler mais aucun son ne sortit.

J'avais l'impression d'être devenue folle. Folle à lier. Ou alors, j'étais en train de rêver ? Peut-être que rien de tout cela ne se passait réellement, et que Joshua allait bien ? Peut-être qu'il me rendrait visite à l'hôpital psychiatrique ?

Ou pas...

Zeeva commença à scintiller d'une couleur turquoise et je la regardai, bouche bée et les yeux écarquillés, grandir devant moi, jusqu'à atteindre la d'un lion. Franchement, c'était flippant ! Heureusement, sa tête était restée celle d'un chat siamois, avec toujours les mêmes oreilles pointues et les mêmes yeux en amande, juste en un peu plus grand.

— Arès, tu ne peux pas simplement lui prendre son pouvoir en la tuant. Tu dois le mériter.

Cette fois, c'était sûr : la voix de femme était bien celle de Zeeva, et mes genoux étaient bel et bien en train de trembler.

— Tu ne comprends pas la gravité de la situation ! aboya Arès.

— Je comprends parfaitement. Héra m'a tout raconté.

Zeus t'a attaqué et tu as perdu ton pouvoir. Mais tu ne peux pas prendre celui d'Ényo sans l'avoir d'abord gagné.

Alors que je regardai le soi-disant dieu et ma chatte version XXL en train de discuter entre eux, je sentis ma bouche s'ouvrir et se fermer, comme celle d'un poisson rouge. Tout cela était complètement hallucinant !

Le géant jeta un regard noir à mon énorme chat, les yeux emplis de fureur, puis finit par remettre son épée dans son fourreau.

— Okay. Allons à l'Olympe, alors, lança-t-il.

Et toute une lumière blanche aveuglante scintilla autour de moi.

Après que la lumière se fut dissipée et que je vis clair à nouveau clair, j'eus, pour la deuxième fois en cinq minutes, l'impression d'être devenue folle ! Ou, plus exactement, cette fois, j'en étais certaine...

Je me tenais debout sur un sol en marbre blanc et tout autour de la pièce, à la place de murs, il y avait des flammes géantes. Et elles n'étaient pas orange, comme des flammes normales : elles étaient multicolores – avec du violet, du vert, et du rouge –, et vibraient au même rythme, comme une danse fascinante. Je les regardais, comme hypnotisée, lorsque quelqu'un toussa, attira mon attention. Je détournai alors le regard et fus encore davantage médusée par ce que je découvris.

Des trônes. Deux trônes, avec une personne assise sur chacun d'eux. Enfin... Une seule « personne », en réalité. Une belle jeune femme aux cheveux blancs, avec une robe verte et une couronne de roses aux épines dorées sur la tête. L'autre trône, celui apparemment fait de crânes effrayants, était occupé par une silhouette entièrement faite de fumée.

— Arès, qu'est-ce que tu as encore fait ? demanda une voix masculine et sifflante provenant de la forme de fumée.

— Comment as-tu pu te téléporter alors que tu n'as plus ton pouvoir ? ajouta la femme, qui posa immédiatement son regard doux sur moi et m'adressa un sourire. Ne panique pas, me dit-elle. Tu n'es pas folle, et tout ce que tu vois est bien réel. Tu finiras par t'y habituer...

Je tentai de lui répondre mais je ne parvins qu'à émettre une sorte de couinement. Pour la première fois de ma vie, je ne voyais plus la brume rouge et mon cerveau était comme figé, ainsi que mon corps. Tout cela me dépassait et, la femme avec la couronne de rose avait beau être adorable, je n'étais pas sûre que je pouvais croire ce qu'elle venait de me dire pour me rassurer.

— C'est Ényo, grogna le géant en armure, en me désignant. Son pouvoir de guerre a été partagé entre nous, avant qu'elle... ne se perde dans le monde des mortels.

Je le regardai en clignant des yeux.

— Quand je suis avec elle, je retrouve mes pouvoirs, car ce sont les mêmes que les miens.

Il éructait les mots comme s'ils étaient forcés de sortir de sa bouche.

C'est quoi ce bordel, putain ?!

— Les pouvoirs ont été partagés entre vous deux ? demanda la femme.

Arès hocha la tête.

— Oui, reine Perséphone.

Perséphone ? Mais... Donc, le gars en fumée sur le trône de crânes serait donc... Hadès ?

C'était fou ! Je m'intéressais un peu à la mythologie

grecque, comme tout le monde, mais de là à être plongée en plein de dedans...

— Pourquoi les pouvoirs ont-ils été partagés ? Vous êtes liés, tous les deux ?

Un cri étrange jaillit de ma bouche en entendant ces mots. C'était tellement absurde que cela me fit sortir de ma torpeur... Je n'avais rien à voir avec cette brute géante ! Je n'avais pas de famille de toute façon...

— Ah non, pas ça ! m'exclamai-je, à moitié en riant. Pour l'amour du ciel, ne me dites pas que je suis lié à... cet homme !

Le géant me lança un regard noir à travers la fente de son casque et, sans le vouloir, je remarquai la couleur de ses yeux. Ils avaient une teinte chocolat – riche et sombre – et semblaient... perdus.

— Nous ne sommes pas liés, reprit-il. Je dirais même que nous n'aurions pas pu être plus éloignés l'un de l'autre dans la lignée. Je descends de...

Il s'arrêta et prit une profonde inspiration.

— Je descends de Zeus. Elle descend d'un Titan inconnu.

— Quoi ? Je descends de qui ?

Mes sourcils étaient si arqués qu'ils me faisaient mal. Mais, surtout, je commençais à avoir la tête qui tournait. D'habitude, lorsque j'étais en colère, que je me préparais à un combat, ou que je faisais face à une situation inconnue, j'avais toujours une poussée d'adrénaline qui me permettait de rester maître de moi-même. Mais, cette fois, ce ne fut pas le cas.

Essaye de te dire que tout ça n'est qu'une pièce de théâtre, me dis-je pour tenter de me rassurer. *Ce sont des acteurs. Ne panique pas.*

— Attendez... repris-je. « Zeus », « un Titan », ma chatte qui parle...

Je mis mes mains sur mes hanches et fermai les yeux, inspirant profondément, pour éloigner le vertige qui devenait de plus en plus puissant.

— Mon seul ami vient d'être assassiné, et je suis à peu près sûre que c'est lui qui l'a tué, repris-je en rouvrant les yeux et en désignant l'espèce de soldat aux yeux chocolat à côté de moi. S'il vous plaît... Est-ce que quelqu'un pourrait m'expliquer ce qui se passe ?

Lorsque je me tournai vers Perséphone, elle fixait Arès, et une faible lueur verte vibrait autour d'elle.

— Est-ce que tu as tué un mortel ? lui demanda-t-elle d'une voix d'acier.

— Non ! Il était déjà mort. Et, en plus, ce n'était pas un mortel. Il y avait de la magie autour de lui. C'est un gardien ! Seul son corps humain a été détruit, mais lui est toujours vivant !

« Détruit »... Comme si Joshua n'était qu'un objet ! Mais je tâchai de ne pas prêter attention à la forme et de me concentrer sur le fond. Je devais comprendre et trouver un sens à tout cela...

— S'il n'est pas mort, où est-il ? Qu'est-ce qui se passe, bordel ? dis-je, plus fort cette fois.

J'étais tellement frustrée de ne pas comprendre !

— Désolée, Ényo, dit Perséphone, avec un petit signe de tête.

— Bella ! la rectifiai-je sèchement.

Mais je regrettai aussitôt mon agressivité et me repris.

— Je m'appelle Bella, marmonnai-je, plus calmement.

— Très bien... *Bella.* Bon... Pour faire court : comme toi, j'ai moi aussi vécu dans le monde des mortels avant d'arriver ici et je ne connaissais alors rien de l'Olympe.

C'est un monde dirigé par des dieux, peuplé d'immortels, de magie et de créatures qui ont donné lieu à un grand nombre de mythes et de légendes. Zeus, le roi des dieux, a récemment fait une très grosse erreur et, depuis, c'est mon mari, Hadès, qui règne à sa place, avec Poséidon.

Je la regardai fixement sans rien dire, jusqu'à ce qu'elle continue.

— Zeus a fini par prendre la fuite et disparaître. Mais, avant de partir, il s'est battu avec Arès et l'a privé de ses pouvoirs. Zeus est extrêmement puissant, et il est donc peu probable qu'Arès récupère un jour ses pouvoirs.

— Le seul moyen, c'est que je te tue, intervint Arès en s'adressant directement à moi.

Je lui lançai mon regard le plus sombre – celui qui voulait dire « ferme ta gueule, connard, sinon je vais m'énerver » - et me tournai à nouveau vers Perséphone.

— Qu'est-il arrivé à Joshua ? m'enquis-je.

J'avais mille autres questions à poser, mais celle-là était la plus importante.

Perséphone fronça les sourcils et regarda Hadès. Ce dernier prit alors la parole avec, cette fois, une voix normale.

— Ce n'est pas la première fois que j'entends parler de gardiens retirés du royaume des mortels, dit-il.

— Des « gardiens » ?

— Il y en a beaucoup. Leur rôle est de faire en sorte que les personnes comme toi – avec un pouvoir qui n'appartient pas au royaume des mortels – ne causent pas de problèmes ni s'en attirent.

Je sentis une indignation monter en moi, mais elle se dissipa rapidement. Comment pouvais-je le nier ? J'avais causé beaucoup de problèmes et m'en étais attiré encore plus. Il fallait bien le reconnaître…

— Donc Joshua connaissait tout ça ? demandai-je en désignant la pièce autour de nous et tout ce qui s'y trouvait.

Les flammes, tout autour de moi, se mirent à grandir et à vaciller plus fort.

— Oui. Il savait aussi que tu avais des pouvoirs et voulait t'aider à le gérer. Je doute qu'il ait su qui tu étais vraiment, mais il savait en tout cas que tu venais à l'Olympe.

Un sentiment de déception et de trahison me submergea.

— Et ma chatte ?

— Je ne sais pas, répondit Perséphone en regardant Zeeva avec curiosité.

Je la regardai aussi. Elle avait maintenant repris sa taille normale et était assise à mes pieds. Mais, comme d'habitude, elle ne daigna pas se retourner vers moi.

— J'ai été chargée de veiller sur Ényo il y a longtemps, déclara la voix de femme que j'avais entendue plus tôt.

— Par qui ? demanda Perséphone, avant que je puisse demander la même chose.

— Héra, répondit-elle.

Perséphone sourit.

— Héra est une déesse bienveillante et une souveraine juste, dit-elle à Zeeva, qui confirma d'un hochement de tête.

Je passai mes mains sur mon visage.

— Alors... Si je comprends bien, ma chatte et moi avons des pouvoirs magiques et nous venons d'un monde secret qui n'existe que dans la mythologie grecque ?

— Tu as le pouvoir de la guerre, me dit Arès d'un ton bourru. C'est ce qui te donne cette colère, cette force, et cette tendance à la violence.

C'était fou mais, en même temps, cela expliquerait beaucoup de choses. *Vraiment beaucoup de choses.* Au point que je commençais presque à croire à tout ça...

— Et donc... Joshua et d'autres... *gardiens* ont disparu, c'est ça ?

— Nous n'avons pas le temps pour ça ! cracha Arès en tapant du pied sur le marbre.

Je ne bronchai pas et me redressai en le toisant du regard. La rage des autres déclenchait la mienne, et je m'accrochai à ce sentiment qui me permettait de reprendre des forces et aiguisait ma concentration.

— Je dois récupérer mes pouvoirs avant que mon royaume ne découvre ce qui s'est passé et se rebelle contre moi ! cria Arès.

— Nous devons trouver Joshua ! protestai-je en le regardant. Je n'en ai rien à faire de tes pouvoirs à la con !

Une vision du visage sans vie de Joshua envahit mon esprit, et je serrai la mâchoire, essayant de garder ma concentration déjà fragile.

Je devais gérer une chose à la fois, et la première était de retrouver Joshua. Il m'avait peut-être menti sur qui ou ce qu'il était vraiment, et qui ou ce que j'étais d'ailleurs, mais il m'avait aidée. Or, désormais, j'étais la seule personne à savoir ce qui lui était arrivé. J'étais tout ce qu'il lui restait.

Le reste pouvait attendre ; je devais d'abord m'assurer qu'il était en sécurité.

— Mes pouvoirs sont nettement plus importants que la disparition d'un petit gardien, déclara Arès.

Instinctivement, je serrai les poings, mais Hadès prit la parole et nous nous tournâmes tous les deux vers lui.

— Arès, tu ne peux pas tuer Ényo pour son pouvoir. Je te l'interdis.

Le dieu de la guerre grogna, et je ne pus m'empêcher de lui lancer un petit sourire sarcastique, ainsi que mon majeur, ce qui provoqua chez lui une grimace hargneuse.

— Il y a un autre moyen que tu récupères tes pouvoirs, nous en avons déjà discuté. Océanos est le seul à être plus fort que Zeus. Demande-lui de t'aider...

— Hadès, je ne suis pas une marionnette et je ne demanderai pas de l'aide à un Titan ! trancha Arès.

Ses muscles étaient si tendus que je crus qu'il allait faire exploser son armure. Je savais ce qu'il devait ressentir. J'avais moi-même souvent tenté de contenir ma violence, sans y parvenir tout à fait.

— Dans ce cas, tu es condamné à l'impuissance éternelle, répondit Hadès en haussant ses épaules translucides. À moins qu'elle n'accepte de partager volontairement son pouvoir avec toi.

— Pourquoi l'aiderais-je ? m'exclamai-je. C'est un connard ! Je vous rappelle que c'est lui qui a kidnappé Joshua !

— Non, ce n'est pas vrai, me corrigea Hadès.

— Qu'est-ce qui n'est pas vrai ? Que c'est un connard ou qu'il a kidnappé mon ami ? ripostai-je.

Il me sembla entendre Hadès étouffer un rire.

— Ce n'est pas lui qui a enlevé ton ami, reprit-il finalement. Un certain nombre de démons se sont échappés des Enfers, profitant du chaos qu'a provoqué la fuite de Zeus, et j'ai des raisons de croire que c'est l'un de ces démons qui a enlevé ton ami. J'ai entendu dire qu'ils cherchaient refuge dans le royaume d'Arès.

— Ce n'est pas mon problème, aboya Arès.

— En tant que souverain de l'Olympe, j'en fais ton problème. Je t'ordonne de retrouver ce démon évadé et les gardiens qu'il a volés. Je n'ai aucune autorité dans votre royaume sans foi ni loi. Il n'y a que toi qui peux agir...

— Si je retourne dans mon royaume sans mes pouvoirs, je serai renversé !

— Alors Bella et toi allez devoir collaborer.

— Il en est hors de question ! rétorqua Arès.

— C'est un ordre ! Je suis ton roi et tu me dois obéissance, Arès ! tonna Hadès de la voix sifflante qu'il avait au début.

Une peur glaciale commença à m'envahir. J'avais envie de disparaître. C'était une sensation qui m'était étrangère, et cela me fit paniquer encore plus. Ma poitrine était serrée et mon souffle court.

— Elle est toujours humaine, mon amour, dit doucement Perséphone.

Aussitôt, la douceur de sa voix m'apaisa. Elle se tourna vers nous et nous parla d'un ton calme et clair.

— Arès, tu dois obéir à ton roi. Quant à toi, Bella, si tu veux retrouver ton ami, l'aide d'Arès, l'un des douze souverains de l'Olympe, te sera très précieuse. Ce serait une erreur de la refuser...

Même si je n'avais aucune envie de collaborer avec ce géant idiot, je devais admettre que les arguments de Perséphone étaient convaincants. Certes, Arès pouvait me tuer s'il le voulait, mais je n'avais pas le choix : je devais prendre le risque d'accepter son aide.

— Je dois trouver Joshua, dis-je. Je suis la seule personne dans sa vie qui sait qu'il a disparu. Il n'a que moi.

Les yeux de Perséphone s'adoucirent et elle posa sa main sur le bras de la forme enfumée à côté d'elle. Leur amour était presque tangible. Il émanait d'eux une véritable énergie ; presque une force. Je ressentis une pointe de jalousie, mais je la chassai rapidement et décidai au contraire que leur exemple devait m'aider dans ma détermination. Si je trouvais Joshua et que je cassais la gueule à celui qui l'avait enlevé, peut-être que lui et moi serions alors comme Hadès et Perséphone ?

— Très bien. Dans ce cas, c'est réglé. J'organiserai une petite cérémonie pour célébrer votre collaboration, déclara Hadès.

Puis il disparut dans un nuage lumineux.

— Une cérémonie ?! Mais nous n'avons pas le temps pour ça ! m'exclamai-je. Nous devons trouver Joshua ! Nous ne savons pas pourquoi il a été enlevé, et nous devons le trouver maintenant, avant qu'il ne soit...

Je m'interrompis, ne voulant pas finir la phrase. Il m'était insupportable d'évoquer le fait qu'il puisse être « trop tard ». Le souvenir de son corps par terre dans une mare de sang me révulsait, et seule la perspective de le retrouver me faisait tenir.

En même temps, puisque je l'avais vu mort, comment pouvais-je le retrouver vivant ? pensai-je. Pourtant, ils ont tous l'air de penser qu'il l'est...

L'étrangeté de toute cette situation m'intrigua à nouveau, me faisant frissonner. Mais je me forçai à chasser mes doutes.

Une chose à la fois, Bella. Reste concentrée ! D'abord Joshua, ensuite tu essaieras de comprendre tout ça...

— Chaque chose en son temps, Bella, me dit Perséphone de sa voix toujours calme. Il faut attendre Hadès. En attendant, je pense que tu as besoin d'un peu d'informations sur ton nouvel environnement...

— Je crois que j'ai plutôt besoin d'un verre. Un truc un peu fort !

Mais je regrettai aussitôt ma spontanéité. Perséphone

essayait de m'aider, je n'avais pas le droit de lui parler sur ce ton.

Pourtant, à ma grande surprise, elle me sourit.

— Lorsque je suis arrivée ici pour la première fois, je me suis dit exactement la même chose...

TROIS

BELLA

Perséphone nous téléporta dans une immense pièce dont un côté était bordé d'énormes fenêtres en forme d'arches donnant sur une forêt verte et luxuriante. En découvrant qu'Arès était avec nous, je le fusillai du regard.

— Pourquoi es-tu ici ? demandai-je alors que Perséphone se dirigeait vers une longue et grande table à manger qui se trouvait au centre de la pièce.

— Je ne peux pas utiliser mes pouvoirs sans toi, répondit-il sèchement.

Visiblement, il avait autant envie que moi que nous soyons ensemble…

— Eh bien, si ça ne te dérange pas, dis-je avec une politesse exagérée, j'aimerais être un peu seule. Je voudrais pouvoir comprendre un peu ce qui m'arrive et m'organiser, putain ! expliquai-je d'un ton ferme.

C'était vrai. Mais surtout, je n'avais qu'une envie : qu'il dégage !

Il me regarda un long moment avant de prendre la parole.

— Je te l'ai déjà dit, tu jures trop.

J'entendis Perséphone rire, ce qui me vexa encore davantage.

— Je fais ce que je veux ! maugréai-je.

— Je ne t'interdis pas de faire ce que tu veux. Mais je t'interdis en revanche de me traiter de connard !

— Tu avais prévu de me tuer, je te rappelle ! Il me semble que c'est légèrement plus impoli que de dire à quelqu'un qui est clairement un connard qu'il est un connard !

La colère me submergeait et ses yeux se plissèrent.

— Arrête de me traiter de connard, gronda-t-il.

— Okay... D'accord ! Tu préfères « idiot », peut-être ? C'est une insulte très chic ; tout le monde l'utilise à Londres... Ou « grosse merde » ?

Il fit un pas vers moi et je levai les poings, mais la voix calme de Perséphone nous interrompit.

— Tiens. Voici le verre dont tu avais envie, Bella.

Je me tournai vers elle, réticente à quitter des yeux le géant en armure.

— Arès, nous avons besoin de rester un peu entre filles, dit-elle en agitant la main.

Puis une lumière aveuglante entoura le dieu de la guerre, qui disparut dans un cri.

Je poussai un soupir de soulagement.

— Merci ! Ce mec est complètement cinglé !

— Et dis-toi qu'il n'est pas le pire ! me dit Perséphone avec un petit rire de compassion.

— Vraiment ?

Je pris le verre qu'elle m'offrait et elle leva le sien, dans son autre main.

— Vraiment ! sourit-elle. Je sais ce que tu ressens. Mais, crois-moi : nier la réalité de tout ce qui t'arrive ne te mènera nulle part. Plus vite tu accepteras la réalité de ce monde, et plus vite tu t'adapteras.

J'avalai d'un coup la moitié de mon verre et une chaleur réconfortante se répandit dans ma poitrine.

— En fait, j'ai toujours su que quelque chose n'allait pas dans ma vie. Finalement, tout cela m'apporte une réponse.

Perséphone me regarda un instant avec compassion, avant de boire une gorgée de son verre.

— J'aurais aimé trouver ça aussi facile.

La vérité était que, au fond de moi, je n'étais pas tellement surprise – et c'était presque cela qui me surprenait le plus. Peut-être que ma volonté de retrouver Joshua n'était pas la seule chose qui m'empêchait de m'effondrer totalement. En fait, j'avais l'impression d'avoir attendu toute ma vie que quelqu'un vienne m'annoncer ce que j'étais en train de découvrir. Certes, si on m'avait dit, de but en blanc, « Bella, tu as des pouvoirs magiques, des pouvoirs de guerre magique », cela aurait peut-être été un peu violent. Et ça l'était, d'ailleurs. Mais je ne pouvais pas nier que cela faisait écho à quelque chose de profond – quelque chose que j'avais toujours ressenti de manière inconsciente. Une fois le choc passé, le fait d'apprendre que je ne venais pas du monde de merde dans lequel j'avais toujours vécu, et dans lequel je ne m'étais jamais sentie à ma place, créait au fond de moi une sensation agréable. Je comprenais, désormais, d'où venaient ma colère et ma force, que j'avais toute ma vie essayé, en vain, de comprendre et de contrôler.

C'était presque un soulagement.

Et puis cela expliquait peut-être pourquoi mes parents m'avaient abandonnée.

— En tout cas, je te remercie. Et je remercie Hadès pour avoir interdit à Arès de me tuer, dis-je à Perséphone.

— Je t'en prie, Bella, me répondit-elle avec toujours le même sourire bienveillant. Tu devrais parler à ta chatte. Si Héra a désigné quelqu'un pour veiller sur toi personnellement, c'est que tu es importante.

— Arès a dit que j'étais la déesse de la guerre. J'imagine que c'est un titre important, non ?

— Je ne sais pas. Il *n'y a pas de* déesse de la guerre, dit-elle lentement. Je ne peux rien te dire sur ton passé, mais je peux te parler un peu de l'Olympe. Chaque dieu a son propre royaume. Il y en avait douze, jusqu'à ce qu'Hadès en crée un nouveau et le donne à Océanos, qui est un Titan. Ceci pose un problème de taille car les Olympiens et les Titans se sont livré une guerre sans merci, il y a longtemps et, même si la paix règne aujourd'hui, il y a toujours de la défiance entre eux. Zeus, notamment, déteste les Titans.

— Arès n'a-t-il pas dit que je descendais d'un Titan ?

Je me sentais coupable de boire tranquillement et de poser des questions sur moi pendant que Joshua était certainement en mauvaise posture quelque part, mais je ne voyais pas ce que je pouvais faire d'autre. Puisque j'étais incapable de faire quoi que ce soit seule dans ce monde que je ne connaissais pas encore, je devais d'abord essayer de comprendre.

— Oui. Comme de nombreux citoyens de l'Olympe. Mais ils n'ont été acceptés dans la société que récemment.

— Super ! Donc je suis un monstre ici aussi, marmonnai-je en vidant le reste de mon verre.

Perséphone éclata de rire.

— Tu ne diras pas cela lorsque tu verras certaines des créatures qui vivent ici. Je t'assure que tu n'as rien d'un monstre, et encore moins ici ! Nous nous trouvons actuellement dans le royaume d'Hadès, celui des Enfers, qui est également celui de la Vierge. Car tu dois savoir que chacun des douze royaumes de l'Olympe correspond à un signe du zodiaque. Celui d'Arès, comme tu t'en doutes sûrement, correspond au signe du Bélier.

— À qui appartient le Taureau ? demandai-je, curieuse de savoir qui était le maître du signe sous lequel j'étais née.

— À Dionysos, le dieu du vin. C'est un royaume magnifique, d'ailleurs. Contrairement au royaume d'Arès, qui abrite les tribus les plus violentes de l'Olympe. En Bélier, tout le monde est impitoyable, violent, et avide de pouvoir. Ce royaume est si dangereux que peu nombreux sont ceux qui osent s'y aventurer sans y être obligés.

— Génial... soupirai-je, avec un sentiment étrange.

Ce que m'apprenait Perséphone était certes effrayant, mais je ne pouvais m'empêcher de ressentir une certaine hâte à le découvrir par moi-même. Cela pouvait paraître complètement tordu, mais je me reconnaissais dans ce qu'elle décrivait.

— Et c'est donc de là que je viens ?

— Je ne sais pas. Parle à Zeeva. Elle pourra probablement t'en dire plus que moi. Je suis arrivée ici il n'y a pas si longtemps, et je n'ai pas encore visité tous les autres royaumes interdits.

— Il y a des royaumes interdits ?

— Oui. Aphrodite, Artémis, Héphaïstos et Hadès sont tous des royaumes dans lesquels on ne peut entrer que sur invitation.

— Est-ce que tu es déjà allée en Bélier ?

— Oui. J'ai rendu visite à la reine des Amazones, dans le sud, acquiesça Perséphone.

— La reine des Amazones ?

— Oui. La fille d'Arès.

— Quoi ? Arès a une fille ? pouffai-je. Il n'a pourtant pas l'air du parfait petit papa...

— Les dieux sont des parents un peu spéciaux... Ma mère, par exemple, est une déesse, mais je ne l'ai jamais rencontrée. Ils font en quelque sorte les enfants, puis s'enfuient.

— Ça ne me paraît si bizarre, marmonnai-je, consciente de mon ton amer.

Perséphone m'adressa un sourire compréhensif.

— Ce que je veux dire, c'est qu'il n'y a pas d'attachement familial ici. Les dieux sont immortels, et les notions d'amour et de famille ne ressemblent en rien à celles que nous avons connues sur Terre.

— Pourtant, Hadès et toi avez l'air assez proches, lui fis-je remarquer.

Son visage rayonna et je ressentis à nouveau une pointe de jalousie.

— C'est vrai. Nous sommes très liés. C'est grâce à Héra, la déesse du mariage, qui a instauré entre nous un lien magique, presque aussi inébranlable que l'immortalité.

— Ça a l'air d'être un sacré engagement, dis-je en posant mon verre sur la longue table.

Perséphone le prit et le rapporta au comptoir.

— C'est en fait l'engagement le plus profond qu'il puisse exister, me répondit-elle en remplissant à nouveau mon verre du même liquide ambré. D'ailleurs, en parlant d'Héra, je vais te laisser discuter avec Zeeva avant qu'Hadès ne revienne.

— Mais... Et Joshua ? Plus nous attendons, et plus il y a de chances qu'il lui arrive quelque chose d'horrible !

— Bella, si celui qui l'a enlevé voulait le tuer, il l'aurait fait quand ils ont tué son corps humain. Hadès dit que les gardiens ont une magie puissante ; je suis sûre que ton ami va très bien.

Je lui lançai un regard renfrogné, mais ne dis rien et but une gorgée de mon verre. Si c'était son cher Hadès qui avait été kidnappé, elle n'aurait certainement pas réagi avec le même calme, pensai-je. Mais elle était gentille avec moi, et je n'avais de toute façon aucun moyen d'agir sans son aide, et celle des autres personnes qui m'accueillaient dans ce nouveau monde.

J'avais encore beaucoup de questions auxquelles je voulais des réponses, mais ma priorité était de sauver Joshua. J'étais la seule personne à savoir qu'il avait des ennuis. Tant qu'il n'était pas en sécurité, je ne pouvais me concentrer sur autre chose et comprendre ce que tout cela signifiait pour moi.

Lorsque Perséphone me laissa avec mon verre rempli de cette boisson que je ne connaissais pas, je me laissai tomber sur l'une des nombreuses chaises. Puis un petit éclair de lumière bleue apparut devant moi, et je fronçai les sourcils.

— *Bonjour, Ényo*, dit une voix de femme dans ma tête.

Surprise, je sursautai si fort que le liquide de mon verre se renversa par terre.

— Dégage de ma tête, putain ! m'écriai-je.

— *Ne jure pas, s'il te plaît*, répondit la voix d'un ton calme. *Cela fait très longtemps que je t'observe, et je sais que ton agressivité n'est qu'une façade...*

Zeeva bondit sur la table devant moi et s'assit gracieusement. Je plissai les yeux vers elle.

— Pourquoi ne m'as-tu jamais parlé avant ? Et fais-tu pour parler dans ma tête ? Et pourquoi es-tu ici, d'abord ?

— *Je n'ai jamais parlé avant car je n'avais aucune raison de le faire. Je suis une créature magique qui a le pouvoir de communiquer mentalement, ce qui est courant dans l'Olympe. Quant à savoir pourquoi je suis ici, cela ne te regarde pas.*

— Ça ne me regarde pas ? Tu plaisantes, j'espère ? Bien sûr que ça me regarde !

Zeeva soupira longuement dans ma tête et agita la queue. C'était vraiment bizarre. C'était même la chose qui me paraissait le plus bizarre, dans tout ce qui m'arrivait. Je l'avais adorée… Certes, elle n'était pas la plus affectueuse des chattes, mais c'était pour cela que je l'aimais : parce que j'avais l'impression que nous nous ressemblions, que nous avions le même sale caractère. Si j'avais su qu'elle était…

Elle est quoi, d'ailleurs, putain ?

— Ça veut dire quoi « créature magique » ? lui demandai-je.

— *Je suis un hybride de sphinx,* répondit-elle, après une pause.

— « De sphinx » ? Le truc qui pose des énigmes ?

— *Oui. D'ailleurs, si je te pose une énigme à laquelle tu ne peux pas répondre, je devrais te tuer. Alors, s'il te plaît ne me demande pas de t'en poser une,* me dit-elle sèchement.

Je la regardai, bouche bée.

— Me tuer ?

— *Oui…*

— Pourquoi es-tu ici ? Je ne comprends pas !

Je passai mes mains sur mon visage pour ce qui me sembla être la vingtième fois.

— *Bois un peu plus de nectar. Cela t'aidera à y voir plus clair,* me conseilla-t-elle.

Je baissai les yeux sur mon verre.

Je suis en train de boire du nectar ?!

— Je t'en prie, dis-moi ce que tu fais ici ! insistai-je en changeant de ton, après avoir compris que l'agresser ne me servirait à rien. Tu es là pour m'aider à retrouver Joshua ?

— *Non. J'ai été chargée par Héra de te surveiller. Elle te porte un intérêt particulier. Le pouvoir de la guerre était partagé entre toi et Arès, comme il te l'a dit. Tes pouvoirs ont été mis en sommeil car tu es restée longtemps dans le monde des humains, mais ils vont revenir petit à petit, maintenant que tu es ici, et Arès pourra y accéder.*

— Deux questions ! dis-je en levant la main pour l'arrêter. Un : depuis combien de temps suis-je dans le monde des mortels ? J'ai vingt-neuf ans et je n'ai aucun souvenir de quand j'étais bébé. Donc j'imagine que c'est à ce moment-là que j'ai été envoyée là-bas ?

Zeeva cligna des yeux vers moi.

— *Et quelle est ta deuxième question ?*

— C'est quoi cette histoire de pouvoir partagé ? Je ne comprends pas comment ça fonctionne : si Arès utilise mes pouvoirs, est-ce que je peux l'utiliser en même temps ? Ou est-ce que nous devons l'utiliser à tour de rôle ? Parce qu'Arès ne me semble pas du genre prêteur...

— *Je n'en ai aucune idée. Je n'avais même jamais imaginé qu'il viendrait un jour te chercher, ni que tu retournerais dans l'Olympe.*

— Ah... Super ! soupirai-je en faisant la moue. Et pour ma première question ? Est-ce que tu sais à quel moment j'ai quitté l'Olympe ?

— *C'est sans importance.*

Je sentis la colère bouillir à l'intérieur de moi.

— Si tu ne sais pas comment fonctionne l'Olympe et que tu ne veux pas me donner le peu d'information que tu as, je ne vois pas comment tu peux m'aider ! rétorquai-je sèchement.

— *Mon rôle n'est pas de t'aider ! Je suis ici pour rendre compte à ma reine de tous tes faits et gestes.*

— Tu es une espionne ?

Un éclair passa dans ses yeux ambrés, annonçant le danger.

— *Appelle-moi comme tu veux, Ényo. Quoiqu'il en soit, je garderai un œil sur toi jusqu'à ce que tout cela soit résolu.*

— Je m'appelle Bella, pas Ényo, dis-je sèchement, buvant une gorgée de nectar pour calmer ma colère.

— *Qui est l'abréviation de Bellona, le nom romain de la déesse de la Guerre, lui-même dérivé du mot « bellum », qui veut dire « guerre » en latin.*

Je regardai ma chatte bouche bée.

— Comment connais-tu tout cela ? Je n'ai même jamais rencontré les personnes qui m'ont donné ce prénom !

— *Je suis avec toi depuis longtemps.*

— Qu'est-ce que tu racontes ? Je t'ai achetée il y a huit ans. Tu n'es quand même pas en train de me dire que tu as connu mes parents ? lui demandai-je avec espoir.

Zeeva me regarda avec plus de douceur dans les yeux.

— *Je ne peux pas tout te dire. Cela ferait trop pour ton cerveau qui est presque devenu celui d'une mortelle. Lorsque tu m'auras prouvé que tu es capable de gérer autant d'informations, je t'en dirai plus,* déclara finalement Zeeva.

Je fronçai les sourcils et voulus répondre, mais elle me regarda à nouveau avec cette lueur d'agressivité dans les yeux, alors je m'abstins.

— *N'insiste pas, Ényo, sinon je ne te dirai rien,* me prévint-elle avec une lumière bleue scintillant autour d'elle.

Je me forçai à me taire, m'accrochant à mon objectif de retrouver Joshua. Je ne pouvais rien faire dans ce monde sans être aidée, et j'étais donc obligée de respecter les conditions qui m'étaient imposées, fût-ce par ma chatte ! J'allais devoir gagner sa confiance...

— Okay. Mais peux-tu s'il te plaît m'appeler Bella ?

— *Si tu veux... Va pour Bella !*

— Et toi, quel est ton vrai prénom ?

— *Zeeva.*

— Mais... c'est justement comme ça que je t'ai appelée ! m'étonnai-je. Tu devais bien avoir un autre nom avant ça ?

— *Oui : Zeeva !*

— Attends, attends... Tu es en train de me dire que, quand je t'ai achetée, c'est toi qui m'as soufflé ton prénom en entrant dans ma tête ?

J'étais stupéfaite.

— *Je crois que nous avons suffisamment parlé pour aujourd'hui,* trancha-t-elle, descendant de la table en sautant. *Hadès est de retour.*

— Attends ! Tu ne peux pas partir comme ça ! Ce n'est pas juste !

Mais mes arguments n'eurent aucun effet, et la traîtresse disparut dans un nuage de lumière bleue.

QUATRE

BELLA

Je me demandai comment Zeeva avait pu le savoir, mais elle avait raison à propos d'Hadès. Avant même que j'aie pu terminer mon nectar, Hadès, Arès et Perséphone apparurent à l'autre bout de la pièce.

La présence d'Arès me rendit instantanément nerveuse, ma colère répondant à la sienne de manière instinctive.

Je me levai.

— Les Olympiens et quelques invités sont en route. Vous partirez dans quelques heures, déclara Hadès, tournant sa fumée vers moi.

— Ils aiment bien que les choses soient un peu dramatiques ici, Bella. Mais tu verras, on s'y fait vite ! ajouta Perséphone.

Et elle ne plaisantait pas.

Après quelques minutes d'attente qui attisèrent ma tension, une trentaine de personnes apparurent à leur tour, dans une magie qui mettait ma capacité à rester calme à rude épreuve ! Une longue estrade bordée de trônes s'était également matérialisée au fond de la salle, et huit des grands sièges qui s'y trouvaient étaient occupés, par ce que je pensai être les autres dieux de l'Olympe dont Perséphone m'avait parlé. Mes soupçons furent confirmés lorsque tout le monde dans la pièce s'inclina devant eux. Je m'empressai de faire comme eux, faisant de mon mieux pour apprendre et assimiler les codes de ce nouveau monde, même si je ne comprenais encore pas grand-chose – pour ne pas dire rien du tout.

Une chose à la fois, tentai-je de me calmer. *Commence par te concentrer sur les dieux.*

En me redressant, je les observai attentivement. Il émanait de chacun d'eux un véritable pouvoir. Grâce à mes quelques connaissances de la mythologie grecque, je parvins à deviner qui était qui. Poséidon, au centre, fut le plus facile à reconnaître. Il portait une toge aux couleurs de l'océan, avait des cheveux poivre-sel, et tenait dans sa main un trident. Il avait l'air d'être le plus âgé de tous, ce qui lui allait parfaitement. À côté de lui se trouvait une femme magnifique mais sévère, avec des cheveux blonds enroulés autour de sa tête comme une couronne, et une toge blanche. La chouette sur son épaule m'indiqua qu'il s'agissait d'Athéna. De l'autre côté de Poséidon se trouvait la femme la plus étonnante que j'avais jamais vue. Sa peau était couleur moka, ses cheveux longs rose bonbon, et elle portait une robe bleue transparente en vagues. Elle devait être Aphrodite. J'étais une hétéro convaincue, mais je devais admettre que le simple fait de la regarder me faisait ressentir quelque chose d'étrange. À côté d'elle se tenait un type bossu avec un tablier en cuir – je supposai qu'il devait être son mari, Héphaïstos. À sa droite se trouvait une jeune fille avec un arc gigantesque, un carquois dans le dos, et une armure étincelante. Immédiatement à côté d'elle était assis un garçon du même âge aussi beau qu'elle était belle. Il portait une armure assortie à celle de sa voisine, et arborait le même sourire radieux. Nul doute : ils étaient les jumeaux Artémis et Apollon. À l'autre bout de la rangée, il y avait un homme en pantalon de cuir moulant et une chemise en jean ouverte, avec de longs cheveux noirs ondulés et un sourire paresseux. Son voisin, à la barbe rousse et aux cheveux roux en bataille, était vêtu d'une toge noire unie qui ne faisait que faire ressortir davantage les ailes argentées de ses sandales. Dionysos et Hermès.

On m'avait dit que Zeus avait disparu et je ne fus donc pas surprise qu'il ne soit pas là, mais j'étais déçue de ne pas voir Héra. J'aurais aimé savoir pourquoi elle avait envoyé une chatte flippante pour garder un œil sur moi pendant toutes ces années.

— Voici donc la raison pour laquelle Arès s'est montré si secret ! déclara une voix derrière moi.

Je me retournai d'un seul coup et me retrouvai face à une femme avec des seins si gros qu'ils rentraient à peine dans la robe rouge corsetée qu'elle portait. Elle me regardait droit dans les yeux, avec un demi-sourire sur son beau visage.

— Intéressant... ajouta-t-elle après un instant, sans me quitter du regard.

— Qui es-tu ? demandai-je.

Je n'avais ni la patience ni l'envie d'être plus polie avec elle qu'elle ne l'avait été avec moi en entamant une conversation d'une manière aussi abrupte. Son sourire s'élargit – plus sincère, cette fois – et elle repoussa une mèche de cheveux noirs de son visage.

— Je suis la sœur d'Arès, Éris. Et toi, qui es-tu ?

— Bella.

— « Bella »... répéta-t-elle.

Je ne savais pas si son regard et son sourire étaient moqueurs ou méchants, mais j'eus soudain envie de retirer tous mes vêtements et je ne réussis qu'avec difficulté à m'empêcher de faire une chose aussi insensée. Éris le remarqua et laissa échapper un petit rire.

— Tu es sensible, je vois, sourit-elle. Je t'aime bien.

— Euh... bredouillai-je, me concentrant intensément pour empêcher mes mains de défaire le bouton-pression de mon jean. Est-ce que c'est toi qui fais ça ?

— Faire quoi ? ronronna-t-elle innocemment, avant de rire cette fois à gorge déployée. Désolée, c'était trop tentant. Allez, j'arrête ! déclara-t-elle.

Immédiatement, mon envie irrépressible de me déshabiller disparut.

— Putain... Ne t'avise pas de recommencer un truc pareil ! lui lançai-je avec un regard noir.

— Mais je suis la déesse du chaos et de la discorde, je ne peux pas m'en empêcher, dit-elle en faisant la moue. Et toi ? Quelle déesse es-tu ? J'espère que c'est quelque chose d'amusant. En tout cas, je vois que tu as du pouvoir et que tu n'as pas l'air très innocente...

— Il semblerait que je sois la déesse de la Guerre, répondis-je d'un ton distrait, mon regard étant accaparé par *quelque chose* qui apparut et marcha derrière elle. Putain... C'est quoi encore ce machin ? marmonnai-je.

Éris ignora ma question, et ses yeux s'illuminèrent.

— Déesse de la Guerre ? Vraiment ?

— C'est ce qu'on m'a dit, confirmai-je, toujours aussi distraite par la chose dans son dos. Sérieusement, c'est quoi, ça ? répétai-je en pointant du doigt la créature qui avait maintenant cessé de marcher et parlait à une femme avec un visage tordu et des ailes de cuir.

Éris se retourna et agita la main avec dédain.

— Oh, ça... C'est un griffon qui parle à une harpie, répondit-elle vaguement. Qui t'a dit que tu étais la déesse de la guerre ?

— Arès... C'est quoi un griffon ?

J'avais déjà entendu parler des harpies, mais jamais des griffons. C'était un mélange de félin et de rapace, avec un grand bec en guise de museau, d'énormes ailes sur le dos, et des pattes qui ressemblaient à celles d'un lion.

— Un croisement entre un lion et un aigle, me répondit rapidement Éris, confirmant ce que je pensais. C'est Arès qui t'a dit que tu étais la déesse de la guerre ? insista-t-elle. C'est excellent !

Je quittai le griffon des yeux et reportai mon attention sur elle. Elle rayonnait.

— Pourquoi ?

— Oh, je suis sûre que tu le découvriras bien assez tôt ! Viens, je vais te montrer d'autres bestioles de l'Olympe. Tu vois lui, là-bas ? C'est un minotaure. Il est le capitaine de la garde d'Hadès. Et, elle, là-bas, c'est une centauresse. Ce sont des créatures recluses dans le royaume d'Artémis, qu'elles ne quittent jamais.

Je fixai la centauresse des yeux, bouche bée. Elle était vraiment magnifique. La moitié inférieure de son corps était celle d'une jument blanche, et son torse était celui d'une femme guerrière. Elle portait une armure en argent brillant, et une ceinture à laquelle étaient suspendues des haches et des marteaux de guerre enroulée autour de sa taille. Ses cheveux blancs, de la même couleur que celle du corps de cheval, étaient tenus en arrière par un bandeau d'argent, dégageant son visage sévère. La regarder faisait naître en moi un sentiment de force, d'in-trépidité, et de bravoure.

— Elle est prête pour la guerre, soufflai-je, sans même me rendre compte que je parlais à voix haute.

— En tant que déesse de la Guerre, j'imagine que tu sais de quoi tu parles, me dit Éris avec un plaisir à peine contenu.

Je ne comprenais pas ce qu'elle sous-entendait et la regardai avec suspicion.

— Qu'est-ce qu'il y a de si amusant ? lui demandai-je en fronçant les sourcils.

— C'est juste que mon frère peut-être un vrai con, et je suis contente que tu sois là du coup. Enfin un peu de divertissement !

— Ah... ça, nous sommes d'accord là-dessus : ton frère est un véritable connard. Il a même voulu me tuer !

— À ta place, je ne parlerais pas au passé, ma chérie. Il veut *toujours* te tuer ! Mais ne le prends pas personnellement, Arès veut tuer tout ce qui bouge ! rit-elle.

— Génial... Et qu'est-ce que je peux faire pour éviter qu'il veuille me tuer ?

— Je ne sais pas... Je n'ai pas vraiment de solution. Mais j'ai hâte de voir si tu vas réussir à survivre, en tout cas !

— Merci, très aimable ! lui lançai-je avec sarcasme.

— Je t'en prie, sourit-elle.

Puis je fus saisie d'une envie folle de courir vers le centaure et de lui gifler le cul. Mes pieds commencèrent à bouger et il me fallut réunir toutes mes forces pour me retenir d'y aller.

— Arrête ça tout de suite ! maugréai-je.

— Éris, je ne sais pas ce que tu fais, mais cesse immédiatement ! lui ordonna Perséphone en s'approchant de nous.

Aussitôt, mes pieds s'immobilisèrent et le sourire d'Éris disparut.

— Bien sûr, oh reine de l'Ennui, déclara Éris avec une révérence trop prononcée pour être sincère.

Pendant un instant, je crus que ses énormes seins allaient quitter son corsage, mais elle se redressa avant que cela ne se produise.

— Bonne chance pour survivre à mon idiot de frère, ma chérie, me dit-elle avec un sourire sadique, avant de se retourner et de s'éloigner.

— Merci ! soupirai-je en direction de Perséphone. Heureusement que tu étais là, une fois de plus...

— Je ne serai pas toujours là, malheureusement. Viens ! Tu es attendue.

Je la suivis à travers la pièce, et nous nous arrêtâmes devant l'estrade sur laquelle étaient installés les trônes. Hadès avait maintenant rejoint les autres dieux, et Arès me fixa alors que je m'approchais. Comme précédemment, plutôt que de m'intimider, son regard noir renforçait ma colère et ma haine envers lui. Il ne me faisait absolument pas peur et, alors que je m'arrêtai à côté de lui, je le regardai avec l'air de lui dire d'aller se faire foutre.

J'étais beaucoup plus impressionnée, en revanche, par les regards des autres dieux que je sentais rivés sur moi, et que je prenais soin d'éviter. Je n'étais pourtant pas du genre à fuir face au danger, mais ils étaient vraiment très intimidants. Il se dégageait d'eux une énergie puissante et brûlante, qui tourbillonnait dans l'air comme la chaleur émanant du tarmac. C'était étrange. Et je n'aimais pas du tout cette sensation.

Soudain, l'odeur de l'océan me submergea et je me figeai tandis qu'une brise fraîche et apaisante souffla sur mon visage. Je me décontractai et un homme apparut juste devant l'estrade.

Il ressemblait à un homme tout à fait normal, dans la soixantaine, avec un visage buriné, des yeux bleus féroces, et une toge vert pâle. Perséphone et Arès, à ma gauche et ma droite, s'inclinèrent devant lui, et je les imitai.

— Océanos ! marmonna Arès alors qu'il se redressait.

Je fronçai discrètement les sourcils. C'était donc lui l'être le plus puissant de l'Olympe ? Pourtant, il ne dégageait pas autant de pouvoir que les dieux derrière lui. En fait, il avait plutôt l'air calme et joyeux, et n'était pas du tout impressionnant.

— Arès ! lui répondit Océanos d'un ton aimable. Je suis heureux d'apprendre que tu vas enfin avoir l'occasion de prouver que tu as de l'autorité.

Je sentis Arès se tendre. J'aurais aimé pouvoir voir son visage sous son casque, certaine qu'il devait réprimer une grimace. De toute évidence, il n'aimait pas beaucoup Océanos.

— J'ai accepté d'aider Hadès à retrouver son démon qui s'est échappé, finit-il par dire, la voix rauque.

— Et ce faisant, tu aideras également cette jeune femme dont tu convoites le pouvoir. Comme c'est altruiste de ta part !

Océanos posa alors sur moi un regard brillant et bienveillant, et je lui fis immédiatement confiance. Ce qui ne me ressemblait pas du tout. Je me forçai donc à rester sur mes gardes et croisai les bras.

Océanos sourit.

— Je souhaite prouver à tous les Olympiens que je suis leur allié ! déclara-t-il en haussant la voix et en se tournant vers les dieux. Et j'ai un cadeau pour vous ! Comme tout le monde le sait, il est dans l'intérêt commun de rendre à Arès son royaume… Malheureusement, je suis lié par mes propres règles, et celles-ci ne me permettent pas de simplement redonner un pouvoir de cette ampleur. Le pouvoir est quelque chose qui se gagne. C'est la chose la plus dangereuse au monde.

Il s'interrompit dans un silence parfait, uniquement rompu par le léger mouvement d'Arès qui fit tinter son armure.

— Alors voilà ce que je te propose, Arès, reprit Océanos en se tournant à nouveau vers nous. Si tu ramènes dans le royaume d'Hadès le démon échappé et les gardiens disparus, alors je forgerai pour toi un Trident de pouvoir.

Le silence ambiant fut immédiatement couvert par un brouhaha de murmure et d'exclamations, et tous les dieux se mirent à bouger sur leurs sièges.

— Je… commença Arès avant de s'interrompre, hésitant. Un vrai Trident de pouvoir ?

— Oui. Tu retrouveras alors toute ta force.

— D'accord ! dit Arès en baissant la tête.

Je regardai tour à tour les deux hommes en clignant des yeux.

— Dans ce cas, tu ferais bien de partir dès maintenant !

Avant que je n'aie le temps de réaliser ce qui se passait, une lumière clignota autour de moi.

～

— Où en sommes-nous maintenant ? Et c'est quoi « un trident de pouvoir » ? demandai-je à Arès en me tournant vers lui, folle de rage et éblouie par la lumière du soleil.

Nous étions au beau milieu d'un désert de sable, avec çà et là quelques rochers et des plantes qui refusaient de mourir malgré la sécheresse.

— Nous sommes dans mon royaume, me répondit-il. Un trident de pouvoir est extrêmement rare et confère à son porteur une puissance égale à celle d'un Olympien.

Il était aussi sec et aride que l'environnement dans lequel nous nous trouvions. La lumière aveuglante du soleil se reflétait sur son armure, ce qui rendait difficile de le regarder. Pour la première fois, il avait une certaine stature et j'eus une vague idée de ce à quoi il aurait pu ressembler s'il avait son pouvoir et s'était comporté comme un dieu. Mais il n'avait ni pouvoir, ni le comportement d'un dieu. C'était un pauvre con.

— Qu'est-ce qu'on fait maintenant ? marmonnai-je.

— Nous trouvons le démon.

— Quoi ?! Mais nous n'avons même pas de nourriture !

— Nous n'avons pas besoin de nourriture, imbécile ! C'est bien une réflexion de mortelle, ça...

Je le regardai avec agressivité.

— Si tu ne veux pas manger, c'est ton problème. Mais, désolée, moi, je mange !

Il laissa échapper un long soupir excédé.

— Moi aussi je mange... Mais je peux utiliser ton pouvoir pour nous envoyer de la nourriture à n'importe quel moment, grogna-t-il.

Je me détendis, laissant tomber mes mains de mes hanches.

— Tant mieux, marmonnai-je. Parce qu'il vaut mieux ne pas être à côté de moi quand j'ai faim...

— C'est une menace ?

Je levai les yeux au ciel.

— Non... C'est un conseil, répliquai-je du même ton bourru.

Il me fixa un instant à travers les fentes de son casque ridicule prévues pour les yeux.

— Tu es vraiment une imbécile ! déclara-t-il finalement. Tu vas finir par nous faire tuer !

— Je ne suis pas une imbécile ! me défendis-je, même si je ne pouvais pas nier que j'étais certainement un poids pour lui dans ce monde que je ne connaissais pas. De toute façon, je croyais que tu voulais ma mort ?

— Ça dépend, dit-il en se détournant de moi et e en regardant l'horizon.

— Ça dépend de quoi ?

— Roh... Tu m'énerves ! tonna-t-il. Si je dois mourir avec toi, je préfère que tu restes en vie. C'est plus clair comme ça ?

C'était mal parti... Si je l'irritais autant que lui m'énervait, nous n'allions jamais pouvoir nous en sortir !

Soudain, une lueur légèrement rose teinta l'air autour de nous, et Arès se figea, la main sur son épée.

— J'ai quelques affaires à régler avant que nous commencions. Je serai de retour sous peu, me dit-il avant de disparaître dans un éclair rose.

CINQ

ARÈS

— Il se prend pour qui, ce vieux *has been*, bordel ! pestai-je, tapant du pied contre le sol en marbre de la salle du trône d'Aphrodite.

La lueur rose était sa carte de visite, et j'avais été soulagé de le voir apparaître. Même si cela ne m'avait pas étonné. Je m'étais attendu à ce qu'elle veuille me voir avant que je ne parte à la recherche du démon et des gardiens. Je l'avais espéré, en tout cas.

— Je ne dirais pas qu'Océanos est un *has-been*, me reprit-elle l'air rêveur, avec un petit sourire sur ses lèvres. Je le trouve même plutôt attirant...

— N'en rajoute pas, s'il te plaît ! tonnai-je en me tournant vers elle.

Sa beauté et le sourire sensuel avec lequel elle me regardait eurent raison de ma résolution

— Aphrodite, arrête d'utiliser ton pouvoir sur moi, lui demandai-je calmement. Je n'ai plus de pouvoir, je te rappelle. Ce n'est pas équitable.

— Je sais, soupira-t-elle. Et je commence à trouver cela

particulièrement ennuyeux. J'ai l'impression d'être face à un loup sans crocs.

La colère m'envahit. Non pas envers elle, mais envers moi-même. Malheureusement, sans pouvoir divin, cette fureur ne servait à rien.

Comment avais-je pu être aussi faible et laisser Zeus prendre mes pouvoirs ?

— J'ai enfin un moyen de récupérer mes pouvoirs, à présent, tentai-je de la rassurer.

— Super... Un trident de pouvoir ! Très excitant, en effet, répondit-elle avec sarcasme et un ennui évident. Tu sais que tu pourrais simplement tuer la fille.

— J'adorerais tuer la fille ! m'emportai-je. Tu ne peux pas savoir à quel point elle est exaspérante. Mais je devrais de toute façon retrouver ce foutu démon. Or, si je la tuais, non seulement je provoquerais la colère du nouveau roi des dieux, mais je me compliquerais en plus la tâche !

Aphrodite soupira et prit une pêche dans la corbeille de fruits qui était en permanence à côté de son trône.

— Tu as sûrement raison, dit-elle. N'empêche que, avant, tu te fichais de provoquer la colère des seigneurs. Ça t'amusait même...

— Des petits seigneurs, oui. Ceux qui sont dans mon royaume. Mais pas celle d'Hadès !

Elle sourit à nouveau. Sa beauté était à couper le souffle. *Elle* était à couper le souffle.

— Eh bien, maintenant, ces petits seigneurs, comme tu dis, vont pouvoir se venger de toi.

Cette éventualité me terrifiait. Pour la millionième fois, je me maudis pour avoir laissé mes pouvoirs m'échapper. Je détestais être terrifié ; ce n'était pas une chose à laquelle j'étais habitué.

Mais la déesse de l'Amour avait raison. Lorsque les seigneurs de mon royaume me rattraperaient, ils seraient probablement plus forts que moi. À moins que la fille ne récupère rapidement ses pouvoirs et que je puisse en bénéficier, comme je l'espérais.

Je regardai le sourire de ma maîtresse.

— On dirait que mon sort te réjouit... grondai-je.

— En effet, Arès. Car c'est à cause de ta naïveté que tu en es là...

Ses paroles me firent l'effet d'un coup de poignard. Elle disait juste. Mais savoir qu'elle aimait me voir souffrir...

— Dans ce cas, permets-moi de te laisser, dis-je avec raideur.

— Hors de question ! Tu feras ce pour quoi je t'ai fait venir ici. Je veux que tu me fasses l'amour avant de partir pour ce voyage ennuyeux...

Elle me désire toujours.

Cette révélation me rassura et, lentement, je retirai mon casque. Puis je vis cette lueur dans ses yeux, avant qu'elle n'agite la main.

— À la réflexion, je suis fatiguée. Je préfère que nous remettions cela à ton retour du Bélier. Si tu reviens...

Je sentis la rage bouillir à l'intérieur de moi et je remis mon casque avec un geste brut. Sans mes pouvoirs, je ne pouvais même pas quitter moi-même sa foutue salle du trône et dus attendre qu'elle veuille bien me renvoyer.

Elle agita à nouveau la main, et je fus de retour dans le désert.

Pour la première fois de ma vie, je venais d'être congédié. Et je détestai cela.

SIX

BELLA

— Nous n'avons même pas commencé notre quête que tu me laisses déjà seule dans ce putain de désert ! hurlai-je lorsqu'Arès réapparut, à peine dix minutes après m'avoir quittée.

Il me toisa de toute sa hauteur, suffisamment long-temps pour que je prenne conscience de la rage qui était en lui et qui assombrissait son regard. Puis il rugit, sortant son épée de son fourreau.

Aussitôt, je me mis en position de défense, jambes fléchies et poings en avant, et la brume rouge descendit sur moi rapidement.

Mais Arès se retourna et je me redressai lentement, le regardant, médusée, fracasser son épée dans un grand amas de rochers, comme s'ils étaient ses pires ennemis. Il poussait des cris rauques, comme un animal enragé, alors qu'il abattait encore et encore son épée contre les rochers, lesquels finirent par craquer et s'effondrer sous la force de sa colère.

— Dois-je comprendre que ce que tu avais à régler ne

s'est pas bien passé ? marmonnai-je, tandis que la brume rouge s'évaporait jusqu'à disparaître complètement.

Je le regardai en arquant les sourcils. Si je le trouvais ridicule de s'en prendre ainsi à des rochers qui ne lui avaient rien demandé, il m'impressionnait. Pouvoirs ou pas, je devais bien reconnaître qu'il savait manier une épée. Car, même si des rochers n'étaient pas une cible idéale, j'avais moi-même suffisamment détruit de murs en plâtre qui ne le méritaient pas pour ne pas le juger. Sans compter que j'avais conscience de la force qu'il fallait pour faire une chose pareille...

Alors que je me rassis par terre en soupirant, je me demandai ce qui avait bien pu provoquer chez lui une telle fureur. Ce que je savais, en revanche – pour vivre moi-même de tels accès de colère –, était qu'il valait mieux ne pas intervenir et le laisser se calmer tout seul. D'autant que je n'étais pas armée – l'un des points que je devais d'ailleurs résoudre rapidement.

Je n'avais été seule que dix minutes, mais, en plein milieu du désert, cela m'avait paru une éternité, et j'en avais profité pour faire le point.

J'avais été enlevée par le dieu de la Guerre et emmenée dans un monde dont je n'avais même jamais soupçonné l'existence. Tout me semblait extrêmement étrange mais, malgré le fait que je sois seule et vulnérable, je me sentais au fond assez excitée par tout ce que je découvrais. Pour la première fois, j'avais l'impression d'être à ma place – même si j'avais encore l'impression de rêver et que Joshua était en danger.

Tant que je ressentais de l'adrénaline, j'étais capable de vaincre tout ce qui me rendait faible, qu'il s'agisse de mes doutes ou de mes émotions négatives. Mais, perdue dans ce désert immense, seule, je ne m'étais plus sentie aussi forte. J'étais inquiète, prise dans un tourbillon de doutes que j'avais été incapable de contrôler. Entrer dans ce monde était tellement fou... C'était comme si j'avais pénétré dans un trou noir : tous mes repères avaient disparu. En seulement une journée, toute ma vie avait été chamboulée. J'avais été enlevée par un dieu violent et je devais maintenant chercher un démon échappé des Enfers. Le tout sans avoir la moindre petite arme alors que tout le monde ici portait des épées gigantesques et était doté de pouvoirs magiques.

Pour éviter de paniquer, je m'étais alors concentrée sur un premier objectif, essentiel : trouver une arme. Dès que j'eus quelque chose sur quoi canaliser mes pensées, je m'étais assise sur le sable chaud, avais pris une profonde inspiration, et m'étais mise à réfléchir sur la marche que je devais suivre.

Joshua m'avait conseillé un jour de faire des listes lorsque j'avais l'impression que la situation m'échappait. J'avais alors utilisé cette méthode à plusieurs reprises, lorsque j'avais été virée d'un nouveau travail ou que mon enfoiré de propriétaire avait augmenté mon loyer sans raison valable. Mais, maintenant que je savais que Joshua venait d'un autre monde et avait des pouvoirs magiques, je me demandais s'il ne m'avait pas donné ce conseil pour me préparer aux circonstances que j'étais en train de vivre... Peut-être pas le désert spécifiquement, mais l'Olympe, en général. Quoi qu'il en soit, je fis dans ma tête une liste que j'appelai « Choses dont j'ai besoin pour survivre dans le royaume de la guerre ».

Alors qu'Arès continuait de rugir, plantant et retirant son énorme épée des rochers en train de se briser, je pris conscience d'une autre trahison. Joshua avait su que j'étais différente dès notre première rencontre. Il savait que je n'étais pas à ma place sur Terre, et que ce que je considérai comme « mes problèmes » n'avait rien à voir avec un déséquilibre chimique. Alors, pourquoi ne m'avait-il pas tout simplement dit la vérité plutôt que de me regarder lutter contre moi-même pour essayer d'être « normale ». Je n'aurais pas eu ce sentiment de culpabilité, ni la sensation d'être piégée dans le monde dans lequel je vivais.

Je chassai ces pensées et me concentrai sur la liste que j'avais décidé de faire. M'énerver après Joshua n'allait me servir à rien. Je devais d'abord lui sauver la vie ; ensuite, seulement, je pourrais lui crier ma colère et lui demander des comptes.

Lorsqu'Arès cessa enfin de s'énerver tout seul et revint vers moi, ses larges épaules montaient et descendaient au rythme de son souffle, et son épée pendait mollement à son bras droit.

— Ça va mieux ? lui demandai-je.

— Non. Allons-y !

— Ouh là ! Doucement ! m'exclamai-je en me levant d'un bond. Moi aussi j'ai quelques affaires à régler avant de partir, figure-toi.

— Je ne sais pas ce que tu as à régler, mais c'est sans importance ! me moucha-t-il avec mépris.

Je me mordis la langue. Fort. Je ne l'insulterais pas ; j'avais trop besoin de lui pour l'instant...

— Cela nous faciliterait grandement la vie à tous les deux si j'avais des vêtements de rechange et certaines de mes affaires, dis-je calmement.

Il fronça les sourcils.

— Pourquoi as-tu besoin de plus de vêtements ?

— Parce que j'aime changer ma putain de culotte de temps en temps, figure-toi !

Tant pis pour l'énervement. Et tant pis pour le langage de charretier.

— Utilise la magie, dit-il en haussant les épaules.

— Je ne sais pas comment faire.

— Je te montrerai...

— Si tu crois que je vais te laisser approcher de mes culottes, tu rêves !

Il soupira d'un air exaspéré et semblait hors de lui.

— Comme si je...

Je l'interrompis en levant les mains et en criant plus fort que lui.

— Je te demande juste de m'amener chez moi pour que je puisse prendre quelques affaires dans un sac à dos. Ce n'est quand même pas compliqué, si ?! De toute façon, c'est ça ou je vais te faire chier jusqu'à ce que tu craques. Je suis assez claire pour toi, là ?

Je savais que je finirais par avoir le dernier mot. Et je finis par l'avoir.

En revanche, je ne m'étais pas préparée à ce que j'éprouvai lorsqu'Arès nous téléporta dans mon appartement faiblement éclairé. Je ressentis un immense pincement au cœur. Ce n'était pas par tristesse, ni par affection pour le lieu. Mais je réalisai que c'était peut-être la dernière fois que je voyais ce lieu ; que je ne reviendrais peut-être jamais dans ce monde et que ma vie allait certainement changer pour toujours. C'était peut-être un peu prématuré, mais j'étais certaine que ce qui m'arrivait était le début de quelque chose qui n'allait pas se terminer par un retour dans ce dépotoir.

— Tu vis ici ?

Arès regardait autour de lui avec incrédulité, et quelque chose d'autre que je ne parvins pas à identifier.

Ce mec est vraiment un connard monumental ! décidai-je alors que je traversais rapidement ma petite cuisine en direction de ma chambre – encore plus petite. Au moins avais-je eu la chance d'avoir une chambre séparée, ce qui était rare en vivant si près du centre-ville. Mais je devais bien admettre qu'Arès avait raison : mon appartement n'était pas merveilleux. Les voisins étaient affreux. Ils ne cessaient de se disputer et je les entendais crier et lancer toutes sortes de trucs contre les murs, ce qui me mettait hors de moi. Et puis, tout était humide. Mon propriétaire était un radin de première qui n'avait jamais fait aucuns travaux, et j'avais beau nettoyer la salle de bain avec une tonne de produit anti-moisissure, une couche de moisissure noire et visqueuse revenait toujours sur les murs et le plafond en quelques heures.

— Mais où est-ce que tu t'assois ? Où est-ce que tu manges ? me cria Arès tandis que je soulevais le mince matelas une place sur mon lit pour accéder à l'espace de rangement qui se trouvait en dessous.

Je l'ignorai, tirant d'un coup sec mon vieux sac à dos kaki de sous le matelas. La vérité était que je mangeais sur mon lit, avec l'impression que les murs vides se refermaient autour de moi alors que j'essayais de regarder Netflix ou de lire sur mon téléphone. Heureusement, j'étais du genre à passer mon temps à l'extérieur ; avec mon hyperactivité, j'étais incapable de rester enfermée dans un espace aussi exigu. Mais je ne pouvais pas me permettre plus. D'ailleurs, en ce moment, je ne pouvais même pas me permettre un appartement aussi petit et insalubre. La seule chose positive de l'immeuble était le sous-sol. Au fil des années, il s'était rempli d'équipements de sport usagés mais qui marchaient encore très bien. I y avait notamment un sac de frappe avec lequel j'adorais me défouler. Je n'avais pas les moyens de m'offrir un abonnement dans une vraie salle de gym alors, même s'il n'y avait pas de ventilation et qu'il y faisait plus chaud qu'en plein soleil, j'étais ravie de pouvoir profiter de cet espace. En fait, je ne savais pas comment j'aurais tenu sans cela...

Je jetai dans mon sac quelques t-shirts, deux jeans, et toute une pile de chaussettes et de sous-vêtements dans le sac, sans faire vraiment attention à ce que je prenais. Sauf pour mon t-shirt Guns N' Roses que j'adorais et que je voulais absolument emporter. Je retirai ensuite les baskets que j'avais aux pieds et les ajoutai dans le sac, puis enfilai la seule paire de chaussures à peu près décente que je possédais : de très grosses bottes de marche, avec des embouts métalliques à l'intérieur qui pouvaient faisaient de gros dégâts si je donnais des coups de pied.

Puis j'ouvris le tiroir du petit meuble près de mon lit pris ce que j'étais réellement venue chercher : mon couteau à lame éjectable. Il n'était peut-être pas aussi gros que l'épée d'Arès, mais il était particulièrement efficace et ne m'avait jamais fait défaut. Avec lui, je me sentais capable d'affronter n'importe qui, y compris les créatures de l'Olympe, ou les dieux immenses, avec une armure, et sans aucun sens de l'humour.

— *Je suis contente que tu sois revenue ici.*

Je sursautai si fort que je lâchai le couteau qui tomba sur le tapis élimé.

— Zeeva !

La traîtresse apparut sur mon lit, remuant la queue.

— *Tu sais qu'il est peu probable que tu reviennes un jour ici ??*

— Oui, et bon débarras ! dis-je en ramassant mon couteau, reprenant mes esprits.

— *Je parle de Londres, pas de cet horrible appartement*, répondit-elle dans ma tête, avec dégoût.

Je restai interloquée un instant. Ce taudis n'allait certainement pas me manquer, mais Londres ? J'aimais tellement cette ville...

— Est-ce qu'il y a des comédies musicales dans l'Olympe ? demandai-je avec espoir.

— *Il y a des pièces au-delà de tout ce que tu peux imaginer, mais je doute que tu puisses y assister...*

— Pourquoi ?

— *Bah... Disons que je serais surprise que tu survives à Arès et à son royaume*, répondit-elle sans ambages.

Je fronçai les sourcils.

— *Peut-être que tu y arriveras... Mais, même dans ce cas, tu ne pourras pas rester dans l'Olympe.*

Je ressentis un profond malaise. La seule raison pour laquelle je ne paniquais pas complètement était que l'Olympe me plaisait, même si je n'y avais passé qu'une heure à peine.

— Pourquoi je ne pourrai pas y rester ?

— *Tu appartiens au monde des mortels désormais. Or, tu as besoin de pouvoirs pour vivre dans l'Olympe si tu n'y as pas grandi.*

— Mais j'ai des pouvoirs ! C'est d'ailleurs pour ça qu'Arès est venu me chercher !

— *Oui, mais tu ne peux pas les utiliser toi-même.*

Avec son ton professoral, je compris ce qu'elle était en

train de faire. Elle essayait de me pousser dans mes retranchements.

— Tu veux que j'apprenne à utiliser mes pouvoirs ? demandai-je.

Elle posa ses yeux ambrés sur la porte, derrière laquelle se trouvait Arès.

— *Il ne te l'apprendra pas*, me prévint-elle. *Tu ne pourras compter que sur toi-même.*

— Et toi, tu pourras m'apprendre ?

Elle secoua doucement la tête.

— *Tes pouvoirs sont très différents des miens. Je ne peux pas t'apprendre quelque chose que je ne connais pas.*

Je n'étais pas d'accord. Elle en savait de toute façon plus que moi. Or, quand on partait de rien, tout ce qui était au-dessus de zéro était bon à prendre...

— Je m'en fiche, j'y arriverai. « Apprendre à utiliser mes pouvoirs de guerre » est la deuxième chose sur ma liste, juste après « trouver une arme », dis-je avec hauteur.

Elle me regarda fourrer mon couteau fermé dans la poche de mon jean, mais n'ajouta rien de plus. Je pris alors mon déodorant et quelques autres affaires sur les étagères de ma salle de bain, puis je fermai la fermeture éclair de mon sac, barrant mentalement les articles de la liste de choses à emporter que j'avais faite dans le désert.

— De toute façon, peut-être que c'est moi qui n'aurai pas envie de rester dans l'Olympe, mentis-je en passant une sangle du sac à dos sur mon épaule et en la regardant dans les yeux.

— *Crois-moi, tu auras envie de rester*, dit-elle d'un ton calme. *En tant que déesse, tu pourrais explorer un monde sans aucune limite. Des royaumes flottant dans le ciel, enfouis dans des volcans, ou plongés dans l'océan, dans des dômes dorés. Des navires qui planent dans le ciel. De la magie qui permet d'ac-*

céder à des expériences, des goûts, des sentiments, et des désirs sans fin. Des gens, des dieux et des créatures qui repousseront les limites de votre imagination. Des histoires qui te laisseront sur ta faim et te donneront envie d'en explorer d'autres. Vivre dans l'Olympe, c'est vivre des aventures magnifiques qui ne se terminent que lorsque tu le décides...

Le sac glissa de mon épaule alors que mes muscles se relâchèrent. Zeeva venait de décrire exactement ce dont j'avais toujours rêvé. Un monde dans lequel l'ennui n'existait pas. Un monde à la hauteur de mon énergie et de mon imagination sans limites. En imaginant ce paradis, cette liberté, j'avais l'impression d'y être et oubliai totalement mon appartement petit et terne.

— Et je ne pourrai y rester que si j'ai des pouvoirs ? finis-je par demander, le souffle court.

— *Exactement.*

Soudain, je revins à la réalité, dans ce deux pièces minable couvert de moisissure.

Jamais je n'avais imaginé un jour avoir ou devoir utiliser des pouvoirs magiques. Et, même si on m'avait plusieurs fois répété, au cours des dernières heures, que j'avais de tels pouvoirs enfouis en moi n'y changeait rien. L'idée me paraissait folle ; irréelle. Certes, j'y croyais, au fond de moi – car, sinon, pourquoi est-ce qu'Arès aurait ainsi fait irruption dans ma vie, sinon ? Mais je n'avais pas l'impression d'avoir ces pouvoirs. Et, aussi arrogant que cela puisse paraître, j'avais suffisamment confiance en mes capacités de combattante aguerrie pour que cela me gêne. Je pouvais tout à fait survivre sans pouvoirs magiques, j'en étais certaine. Maintenant que j'étais armée, je pouvais tout à fait délivrer Joshua, ce qui était mon objectif premier.

Mais si j'avais réellement besoin de pouvoir afin de

rester dans l'Olympe... Cela changeait la donne. Je devais accepter l'idée que j'avais ces pouvoirs et je devais apprendre à les utiliser.

Je regardai Zeeva d'un air déterminé.

Si Arès pouvait utiliser des pouvoirs, alors moi aussi.

Je devais juste trouver un moyen pour qu'il me dise par où commencer.

SEPT

BELLA

Lorsque je revins dans ma cuisine, qui me parut encore plus petite avec l'énorme stature du dieu qui semblait écraser à l'intérieur, Arès se tourna vers moi avec un air renfrogné. Le panache rouge de son casque était aplati contre le plafond crasseux, et je ne pus réprimer un sourire narquois. Il avait vraiment l'air ridicule.

— Pourquoi habites-tu ici ?

— C'était le seul appartement que je pouvais m'offrir et qui était fourni avec un sac de frappe gratuit.

— Quoi ? Tu veux dire que tu payes pour vivre dans cette... boîte ?

— Décidément, tu ne sais vraiment rien ! Eh ben oui, grand dadais, je paye un loyer pour vivre ici... Pourquoi, les logements sont gratuits dans l'Olympe ? demandai-je, cette fois sans sarcasme, mais avec une lueur d'espoir dans la voix.

Arès tourna son corps imposant et regarda avec dédain mes placards gris à moitié cassés.

— Dans mon royaume, chacun vit selon les règles de son seigneur ou de son roi.

— Et qui sont ces seigneurs et ces rois ?

Arès haussa les épaules et le métal de son casque racla le plafond en même temps que ses épaulettes claquèrent contre les meubles de cuisine.

— Les seigneurs sont des divinités ; ils sont nés ainsi. Ils délèguent le pouvoir aux rois.

— Et il y a aussi des reines ?

Il acquiesça.

— Beaucoup. Hippolyte, la reine des Amazones, est ma préférée.

Ses yeux s'illuminèrent lorsqu'il prononça son nom, et je me souvins alors que Perséphone m'avait dit qu'elle était sa fille. Cette pensée me mit mal à l'aise et, même si c'était la conversation la plus amicale et la plus utile que nous ayons eue jusqu'à présent, je changeai de sujet.

— Tu es prêt à partir ? Je dois retrouver mon ami.

Les yeux d'Arès s'assombrirent.

— Tu n'en as pas marre de parler toujours de ton ami ? grommela-t-il.

— Non... C'est généralement ce que font les amis. Ils se soucient les uns des autres... Au fait, il y a de la tequila dans l'Olympe ? demandai-je en apercevant la bouteille d'alcool sur le comptoir derrière lui, à côté de la bouilloire cassée.

— De la tequila ? Qu'est-ce que c'est ?

— Ma version du nectar des dieux, marmonnai-je en faisant glisser la bouteille dans mon sac.

Cette fois, j'avais tout. Mettant mes mains sur mes hanches, je jetai un dernier coup d'œil autour du petit appartement. Rien n'allait me manquer... Ce qui, en soi, était triste. Mais cela ne fit que renforcer ma détermination. J'étais définitivement prête à tourner la page, à partir sans me retourner. Même si c'était pour aller vers l'inconnu – un inconnu merveilleux mais qui risquait aussi de me coûter la vie.

— Allons-y !

— Pourquoi est-ce que nous commençons ici, dans ce désert ? demandai-je quand la lumière du flash se dissipa et que je vis à nouveau clair.

— Arrête de parler, grogna Arès.

— Hé ! Si on doit collaborer, je veux que tu m'expliques ce qui se passe ! m'exclamai-je alors qu'il commençait à marcher dans le sable. Je ne vais pas te suivre comme un petit chien !

— Malheureusement, si tu veux rester en vie et retrouver ton « ami », tu vas être obligée...

Il s'arrêta et se tourna pour me regarder avec une lueur de malice dans les yeux.

— Tu vas devoir te comporter comme mon animal de compagnie !

Une colère chaude et vive m'envahit.

— Ton animal de compagnie ? répétai-je d'un ton glacial.

— Exactement ! confirma-t-il en hochant la tête, faisant onduler son panache ridicule.

— Putain ! explosai-je. Je ne suis le toutou de personne !

La brume rouge s'abattit sur moi et je sentis son énergie monter dans mes veines, remplissant mes muscles.

— Pour commencer, il va vraiment falloir que tu cesses de jurer ! dit-il d'un ton calme qui m'exaspéra.

— Non, pour commencer, je vais t'arracher la tête, espèce de grand imbécile !

Je lui sautai dessus avant de pouvoir m'arrêter mais, avant de pouvoir l'atteindre, je heurtai un mur invisible qui me fit rebondir, et j'atterris violemment sur mes fesses en criant. Du sable volait tout autour de moi alors que je me remettais sur pied.

Ne jamais rester au sol plus longtemps que nécessaire, était l'une des règles que j'appliquais en priorité lors d'un combat.

Arès croisa les bras, visiblement satisfait de lui-même.

Je le regardai avec défiance, prête à me jeter à nouveau sur lui, lorsque, soudain, je réalisai quelque chose. J'avais ressenti ce mur magique physiquement, mais aussi *intérieurement*. Forte de cette constatation, je bondis encore une fois mais, cette fois, au dernier moment, je me baissai pour lui attraper les jambes. Comme je m'y étais attendue, un mur invisible m'en empêcha. Seulement, ce coup-ci, je pris le temps d'observer et je le sentis plus précisément ! Comme une poussée de quelque chose, une sorte de coup sec sur une corde, au fond de mon ventre. Était-ce lui qui accédait à mes pouvoirs ?

Tout à coup, je me sentis décoller et me mis à hurler tandis que je m'élevais de plus en plus jusqu'à voir Arès de haut. Il me tenait par le t-shirt et me soulevait aussi facilement que s'il avait saisi un chiot par la peau du cou. Je me débattis de toutes mes forces et, avant que mon t-shirt ne se déchire, il finit par me reposer au sol avec une douceur qui me surprit. Je me tournai vers lui et nous échangeâmes un regard noir. Je décidai de ne pas céder, mais je me rendais bien compte que je ne faisais pas le poids : il mesurait au moins un mètre de plus que moi...

— Arrête de perdre du temps, me dit-il sèchement, comme un professeur à une élève indisciplinée.

— Arrête de te comporter comme un connard ! répondis-je.

Des étincelles volaient dans ses yeux sombres, et j'étais assez près pour voir qu'elles ressemblaient à des braises ardentes. C'était... vraiment intéressant et je me laissai happer par ses yeux jusqu'à ce que je réalise que j'avais baissé la garde. Immédiatement, je détournai le regard et repris mon air défensif.

— Pourquoi rends-tu les choses si difficiles ?

— Je ne sais pas... Peut-être parce que tu as débarqué dans ma vie en clamant que tu voulais me tuer ? Ou peut-être parce que tu n'en as rien à foutre de sauver Joshua et que tu ne le fais que pour sauver ton cul ? Ou peut-être, tout simplement, parce que tu es un idiot sans humour ?

— Si tu veux vraiment sauver ton ami, il va falloir que tu arrêtes de me mettre en colère, dit-il, avec une tension palpable.

— Dis-moi comment utiliser mes pouvoirs, rétorquai-je sans prêter attention à sa menace et en le regardant à nouveau dans les yeux.

— Non ! trancha-t-il de manière catégorique.

Puis il se retourna et se remit à marcher.

— Alors je vais continuer à te faire chier ! lançai-je, courant presque pour le rattraper.

— De toute façon, je sens que tu vas le faire ! cracha-t-il.

J'étais obligée d'admettre qu'il avait raison, alors je me tus à contrecœur, faisant de mon mieux pour suivre son rythme. Le pic d'adrénaline qui était apparu lors de mon bref et infructueux combat contre lui me submergeait toujours ; je me sentais sous tension mais la brume rouge s'était dissipée. Heureusement, car le meilleur moyen d'aider Joshua était de continuer à avancer, et de ne pas attaquer inutilement Arès.

— Dis-moi au moins où nous allons... lui demandai-je avec plus de douceur.

— Nous allons dans l'une des villes les plus animées du Bélier, où on va essayer d'avoir des informations sur ce maudit démon, soupira-t-il, après une longue pause.

— Ah...

Cela me semblait être une bonne idée, mais j'étais trop fière pour le lui dire.

— Pourquoi est-ce que nous ne nous téléportons pas là-bas ? demandai-je à nouveau après quelques secondes.

— Parce que le roi d'Érimos ne permet pas que l'on se téléporte dans sa ville.

Je commençai une nouvelle liste dans mon esprit que j'intitulai « Questions à poser plus tard », et notai de me renseigner sur Érimos et son roi.

— Mais, puisque tu es le dieu de ce royaume, tu ne peux pas enfreindre les règles ?

Arès prit une longue inspiration, puis expira lentement. Lorsqu'il me répondit, je compris qu'il avait l'impression de parler à un enfant.

— Tes pouvoirs sont le vague reflet de ce qu'étaient les miens. Plus tu resteras ici, plus ils vont s'intensifier. Mais, pour le moment, la chose la plus impressionnante que tu puisses faire est de te téléporter.

Indignée, j'ouvris la bouche avec l'intention de défendre mes pouvoirs nouvellement découverts, mais Arès continua avant que je puisse placer le moindre mot.

— Si les habitants de mon royaume apprennent que j'ai perdu mes pouvoirs, la plupart essaieront d'en profiter. Renverser le dieu de la Guerre serait pour eux un exploit légendaire. Nous devons donc veiller à ce que personne ne sache qui je suis !

L'idée me paraissait aussi folle qu'amusante.

— Attends... Tu es en train de m'annoncer que tu vas te déguiser pour entrer dans ton propre royaume ? souris-je.

— Je ne vois pas d'autre moyen.

Lui, en revanche, ne semblait pas trouver la perspective aussi réjouissante que moi. Mais, de mon côté, j'adorais l'idée ! C'était comme être l'héroïne d'un film d'espionnage. Peut-être était-ce mon amour du théâtre et la possibilité d'être actrice que je trouvais aussi excitants ? Ou alors j'étais plus tordue que je ne le pensais.

— Tu crois vraiment qu'ils ne te reconnaîtront pas ? Je veux dire, tu es plutôt pas mal, enfin, euh... on te remarque quoi ! balbutiai-je en regardant son profil.

Arès ne répondit rien, se contentant de continuer fouler le sable, son armure battant la mesure.

— Tu vas utiliser la magie pour changer ton apparence ? tentai-je à nouveau.

— Tes pouvoirs ne sont pas suffisamment forts pour que je les utilise pendant une si longue période. Cela t'épuiserait et tu finirais par perdre conscience.

Je détestai la jubilation avec laquelle il prononça cette dernière phrase, comme s'il rêvait que cela se produise.

— Alors comment comptes-tu faire ? J'imagine que tout le monde sait à quoi tu ressembles ?

Arès ralentit jusqu'à s'arrêter, et se tourna vers moi en mettant ses énormes poings sur ses hanches.

— Tu ne peux pas savoir à quel point je n'ai pas envie de faire cela, me dit-il doucement. Surtout avec toi.

— Faire quoi ?

Je ressentais un mélange d'appréhension et de curiosité. Que comptait-il faire, exactement ?

— Il n'y a que trois êtres qui ont déjà vu mon visage, dit-il derrière son casque, si bas que j'entendis à peine ses mots.

— Pourquoi ?

— Le casque de guerrier que je porte fait partie de moi. Tu ne comprendrais pas.

Je pensai à mon couteau, et à quel point je me sentais mal lorsque je ne l'avais pas. Mais je chassai cette pensée, me concentrant sur Arès.

— C'est-à-dire que tu ne l'enlèves jamais ?

— Pas devant les gens, non.

— Pourquoi ? Parce que tu es vraiment laid ?

Je ne pus m'empêcher de poser la question. Il me regarda avec un regard furieux.

— Tu te moques de moi ?

Ce n'était pas une question ; c'était une menace, et je sentis mon estomac se nouer.

Non... Je cherche à t'énerver pour récupérer mes pouvoirs, pensai-je, sans oser lui dire.

— C'est juste un casque, arguai-je en haussant les épaules.

— Tu es une enfant ignorante, égoïste, et faible, grogna-t-il.

Les braises dans ses yeux s'intensifièrent. J'étais subjuguée et pris une profonde inspiration. Plus je regardais le feu brûler dans ses yeux, plus j'avais l'impression d'entendre le tintement des épées et des tambours au loin. Et plus j'entendais cette musique, plus j'avais la sensation d'être submergée d'adrénaline, la soif de victoire me faisant frissonner. Arès dut prendre ma fascination pour de la peur car il redressa ses épaules, fit un pas en arrière, et hocha la tête d'un air satisfait.

Décidant qu'il était probablement plus prudent de le laisser penser que j'avais peur de lui que de lui faire savoir qu'il avait les plus beaux yeux que j'aie jamais vus, je ne dis rien, malgré les frissons qui continuaient de me parcourir tout entière. Je savais que ce n'était pas le moment de me laisser aller à ce genre de sensation ; pourtant, je n'avais qu'une envie : voir à nouveau le feu dans ses yeux.

Il vient de te dire que tu étais une enfant ignorante, égoïste, et faible ! Ressaisis-toi, Bella, me réprimandai-je mentalement.

— Si je suis ignorante, c'est ta faute ! C'est parce que tu refuses de me dire quoi que ce soit...

Je croisai les bras sur ma poitrine, et les frissons disparurent enfin.

Arès fit un mouvement comme pour se laisser le temps de réfléchir, et le bruit son armure résonna dans le silence assourdissant autour de nous.

— Je te parlerai d'Érimos en chemin, ça te va ? me proposa-t-il finalement.

— Je m'en fiche d'Érimos ! mentis-je. Ce qui m'intéresse, c'est pourquoi tu es si attaché à ce casque. Est-ce que tu dors avec ?

— Ce n'est pas possible ! aboya Arès, excédé, tapant du pied. Tu es tout ce que je déteste chez les humains !

— Venant de toi, permets-moi de prendre cela comme un compliment, au nom de tous les humains, rétorquai-je.

En réalité, je n'étais pas certaine d'être très représentative des humains, à en croire tous ceux qui me détestaient. Mais il n'avait pas besoin de le savoir.

— Le casque était un cadeau de mon père, lâcha-t-il sèchement.

— Zeus ? Le même Zeus qui a volé tes pouvoirs ?

— Oui.

— J'imagine que tu le détestes, maintenant ?

— Non. Il est puissant et fort. C'est lui, notre véritable roi.

— Alors... Pourquoi a-t-il pris tes pouvoirs ?

Je sentis le tiraillement dans mon ventre avant de voir Arès commencer à grandir, son armure brillante grandissant avec lui. Aussitôt, je regardai ses yeux avec une lueur d'espoir. *Je voulais voir le feu.*

— Mon père devait avoir ses raisons. Et j'ai l'éternité pour découvrir lesquelles. En attendant, nous allons trouver ce foutu démon, récupérer ton cher ami, et le livrer à Hadès !

— Et montrer à tout ton royaume ton vrai visage, ajoutai-je avec un petit haussement d'épaules.

Une explosion de puissance jaillit de lui et, avant que j'aie même le temps de cligner des yeux, je tombai en arrière. La chaleur et le bruit des tambours m'engloutirent alors que je perdais pied, mais je rebondis sur quelque chose de doux qui me permit de me remettre debout. Je tendis les bras, essayant de reprendre mon équilibre, alors que je levais les yeux vers Arès. Des braises brûlaient dans ses yeux chocolat. Je frissonnai encore. J'entendis encore les tambours.

— Tu es vraiment impossible ! gronda-t-il. Tu veux vraiment que je perde mon sang-froid ?

— Non, mentis-je.

Car, si j'étais honnête, je le voulais. *Un peu.* Même si je savais à quel point c'était bête. Si je le poussais trop, certes je verrais les flammes dans ses yeux, mais il me tuerait probablement.

Je tournai la tête pour voir ce qui avait interrompu ma chute, mais il n'y avait rien. Étaient-ce mes pouvoirs qui m'avaient empêchée de tomber ? À moins que ce ne soit Arès ? Pourtant, il semblait plutôt du genre à ne pas s'émouvoir du fait que je me fasse mal...

— Enlever mon casque sera la chose la plus difficile que j'aie faite depuis des siècles. Si tu ne peux pas respecter cela, alors tais-toi, dit-il doucement.

À mon grand étonnement, ses paroles me firent culpabiliser. Si c'était à ce point douloureux pour lui, il avait raison : je devais respecter sa douleur.

Mais il voulait te tuer ! me dis-je.

Et c'était vrai. Pourtant, je ne pus me résoudre à le piquer davantage. « Des siècles »... C'était long ! Et puis, je devais admettre que j'étais curieuse de voir à quoi il ressemblait sans son armure...

Immédiatement, des images de lui sans m'assaillirent. Je n'avais pas couché avec un homme depuis longtemps, et il ne fallut pas beaucoup d'efforts pour imaginer tout de lui. Absolument *tout*... Je l'imaginai énorme, imposant et *nu.* Me sentant rougir, je chassai rapidement ces images de mon esprit. Une chose me surprit cependant : dans mon imagination, même nu, il portait toujours son casque. De toute évidence, il m'était plus facile de visualiser un corps nu que le visage d'un dieu. Un psy aurait certainement trouvé cela intéressant...

Alors que, comme il me l'avait demandé, je gardai le silence, Arès souffla de colère et me tourna le dos, faisant quelques longues enjambées afin de mettre une distance décente entre nous. Je faillis faire une boutade sur le fait qu'il se comportait comme une *drama queen,* mais je serrai les lèvres pour m'empêcher de commettre cette erreur. Ce n'était pas le moment.

En même temps, c'était vrai... Cet homme avait de toute évidence un goût prononcé pour le mélodrame.

Qu'est-ce que cela cachait ? Une image de Shrek surgit dans ma tête et je réprimai mon éclat de rire – mais un peu trop tard. Arès me lança un regard furieux par-dessus son épaule, puis agrippa le bas de son casque.

L'appréhension me saisit, sans que je sache vraiment pourquoi. Après tout, qu'est-ce que son apparence pouvait bien me faire ?

Il leva les mains, retirant le casque de sa tête. Une masse de cheveux bruns légèrement ondulés tomba dans son dos, et mes sourcils se levèrent de surprise. Sa chevelure était striée de blanc et dépassait largement ses épaules massives. Il laissa tomber le casque sur le sable et s'attacha les cheveux en queue de cheval avec une lanière de cuir. J'étais médusée... Jamais je n'aurais imaginé qu'il avait les cheveux longs. Si on m'avait posé la question, j'aurais certainement dit qu'il devait avoir la coupe de cheveux d'un militaire hargneux.

Lorsqu'il se retourna finalement vers moi, il me fallut réunir toutes mes forces pour ne pas lui montrer mon étonnement.

Putain... Arès était carrément sexy. Il était tellement beau que, cette fois, si j'en avais encore douté, je sus de manière définitive qu'il n'était pas humain. Aucun humain ne ressemblait à *ça* !

Ces yeux chocolat brillant de mille feux appartenaient à un visage qui était absolument magnifique. Exactement l'idée que l'on se faisait de l'homme viril, nous les humains : des saillantes et anguleuses, une mâchoire carrée recouverte d'une fine barbe noire, et des lèvres charnues et douces. Même ses cheveux longs le rendaient encore plus masculin. Il était parfait. Tout simplement parfait.

— Eh bien... Tu n'es pas le genre à avoir besoin d'un sac en papier, soufflai-je.

Il fronça ses superbes sourcils bruns.

— Pourquoi ? Qui peut avoir besoin d'un sac en papier ?

Voir pour la première fois sa bouche bouger alors qu'il parlait provoqua en moi l'envie irrésistible de sentir ses lèvres douces.

C'est un dieu, imbécile ! Tu t'attendais vraiment à ce que ce soit un gros laideron ? Évidemment qu'il allait être beau. Mais ça ne l'empêche pas d'un immense connard. Reste concentrée, Bella !

— Personne... C'est juste une expression de mon monde, dis-je en secouant la tête. Qu'est-ce que tu vas faire avec ça ? demandai-je en désignant son casque dans le sable.

— Je vais le cacher, avec ça, me répondit-il en tapant du poing son plastron massif.

Mes joues me brûlèrent comme si quelqu'un passait une allumette dessus.

Génial... Donc l'immense connard est maintenant sur le point de se déshabiller !

J'essayai de me distraire en m'asseyant et en gribouillant dans le sable, tandis qu'Arès était occupé à retirer son armure.

Joshua. Ton objectif est de sauver Joshua, me dis-je à plusieurs reprises, en dessinant des cercles avec mon doigt. Je devais arrêter de retarder Arès et cesser de le regarder autrement que comme mon coéquipier. Je décidai de me reprendre et de rester concentrée.

— Allons-y ! grogna Arès, me sortant du sermon que je me faisais à moi-même.

Je bondis sur mes pieds, tirant mon sac avec moi, puis me retournai vers lui.

Je crus que j'allais défaillir.

Il n'avait plus son armure mais uniquement un pantalon en lin noir, torse nu.

— Pourquoi tu ne portes pas de chemise ?

Même en me forçant à ne regarder que son visage, ses pectoraux outrageusement sculptés rentraient dans mon champ de vision et me piquaient les yeux.

— Les gens à Érimos ne portent pas de chemises, me répondit-il simplement.

— J'espère que cela ne concerne que les hommes ! m'exclamai-je, inquiète.

Il était hors de question que j'arrive dans une ville avec les seins à l'air... Plutôt me damner !

Arès me regarda comme si j'avais dix ans.

— Même si on ne me l'avait pas dit, j'aurais deviné que tu es une touriste..., soupira-t-il. Ne t'inquiète pas, tu peux rester habillée comme tu es.

Il portait sur le front un bandeau d'or, du même matériau que celui de son casque brillant.

— C'est ton armure ? lui demandai-je en pointant son bandeau du doigt.

Il acquiesça.

— Très impressionnant ! dis-je. Même si ça te donne un air un peu... majestueux.

Il leva les yeux au ciel et tourna les talons, marchant à grands pas dans le sable. Il m'était totalement impossible de ne pas regarder ses épaules massives, la façon dont ses muscles toniques bougeaient pendant qu'il marchait, les fossettes dans le bas de son dos, la taille basse de son pantalon... Je me forçai à me ressaisir.

Arrête de mater, Bella. Tu dois trouver Joshua !

HUIT

BELLA

Cela ne faisait qu'une minute que nous nous étions remis en route, dans un silence aussi complet que gênant, lorsqu'une lueur bleue attira mon attention. Sachant ce que cela annonçait, je m'arrêtai, et Zeeva apparut sur le sable devant moi. Elle s'étira langoureusement, comme un chat normal, puis s'assit proprement, la queue enroulée autour d'elle.

— Pourquoi ta chatte est-elle ici ? grogna Arès qui s'était arrêté et se retournait vers nous.

— Je n'en sais rien ! répondis-je en haussant les épaules, refusant de regarder sa poitrine nue, musclée, bronzée et imposante. Qu'est-ce que tu fais ici, Zeeva ?

— *Je suppose que vous vous dirigez vers Érimos ?* me demanda-t-elle dans ma tête.

Je hochai la tête, et elle bâilla avant de répondre.

— *Malheureusement, mon lien avec toi ne fonctionnera pas une fois que tu seras là-bas. Il vaut donc mieux que je reste avec toi maintenant.*

— Oh...

Je n'étais pas certaine d'avoir très envie de l'avoir à

mes côtés. Elle ne s'était pas montrée particulièrement amicale ni serviable, jusqu'à présent. Mais elle en savait plus que moi, et je supposai que sa présence ne pouvait pas faire de mal. Je levai les yeux vers Arès.

— Elle vient avec nous à Érimos, lui annonçai-je.

Il soupira.

— Ta présence n'est pas la bienvenue, espionne, siffla-t-il à Zeeva.

Je n'entendis pas ma chatte lui répondre, mais Arès n'ajouta rien de plus, se contentant de reprendre sa marche, visiblement exaspéré, son dos musclé ondulant alors qu'il avançait.

— Bravo ! J'avais réussi à le calmer un peu, réprimandai-je Zeeva.

Sans prendre la peine de me répondre, elle trottina derrière lui.

～

— Tu ne devais pas me parler d'Érimos, demandai-je à Arès lorsque je les rattrapai, lui et Zeeva.

J'avais chaud, mais je n'avais pas apporté d'eau. Uniquement de la tequila, ce qui, à la réflexion, n'était pas très utile dans le désert.

— Cette ville est dirigée par un roi particulièrement brutal. Il y a des arènes de combat partout, et de grands établissements de jeux – les plus importants de l'Olympe. Érimos est une ville riche, car beaucoup viennent y dépenser leur argent pour boire et profiter des femmes.

Il éructait les mots, comme si tout ce qu'il disait le mettait en colère.

— Charmant... C'est quoi, une « arène de combat » ?

— *La même chose que là où se battaient les gladiateurs,*

dans ton monde, me souffla Zeeva en même temps qu'Arès secoua la tête.

— Tu ne sais vraiment rien ! marmonna-t-il.

— Ce n'est quand même pas là que Joshua a été emmené ?

D'un seul coup, tous mes fantasmes sur Arès disparurent de mon esprit, laissant place aux images de Joshua enchaîné et forcé de combattre contre des gladiateurs.

Arès haussa simplement les épaules.

— Si un démon se balade dans mon royaume, quelqu'un à Érimos le saura, déclara-t-il. C'est pour ça que nous allons là-bas.

L'anxiété m'envahit, tandis que le fait d'être rattrapée par la réalité aiguisa ma concentration.

— *Votre ami est un gardien, pas un combattant. Il est peu probable qu'il ait été emmené dans une arène,* me rassura Zeeva quelques instants plus tard.

Je la regardai avec reconnaissance, mais elle ne se tourna pas vers moi.

— Comment puis-je te répondre dans ma tête ? lui demandai-je.

— *Il te suffit de te concentrer sur les mots que tu veux me projeter. Mais j'aimerais autant que tu ne le fasses pas. Tu es déjà assez ennuyeuse comme ça...*

— Très aimable ! marmonnai-je.

Donc, même dans l'Olympe, personne ne m'aimait, pas même ma putain de chatte...

En même temps, tu fais tout pour, me dis-je alors que nous marchions sur le sable sans jamais croiser quoi que ce soit, à l'exception d'un buisson broussailleux ou d'un tas de rochers ici et là.

C'était vrai. Je n'étais tout simplement pas douée pour rester sans rien faire, ou me détendre. Et je finissais par mettre les gens à cran. Je les énervais. Et encore, les énerver était dans le meilleur des cas. J'avais perdu beaucoup d'amis à cause des ennuis dans lesquels je les entraînais si souvent. Enfin, plus précisément, ce n'étaient pas tant les problèmes qui les faisaient fuir, que ma réaction aux problèmes. Le plus souvent, je finissais par me battre. Car je n'étais pas du genre à me laisser impressionner... Même si, le plus souvent, il aurait été plus sage de ne pas céder à mes pulsions de guerrière. Mais c'était plus fort que moi. Et cela, évidemment, faisait peur aux gens. D'ailleurs, je me faisais moi-même peur, parfois !

— Nous sommes arrivés, dit brusquement Arès en se tournant vers moi. Je sais que ça va être difficile, mais essaye de ne rien dire et laisse-moi parler, d'accord ?

Je regardai autour de nous en fronçant les sourcils. Il n'y avait rien d'autre que du sable.

— Euh... Érimos est une ville invisible ?

Arès me regarda comme si j'étais débile.

— Invisible ? Et tu as le culot de me traiter d'idiot ?

Il secoua la tête puis, d'un seul coup, se mit à hurler si fort que je crus qu'il avait été poignardé.

— Putain, mais qu'est-ce... commençai-je.

Mais ma voix en colère fut instantanément étouffée par le bruit du vent rugissant, et mes cheveux se soulevèrent et battirent contre mon visage alors que le sable autour de nous commença à se transformer en tornades. En seulement quelques secondes, je ne pus rien voir d'autre que la couleur beige du sable tourbillonnant autour de nous. Une poche d'air nous enveloppait tous les trois, nous permettant de respirer normalement, mais cela ne m'empêcha pas de paniquer, mon instinct prenant le dessus. Heureusement, la tempête cessa aussi vite qu'elle était apparue. Toutefois, le sable ne retomba au sol comme cela aurait été normal : il s'éleva dans le ciel, disparaissant dans les nuages, et laissa place à un immense espace englouti dans lequel se trouvait la plus belle ville fortifiée que j'aurais pu imaginer.

J'avais l'impression d'être à Agrabah, la ville d'Aladdin. Mais, en regardant de plus près les murs incrustés de joyaux qui entouraient la métropole étincelante qui s'élevait devant nous, je commençai à remarquer les détails les plus sombres. Des crânes étaient placés entre la pierre pâle des murs et les bijoux qui les ornaient, et les toits en forme de bulbes des bâtiments qui jaillissaient vers le ciel étaient décorés de sculptures d'armes liées entre elles : des épées, des fléaux, des haches, et des marteaux qui formaient d'énormes motifs au sommet des bâtisses dont la taille était impressionnante.

Nous surplombions la ville et j'observais cette multitude de bâtiments au centre de l'enceinte carrée. Et plus je les regardais, plus les bâtiments devenaient petits. Mais ils étaient tous faits de la même pierre magnifique, dans laquelle se réverbérait la lumière du soleil, et qui était la preuve de la richesse de la ville. Entre les bâtiments se trouvaient de grandes places au centre desquelles étaient installés des chapiteaux en tissu d'où sortaient et entraient une multitude de gens qui me paraissaient minuscules, d'où nous étions. Autour de la ville, au-delà des murs, se trouvaient six ou sept arènes bordées entourées de gradins. *Les arènes de combat,* réalisai-je avec un pincement de curiosité morbide. Entre les arènes se trouvaient des centaines de tentes aux couleurs vives, rassemblées en grappes, et je les observai en fronçant les sourcils.

— Pourquoi sont-elles en dehors de la ville ? demandai-je en désignant les tentes.

— Il faut payer pour entrer dans Érimos. Les gens qui

vivent dans ces tentes ne peuvent pas se permettre d'entrer à l'intérieur des murs, me répondit Arès, qui se mit à marcher sur la dune.

— Je suppose que tu as de l'argent ? demandai-je en trottinant à côté de lui, réalisant soudain que je n'avais pas un sou.

Arès se contenta de grogner.

— *La monnaie d'ici s'appelle la drachme.*

Je me tournai vers Zeeva, qui semblait presque flotter sur le sable, gracieusement et sans effort.

— Ah... Okay, merci, répondis-je.

Même si cela ne signifiait rien du tout pour moi, j'étais attentive à toutes les informations que je pouvais avoir, sachant pertinemment qu'elles finiraient toutes par me servir à un moment ou un autre.

Lorsque nous arrivâmes au bas de la dune, les portes d'Érimos se dressaient devant nous. De près, je réalisai que, en plus des crânes que j'avais aperçus au loin, il y avait dans les murs de pierre beaucoup d'os incrustés. Des diamants brillaient sur les fémurs, des saphirs sur les côtes, et des améthystes sur les clavicules. C'était terriblement effrayant, mais je me sentis pourtant « appelée » par la ville. J'étais impatiente de la découvrir.

Nous longeâmes le mur d'enceinte et, au moment où nous arrivâmes devant les immenses portes en fer de la ville gardées par deux soldats en armure qui faisaient payer tous ceux qui entraient, Arès tourna brusquement à gauche, marchant à une certaine distance du mur.

— Pourquoi n'entrons-nous pas ? demandai-je en marchant vite pour suivre son rythme.

Les bruits des gens qui criaient, vendaient des marchandises, et se saluaient s'estompaient à mesure que nous avancions le long du mur.

— Peut-être allons-nous pouvoir obtenir les informations dont nous avons besoin sans entrer dans la ville.

— Mais je *veux* entrer dans la ville !

— Je me fiche de ce que tu veux.

— Merci, je m'en étais rendu compte, marmonnai-je.

— *Il évite le roi d'Érimos,* me souffla Zeeva.

— Pourquoi ?

— *Demande-lui.*

— Pourquoi est-ce que tu évites le roi ? demandai-je alors à Arès.

Il se retourna brusquement et lança un regard noir à ma boule de poils.

— Tu ne peux pas te mêler de ce qui te regarde ? sifflat-il en direction de Zeeva, qui agita la queue.

Puis, Arès me jeta un coup d'œil et reprit sa marche.

— Il n'est pas seulement un roi. Et il vaut mieux qu'il ne sache pas que je suis ici, m'expliqua-t-il calmement.

— Mais... Puisque tu es déguisé ?

— Je ne tiens pas à prendre de risques inutiles ! tonnat-il en s'arrêtant et en se retournant vers moi. Nous sommes ici dans *mon* royaume, tu comprends ? Il s'agit de *mon* monde, avec *mes* règles, et je te demande d'arrêter de me défier !

Je lui lançai un regard noir, mais restai silencieuse, me souvenant de ma résolution de me comporter correctement. Et puis, je devais admettre qu'il avait raison. Nous étions dans son monde, et il savait certainement mieux que moi ce qu'il fallait faire et ne pas faire. Encore une fois, je me répétai que le meilleur moyen de retrouver Joshua était de laisser Arès agir comme il l'entendait.

En revanche, je n'étais pas prête à lui obéir comme un mouton. Ce n'était pas mon genre !

Au bout de cinq minutes, nous atteignîmes l'un des

groupes de tentes. Le terrain était plat et je ne pouvais donc pas voir l'arène de combat en contrebas. Mais je savais qu'elle était là, juste après le campement, et tout mon corps brûlait de curiosité.

— Les gens qui vivent ici participent tous aux combats organisés dans les arènes. Beaucoup sont des esclaves dont les maîtres vivent à l'intérieur de la ville, m'apprit Arès, d'une voix étonnamment douce, alors que nous nous approchions.

— Pourquoi ne s'enfuient-ils pas ?

— La plupart sont liés et ne le peuvent pas. Mais pas tous. Certains se battent pour la gloire, répondit-il. Ce sont des personnes dures. Surtout, ne dis rien et laisse-moi parler.

Les tentes étaient toutes de couleurs vives, comme dans un cirque – rouge, bleu, violet, et jaune – et leurs habitants étaient eux aussi de couleurs différentes. Lorsqu'Arès ralentit et que nous entrâmes nonchalamment dans le campement qui ressemblait à un souk, je fis de mon mieux pour ne pas avoir l'air étonnée. Juste devant nous se trouvait un grand feu, avec une marmite en fer qui se balançait au-dessus, et environ six personnes étaient assises autour, sur des tabourets en bois. Tous étaient habillés de la même manière : torse nu avec un sarouel ample violet ou rouge. Mais c'était leur seul point commun.

Deux, j'en étais presque sûre, étaient des minotaures. Ils étaient aussi grands qu'Arès, recouverts d'une fourrure sombre, avaient des sabots à la place des pieds, des museaux en guise de visages, et des cornes recourbées, aussi géantes qu'impressionnantes, qui jaillissaient de leur front. Ils étaient vraiment incroyables ! Alors que le groupe commençait à remarquer notre approche, une créature avec des tas de pics sortant de son crâne chauve se tourna vers nous, révélant son visage déformé avec un seul œil couleur ambre au milieu. Lorsqu'il se mit debout, je réalisai avec effroi que ce n'était pas *il* mais *elle* : une bande de tissu en lambeaux était nouée autour de sa poitrine. Elle posa son œil unique sur Arès.

— Qui êtes-vous ? lança-t-elle.

Les autres personnes assises autour de la marmite se tournèrent alors vers nous, les deux minotaures, et trois autres qui avaient une apparence humaine. Je collai un sourire amical sur mon visage, ignorant l'adrénaline que je sentis couler dans mes veines.

— J'ai... un ami qui a disparu, déclara Arès. Je cherche des informations pour tenter de le retrouver.

Le cyclope hocha la tête, indiquant à Arès qu'il pouvait continuer.

— Avez-vous entendu parler d'un démon du monde souterrain qui serait actuellement à Érimos ?

Le cyclope resta impassible, et l'un des minotaures donna un coup de pied à la marmite en fer, la faisant se balancer. Aussitôt, un parfum de viande bouillie nous submergea.

— Non, répondit finalement le cyclone.

— Pas de nouveaux démons sur les combats ?

— Nous ne pouvons pas vous aider, trancha-t-elle d'une voix dure.

Arès se raidit, et je sentis un tiraillement dans mes tripes alors que la colère émanait de lui.

C'était un dieu et, de toute évidence, il n'était pas habitué à ce qu'on lui tienne tête. Je n'étais même pas certaine que cela lui soit déjà arrivé...

— Ça sent bon, dis-je, avant qu'il ne perde le contrôle et nous trahisse. Qu'est-ce que c'est ?

L'un des humains me regarda de la tête aux pieds avant de me répondre.

— Alexsis a perdu sa jambe lors d'un combat la semaine dernière. Elle est morte ce matin.

— Oh. Je suis désolée, dis-je, confuse, sans comprendre toutefois pourquoi il me parlait de la mort de son amie.

L'homme haussa les épaules.

— Elle était notre cuisinière. C'est tout ce qu'il nous reste maintenant qu'elle est partie.

— Merde... fis-je avec sympathie.

— Tu sais cuisiner ? me demanda le minotaure le plus proche de moi.

Sa voix avait le son d'un râteau sur du gravier.

J'éclatai de rire.

— Non. Sauf si vous considérez du fromage grillé comme de la cuisine...

Je sentis une autre vague de colère déferler sur Arès, et je devinai qu'elle était cette fois dirigée vers moi. Je devais fermer ma gueule !

— Eh bien, merci pour votre aide et bonne chance dans votre apprentissage de la cuisine, déclarai-je d'un ton enjoué, commençant à me retourner.

Mais tous les cinq se levèrent à l'unisson. Je m'arrêtai à mon tour et mes muscles se contractèrent alors que mes instincts se réveillèrent et que tout mon corps se chargea de force.

— Il nous faut une cuisinière, grogna le minotaure. Et ce truc nous permettra de nous nourrir pendant une semaine, ajouta-t-il en montrant du doigt le bandeau d'Arès.

— Je t'ai dit que tu avais l'air trop royal ! murmurai-je entre mes dents.

Il me regarda, furieux, et je ravalais mes mots. Des braises illuminèrent ses yeux, tandis que la brume rouge emplit mon regard, affûtant ma vue. Je ressentis alors le sentiment familier d'être trop grande pour mon propre corps. Ma peau bourdonnait d'une énergie à peine contenue alors que j'arrachais mes yeux d'Arès et me retournais vers le groupe.

— Je vous ai dit que je n'étais pas une cuisinière, répétai-je d'un ton ferme.

— Ça, c'est à nous d'en décider, ma petite dame, déclara l'un de ceux qui avaient une apparence humaine.

Puis il scintilla et se transforma sous mes yeux en quelque chose... de complètement dingue ! Il avait le corps d'une panthère, sombre, élégant et puissant, et la queue rougeoyante d'un scorpion était dressée sur son dos. Mais je n'eus pas le temps de le détailler très longtemps car la créature qu'il était devenu s'élança sur nous avec un rugissement terrifiant.

Aussi rapide que l'éclair, Arès se plaça entre moi et la chose, lançant son énorme bras devant lui alors qu'il faisait un pas de côté et tombait à genoux. Son avant-bras percuta la créature alors qu'elle passait devant lui pour m'atteindre, et je ressentis une déchirure dans mes tripes. La créature vola dans les airs... On aurait dit un frisbee ! Je le regardai, bouche bée, s'écraser contre une tente à trente mètres de là, tandis que des hurlements s'élevèrent à l'intérieur.

— Qu'est-ce que... commença la femme cyclope.

Mais Arès l'interrompit avec un rugissement alors qu'il courut vers le feu. Alors, oubliant ma résolution de ne pas faire de vague, je perdis le contrôle et, poussant un cri de guerre aussi fort que celui d'Arès, je m'élançai derrière lui.

NEUF

BELLA

Je mentirais si je disais que je n'appréciais pas la brume rouge qui s'emparait de moi, parfois. Le fait d'être une blonde d'un mètre cinquante faisait que les gens me sous-estimaient constamment. Et il n'y avait rien d'aussi jouissif que de voir leur visage au moment où ils réalisaient leur erreur.

Je m'élançai sur la cible la plus proche de moi, le minotaure qui avait insisté pour que je sois leur cuisinière. Pendant que je courais vers lui, alors que je sortais mon couteau de ma poche, j'analysai la situation, observant sa position et son museau hargneux. J'enregistrai le mouvement de son épaule alors qu'il ramenait son bras en arrière et j'augmentai ma vitesse, la force inondant mes jambes. Lorsque je suis suffisamment près de lui, sans même lui laisser le temps de comprendre ce qu'il se passait, je me plaçai sous son coude et enfonçai ma lame dans sa cage thoracique, lui arrachant un grognement. Je pivotai alors sur moi-même, tirant sur mon couteau et le plantant à nouveau dans le premier endroit que je pus atteindre : le creux de son dos. Ma force était renforcée par un sentiment de rage, et j'appuyais avec véhémence, forçant la lame au plus profond de sa chair. Alors qu'un cri de douleur s'échappa de son museau, je le regardai avec la satisfaction d'avoir gagné. Mais mon allégresse fut de courte durée : je ressentis comme une déchirure dans mon estomac, et je me retournai pour voir le dieu de la guerre ramasser le cyclope par le cou, rouge de puissance. Je dus cependant le quitter du regard car ma vision périphérique s'assombrit et j'esquivai juste à temps le coup de poing que l'autre minotaure tenta de m'assener.

— Qu'est-ce que tu lui as fait ? dit-il d'une voix vaguement féminine.

Des picotements de culpabilité aiguisèrent ma colère, mais je ne me laissai pas déconcentrer. L'enjeu était trop important.

— Exactement ce que je suis sur le point de te faire, sifflai-je en levant mon couteau.

Mais, avant que je puisse m'élancer vers lui pour le lui planter, le cyclope vola dans les airs au-dessus de moi et s'écrasa sur le minotaure, tous deux s'effondrant au sol dans un cri rauque. Arès avait jeté la créature par-dessus la marmite pour dégommer du même coup *mon* minotaure. Comme au jeu de quilles.

— *Si j'étais toi, je partirais maintenant, avant qu'Arès ne vous livre tous les deux*, dit la voix calme de Zeeva dans ma tête.

— Certainement pas ! On commence juste à s'amuser ! lui répondis-je en lançant un regard noir à Arès, puis en cherchant les deux autres humains.

Ils n'étaient nulle part. En revanche, un mouvement attira mon attention à ma droite et je vis la panthère avec la queue de scorpion courir vers nous. Arès grogna, et je sentis à nouveau un tiraillement dans mon ventre, avec toujours ce même sentiment étrange qui me faisait perdre ma concentration.

— Arrête de faire ça ! criai-je en me tournant vers le dieu.

Il me regarda les yeux rougis par les flammes, brillants d'une puissance inouïe.

— Ça me manquait trop ! me répondit-il, essoufflé.

Était-il en train de parler des pouvoirs qu'ils me prenaient pour se battre ?

— Peut-être, mais tu m'empêches de t'aider en faisant ça !

— Je n'ai pas besoin de ton aide.

Une montée de colère m'envahit, avec l'envie irrépressible de le blesser.

— Bien sûr que tu en as besoin ! Je te rappelle que tu ne peux rien, sans moi !

Exactement comme je m'y attendais, mes mots provoquèrent la colère d'Arès et je sentis un pincement dans mon ventre. Mais, cette fois, je me concentrai sur ce qu'il se passait à l'intérieur de moi et reculai.

Ça marchait ! Choqué, Arès laissa échapper un souffle tandis que je sentis une rafale de *quelque chose* jaillir entre mes mains, jusque dans la lame de mon couteau. Il brûlait littéralement sous mes doigts et le son des tambours de guerre résonnait fort dans mes oreilles. C'était comme si ma puissance et mon attention avaient été multipliées par un million. Je voyais tout ce qui se passait autour avec une telle précision que j'avais l'impression que tout se déroulait au ralenti. C'était incroyable. *J'étais invincible !*

Ou du moins, je l'aurais été si j'avais eu des yeux derrière la tête.

Une douleur atroce traversa mon omoplate gauche, et le charme se rompit brusquement. Je hurlai de douleur et mes jambes se dérobaient. C'était comme si on m'avait planté du fer chauffé à blanc dans le dos ; toute ma colonne vertébrale me brûlait d'une manière insoutenable. Je me laissai tomber au sol, le sable volant autour de moi et ma vision se brouillant, comme si j'étais sous l'eau, alors que je luttai pour rester consciente. Le bruit des tambours dans mes oreilles redoubla. Un rugissement d'Arès. Le grognement d'un chat.

Puis ma tête heurta le sable.

DIX

ARÈS

— Je t'avais dit qu'elle nous ferait tuer !

La fille semblait morte sur mon épaule tandis que je franchissais les portes d'entrée d'Érimos. Personne ne fit attention à nous. Tant que l'on payait l'entrée dans la ville, on pouvait bien se promener avec cinq cadavres sur le dos, personne ne s'en souciait.

— *Si tu n'avais pas autant utilisé son pouvoir, elle n'aurait pas été tentée d'essayer de l'utiliser elle-même,* me répondit la maudite chatte d'Héra. *Tu as été ridicule de combattre ces hommes. Tu aurais dû partir.*

— Le dieu de la Guerre ne recule jamais devant le combat ! crachai-je.

— *Et maintenant, le dieu de la Guerre n'a plus aucun pouvoir parce que sa seule source a été empoisonnée par une manticore,* claironna-t-elle en retour avec sarcasme.

Je réprimai une grimace, terrassé par un sentiment de malaise. Dieux que j'aurais aimé avoir mon casque ! C'était insupportable d'exposer ainsi mon visage. Heureusement, à part quelques regards charmeurs de la part des putes locales, tout le monde m'ignorait.

Nous étions en plein milieu du bazar le plus fréquenté de la ville, et je tournai à gauche, en direction de la boutique de l'apothicaire d'Érimos. Les vendeurs ambulants criaient, et l'odeur des épices me piquait les narines tandis que nous traversions la place principale. La joue de Bella rebondissait doucement contre la peau de mon dos alors que je marchais. Je ne cessai de penser à l'expression de son visage lorsque le dard de la manticore s'était enfoncé dans son dos, et cela me mortifiait. Je regrettai de ne pas avoir pu agir. Mais, lorsqu'elle avait perdu connaissance, elle m'avait privé du même coup de l'accès à ses pouvoirs. Je ne pouvais plus me battre.

C'était cela qui provoquait en moi ce sentiment de malaise persistant. J'en étais certain. Je détestais me sentir à ce point impuissant. Et cela n'avait rien à voir avec la douleur que je vis dans ses yeux lorsqu'elle m'avait regardé, avant de s'effondrer.

Cette fille était impolie, impulsive, avec des manières abruptes. Elle incarnait tout ce que je n'aimais pas chez une femme. Elle était le contraire d'Aphrodite. Même si j'avais entendu les tambours de la guerre lorsque je la regardai dans les yeux, cela ne voulait absolument rien dire. Ce qui importait était de la garder en vie assez longtemps afin que je puisse utiliser ses pouvoirs et retrouver le démon échappé. Alors, enfin, je retrouverais mes *propres* pouvoirs.

— Elle est bleue ! déclara calmement l'apothicaire, lorsque je déposai la fille sur la table de pierre devant lui.

Sa boutique était bordée de bouteilles de toutes les couleurs. Certaines étaient si brillantes qu'elles m'éblouissaient et me forçaient à plisser les yeux. Des bols contenant diverses sortes de poudre et de vase étaient entremêlés avec les bouteilles, et une forte odeur de fer régnait dans la pièce.

— Je suis sûr que vous avez vu pire...

— Hmmm, répondit-il en baissant la tête sur son visage.

C'était un petit homme, avec des cheveux clairsemés et des lunettes.

— Piqûre de manticore ? demanda-t-il en regardant la plaie qui noircissait dans son dos.

— Oui.

— Et... Qu'est-elle, exactement ?

Je réfléchis un instant, essayant de trouver la meilleure façon de répondre.

— Une demi-déesse, déclarai-je finalement.

L'homme maigre me regarda par-dessus le bord de ses lunettes, avec dédain.

— Je vois ça, elle serait déjà morte sinon. Mais, je veux dire, quelle est sa force ? Sera-t-elle capable de supporter l'ambroisie ?

— Je, euh...

Je bafouillai et cela me mit hors de moi. J'étais l'un des douze êtres les plus vénérés de l'Olympe et j'étais obligé de laisser un petit humain me regarder comme si j'étais un idiot.

— Elle est puissante, dis-je finalement.

Néanmoins, je ne savais absolument pas si elle serait capable de supporter l'ambroisie. Cette plante rendait complètement fous ceux qui n'avaient pas assez de pouvoirs. Quant à ceux qui en avaient suffisamment, ils risquaient néanmoins une forte dépendance. Mais c'était le seul remède contre des blessures mortelles, et le risque valait la peine d'être pris si nécessaire.

— Bon... Dans le doute, je vais d'abord essayer autre

chose. Si ça ne marche pas, alors je lui administrerai de l'ambroisie. Vous avez de quoi payer, je suppose ? me demanda-t-il, fixant mon bandeau.

— Bien sûr que je peux, répondis-je sèchement. Soignez-la !

Il me fit une révérence sarcastique, puis me fusilla du regard avant de revenir vers la fille.

— Voithos ! aboya-t-il.

Une sprite apparut d'une minuscule porte au fond de la pièce. Elle devait mesurer à peine un cinquante centimètres, mais se déplaçait aussi vite qu'un chat.

— Oui, Giatros, couina-t-elle.

— Apporte-moi de l'épikóllisi. Dépêche-toi !

— Bien sûr, dit-elle en se précipitant vers les étagères.

Je regardai discrètement les ailes transparentes sortir de son dos, tandis qu'elle planait en l'air devant les étagères, cherchant le produit que son maître lui avait demandé. Pendant ce temps, Giatros alla chercher un grand bol de pierre dans lequel il pila une fleur d'oranger.

J'étais véritablement sous tension. Si la fille venait à mourir, je n'étais pas certain de pouvoir retrouver le démon sans ses pouvoirs. Or, les jours qui suivirent le départ de Zeus, qui m'avait ôté tous mes pouvoirs, avaient été parmi les plus sombres de ma très longue vie. Qu'était le dieu de la Guerre sans sa force ? Mon père m'avait volé ce qui faisait de moi ce que j'étais. Mon essence. Ce qui faisait que le peuple me craignait et me respectait, et qui poussait mes sujets à se dépasser pour moi.

Si je n'avais pas entendu cette petite voix me rappelant que mes pouvoirs existaient sous une autre forme, dans un autre monde...

Je baissai les yeux vers Bella, tandis que Giatros appliquait une pâte orange sur sa blessure. Sa peau était de plus en plus bleue, les toxines de la manticore se répandant rapidement en elle.

Si elle survivait, découvrirait-elle un jour comment elle s'était retrouvée dans le monde des mortels ? Est-ce que cette maudite chatte connaissait la vérité ?

D'ailleurs, où est-elle passée ?

Je cherchai l'espionne d'Héra autour de moi. Elle était couchée par terre, près de la table en pierre. Son regard était fixé sur la sprite qui volait toujours à travers la pièce, ramassant des bouteilles.

— Tu as l'intention de bondir ? lui demandai-je froidement.

Elle se tourna lentement vers moi en clignant des yeux.

— *Ma vie est liée à celle de cette fille. Si elle meurt aujourd'hui, je dirai à Héra que c'est toi qui l'as tuée !*

— Moi ? Elle s'est fait piquer !

— *À cause de toi ! Tu l'as encouragée à utiliser ses pouvoirs et à faire fi du danger !*

— Pourquoi toi et ta maîtresse vous intéressez-vous à elle, d'abord ?

— *Tu sais très bien pourquoi, dieu de la Guerre ! Et, si j'étais à ta place, je prierais pour que, si elle survit, elle n'apprenne jamais la vérité...*

ONZE

BELLA

Une lumière vive pénétra mes paupières fermées, et ma première pensée fut que quelque chose de poilu était mort dans ma bouche.

Merde ! J'ai dû boire trop de tequila.

Je clignai des yeux. Lorsqu'enfin je réussis à les entrouvrir, je vis devant moi le visage d'un homme mince avec des lunettes épaisses. Son visage était flou.

— Qu'est-ce que..., murmurai-je, la bouche endormie.

Ayant du mal à articuler, je m'interrompis, et des images arrivèrent en désordre dans mon esprit. Joshua, mort par terre. Arès, dieu de la Guerre, me disant que j'étais une déesse. Hadès, Perséphone, l'Olympe... Les démons échappés, d'énormes chats à queue de scorpion...

— Que s'est-il passé ? repris-je.

J'essayai de m'asseoir mais ma tête tourna et le vertige m'obligea à rester allongée.

— Bois ça, me dit l'homme avec les lunettes, mettant une main derrière mon dos et m'aidant à m'asseoir.

Je fis ce qu'il me dit, reconnaissant le goût du nectar que Perséphone m'avait servi. Instantanément, je sentis la chaleur et la force me traverser, et je pus jeter un œil autour de moi. J'étais dans une pièce dont chaque mur était bordé d'étagères. On aurait une pharmacie dans un film fantastique. Partout il y avait des bouteilles en verre et des bols en pierre remplis de liquides et de poudres aux couleurs folles. Soudain, j'aperçus une petite femme aux ailes transparentes voler au-dessus de mon visage, et je sursautai.

— Qu'est-ce... tentai-je de dire à nouveau, sans pouvoir terminer ma phrase.

— Tu t'es fait piquer par une manticore.

Mes yeux se posèrent sur Arès, qui se tenait debout à quelques mètres de moi, ses énormes bras croisés sur sa poitrine nue.

— Une « manticore » ? C'est quoi encore ce truc, putain ? soufflai-je.

La fille aux ailes transparentes tressaillit en m'entendant jurer, et je lui lançai un regard d'excuse. Elle m'adressa alors un sourire hésitant et s'envola.

— Le chat avec la queue de scorpion, me précisa Arès.

Je bus une autre longue gorgée en essayant de me rappeler ce qui s'était passé. Nous étions allés dans le campement et y avions rencontré des créatures qui m'avaient demandé d'être leur cuisinière. Alors que je rejouai la scène dans ma tête, je me souvins tout à coup du pincement que j'avais ressenti dans mon ventre. Quelque chose s'était passé. Quelque chose avait coulé à travers moi, puis à travers mon couteau. Puis... La douleur. Une douleur immense. Je supposai que c'était à ce moment-là que la queue de scorpion m'avait piquée.

Nourrissant en moi l'espoir que j'avais peut-être réussi à utiliser un peu de mes pouvoirs, je regardai l'homme mince près de moi.

— Où sommes-nous ?

— Dans ma boutique d'apothicaire. Je t'ai soignée avec de la pâte d'épikóllisi, plutôt qu'avec de l'ambroisie.

— Qu'est-ce que l'ambroisie ?

Les sourcils de l'homme se haussèrent, tandis qu'Arès toussa et se dirigea vers moi.

— Maintenant que le poison a été chassé de ton corps, nous devrions y aller, dit-il rapidement.

Visiblement, j'avais encore dit quelque chose qu'il ne fallait pas.

— Merci de m'avoir guérie, dis-je à l'homme.

Il haussa les épaules.

— Je n'ai fait que mon travail, répondit-il.

Mais ses yeux étaient chaleureux et je ne crus pas à son indifférence.

— Peut-être devrions-nous acheter quelques produits, pendant que nous sommes ici ? suggérai-je en me retournant vers Arès. Notamment ce produit qui m'a guéri ? Après tout, si j'ai été blessée une fois, cela pourrait se reproduire, non ?

— *Vous n'avez pas seulement été blessée. Tu as failli mourir !* me rectifia Zeeva.

Agrippant le bord de la table en pierre sur laquelle j'étais assise, je regardai vers le bas. Zeeva cligna des yeux vers moi, agitant sa queue.

— C'était si grave que ça ? lui demandai-je.

— *Tu étais bleue, Bella. J'ai bien cru que tu n'allais pas te réveiller...*

— Bon, je crois que nous devons vraiment acheter un peu de ce produit, confirmai-je en posant mon verre vide et descendant de la table.

Je me sentais étonnamment bien pour quelqu'un qui avait apparemment frôlé la mort.

— Pourquoi est-ce que je ne suis pas plus mal que cela après avoir été si gravement blessée ?

— Ton corps a expulsé le poison très rapidement et la blessure n'était pas très profonde.

— Ah... Okay, dis-je, un peu surprise, et remerciant mentalement mon corps d'être aussi fort.

Mais je réalisai alors que je n'avais plus mon couteau et me mis à paniquer. Je me mis à tapoter frénétiquement les poches de mon jean, jusqu'à ce qu'Arès tende sa main ouverte vers moi. Mon petit couteau fermé avait l'air minuscule dans son énorme paume, et je le saisis avec soulagement.

— Merci, soupirai-je.

Curieusement, maintenant qu'il avait fait quelque chose dont je lui étais sincèrement reconnaissante, j'avais du mal à croiser son regard. Lorsqu'il haussa ses lourdes épaules, je réalisai que j'avais les yeux rivés sur ses mamelons, et je sentis la chaleur gagner mes joues.

— Je sais ce que ça fait de perdre une arme, marmonna-t-il.

Je souris maladroitement et me tournai vers l'apothicaire.

— Auriez-vous quelques trucs à nous conseiller qui pourraient me sauver la peau si j'en avais encore besoin ?

Nous partîmes dix minutes plus tard, Arès grommelant contre ces mortels chétifs qui l'obligeaient à dépenser ses drachmes, tandis que mon sac à dos était chargé de pots d'onguents et de bouteilles de nectar.

— Écoute, nous ne savons si nous aurons la chance de croiser à nouveau un apothicaire sur notre parcours, me défendis-je. Si nous rencontrons à nouveau des ennuis...

Je m'interrompis et me figeai face à ce que je découvris devant moi. Alors que nous marchions dans les rues ensoleillées d'Érimos, baignées de sons et de parfums divers, nous tombâmes sur un marché rempli d'étals proposant une foule de produits. De la nourriture, des armes, des vêtements... Il y en avait partout !

Un fumet de viande appétissant chatouilla mes narines et je sentis mon estomac gargouiller. Je réalisai alors que je mourais de faim.

— Est-ce que l'on peut manger quelque chose ?

— Si tu veux ! soupira-t-il.

Nous nous dirigeâmes alors vers l'étal le plus proche, devant lequel était installé un grand barbecue. Un morceau de viande tournait lentement sur une broche en fer au-dessus de braises fumantes. Alors qu'Arès demandait deux portions à la vendeuse, je me dirigeai vers l'étal suivant qui vendait des armures. Elles n'avaient rien à voir avec le truc or brillant et bruyant d'Arès. Tout était fabriqué dans un cuir doux et souple qui semblait particulièrement solide et résistant. En passant mes doigts sur un corset en cuir, je me demandai si le dard de la manticore aurait eu plus de mal à pénétrer ma peau si j'avais porté quelque chose comme ça. Le t-shirt que j'avais était déchiré et taché de sang, et j'avais dû le changer dans les minuscules toilettes de l'apothicaire.

— Non ! déclara Arès derrière moi.

Je me tournai et il me tendit un morceau de viande sur une petite brochette en bois. Je le lui pris et en pris immédiatement une bouchée. J'étais vraiment affamée.

— Non quoi ? lui demandai-je après avoir avalé quelques bouchées.

— Nous ne sommes pas là pour faire des emplettes !

— Mais si j'avais eu une armure, je n'aurais peut-être pas été blessée, protestai-je.

— Je ne porte pas d'armure, dit-il, désignant sa poitrine ridiculement parfaite. Et je n'ai pas été blessé.

— Non, mais heureusement que tu peux utiliser mes pouvoirs comme bouclier chaque fois que tu en as envie, répliquai-je.

Il me fixa pendant quelques secondes, puis fit un geste de la main avec agacement.

— D'accord, d'accord... Achète-la ta foutue armure ! Mais je te préviens, tu finiras quand même par mourir un jour !

— Première fois que je t'entends dire un gros mot, lui fis-je remarquer en souriant et en tendant la main.

Il ne fit qu'une bouchée de la viande qu'il restait sur sa brochette, puis sortit de sa poche la bourse de drachme, qu'il me remit d'un air maussade.

— « Foutue » n'est pas un gros mot, marmonna-t-il alors que je tirais le corset de son cintre et l'admirais avec un large sourire.

— Eh bien, d'où je viens, si !

— Tu es loin de chez toi, Ényo, je te rappelle...

— Je m'appelle Bella, le corrigeai-je.

Et, alors que je regardais devant lui la ville florissante et agitée, je ne pus m'empêcher de penser qu'il s'était trompé sur le reste aussi.

Je n'étais pas certaine de mourir un jour.

En fait... Je n'étais plus tout à fait certaine d'être une mortelle.

Après que le vendeur m'eut vanté avec enthousiasme la qualité de l'armure en cuir, la poignardant à plusieurs reprises avec un couteau tranchant afin de me montrer sa puissance de protection, il apaisa mes inquiétudes à propos du fait que le corset ne couvrait pas suffisamment les épaules en y ajoutant de larges bretelles. J'étais ravie !

Je voulus le porter immédiatement, mais Arès marmonna que nous devions nous rendre dans un caravansérail et nous renseigner auprès des gens, puis partit d'un pas rapide, arguant que nous n'avions pas de temps à perdre.

— Je pense que nous devrions parler de ce qui s'est passé, dis-je alors que je trottinais à côté de lui, essayant de suivre son rythme tout en fourrant mon nouveau corset dans mon sac. Mais il était trop grand et ne rentrait pas dedans, alors je finis par abandonner, le drapant autour de mon bras.

— Quoi ? Tu m'en veux parce que tu as été blessée ? me lança-t-il alors que nous nous faufilions dans les ruelles étroites. Je n'y suis pour rien si tu as été maladroite !

— Je le sais, et je ne t'en veux pas du tout... J'ai été négligente et j'assume. Non, le seul truc c'est que chaque fois que tu utilises mes pouvoirs, tu me déconcentres. Or, c'est justement ma concentration mon atout majeur. J'en ai besoin. Et je ne peux pas te laisser m'en priver toutes les deux minutes.

Arès laissa échapper un long soupir.

— D'abord, sache que l'on ne parle pas de concentration, mais de « vision guerrière ».

— Quoi ?

— Vision guerrière, répéta-t-il. C'est ce moment où tout ralentit, ce qui te permet d'anticiper les mouvements des autres et de bloquer les coups.

Je fronçai les sourcils. J'avais vécu cela d'innombrables fois au fil des ans, et c'était vraiment étrange d'entendre quelqu'un d'autre décrire ce phénomène qui m'avait si souvent permis de rester en vie.

— Tu es en train de me dire que ce truc fait partie de

mes pouvoirs de déesse de la Guerre ?

— Oui.

— Et je l'ai utilisé dans le monde normal toutes ces années ?

— Une petite partie, oui.

— Et quand j'ai ressenti cette énergie incroyable, tout à l'heure, est-ce que c'étaient mes pouvoirs, aussi ?

— Oui.

— Pourquoi est-ce que cette énergie est entrée dans mon couteau ?

Arès ralentit, se tournant enfin pour me regarder.

— Nous aurons cette discussion plus tard, déclara-t-il. Il y a un enfant en train de faire les poches...

— Quoi !?

Je me retournai immédiatement, arrachant mon sac à dos à un enfant maigre et torse nu qui glapit de surprise.

— Petit enfoiré ! hurlai-je. Va voler la merde de quelqu'un d'autre !

Il baissa les yeux sur le bout de tissu dans sa main qu'il avait réussi à sortir du sac. Je suivis son regard ; ce petit con tenait l'une de mes culottes.

— Rends-moi ça ! criai-je.

Mais il déguerpit avant que je n'aie le temps de la lui reprendre, courant à travers la foule avec l'habilité d'un lévrier. Je m'élançais pour le suivre, mais Arès me retint en agrippant mon épaule.

— Nous n'avons pas le temps pour cela !

— Putain, mais il m'a volé une culotte ! gémis-je en me tournant vers Arès, indignée.

Il me toisait d'un air amusé. Il me sembla même qu'il réprimait un sourire, même s'il n'en laissa rien paraître.

— Désolé, j'aurais peut-être dû te dire plus tôt qu'il était derrière toi.

— Parce que tu savais qu'il essayait de me voler et tu ne m'as rien dit ?

— Tu m'avais énervé...

— Je ne faisais que poser des questions auxquelles j'ai besoin de réponses !

— En m'énervant, répéta-t-il.

Je serrai les lèvres et plissai les yeux en le regardant, furieuse.

— Et dire que je commençais presque à te trouver sympathique... Tu es vraiment un sacré connard !

Des braises rouges dansèrent dans ses yeux, et je réalisai que l'insulter alors qu'il n'avait pas son casque et son armure était bien plus agréable qu'avant. Cela me permettait de voir sa mâchoire se contracter, son front et ses yeux se plisser, et ses cheveux bouger contre ses épaules alors qu'il tournait rapidement la tête pour ne plus m'avoir dans son champ de vision. Sa colère résonnait en moi, et sa défiance était enivrante.

— Ne me traite pas de connard, grogna-t-il.

— Ou quoi ?

— Ou... commença-t-il.

Mais je ne sus jamais quel risque je courais à l'insulter car, au moment où il allait me le dire, nous fûmes tous deux soulevés et nos pieds quittèrent le sol.

DOUZE

BELLA

— C'est eux, aboya une voix, alors que je donnai des coups de pied et agitai mes pieds, tentant vainement de me libérer.

Alors que je tournoyais dans les airs, le minotaure contre lequel nous nous étions battus plus tôt apparut devant nous. À côté de lui se tenait un garde en armure, tenant dans sa main un grand bâton brillant.

— Reposez-moi immédiatement ! rugit Arès.

— Vous venez avec moi, répondit le garde sous un casque en tissu violet.

Il se retourna et se mit à traverser la place, les gens s'écartant sur son chemin pour le laisser passer. Tous nous regardaient avec curiosité tandis que nous flottions derrière lui. Le minotaure m'adressa un sourire vicieux lorsque je passai devant lui.

— Comment font-ils pour nous faire flotter ? demandai-je d'un ton excédé à Arès.

Je rebondis contre son bras énorme et une étincelle électrique passa entre nous. Il me regarda en fronçant les sourcils, tandis que ses longs cheveux tombaient sur ses épaules.

— Grâce à leur bâton magique. Tous les gardes en ont. Ils ont le pouvoir de mettre les gens qu'ils veulent arrêter dans des bulles.

— Ah... Et comment fait-on pour quitter la bulle ?

— C'est impossible. Elles sont conçues pour résister à toutes les attaques qu'il peut y avoir ici... Or, comme je te l'ai dit, Érimos est l'un des royaumes les plus violents qui existent. Elles sont donc très solides.

La panique me nouait l'estomac. Depuis mon séjour en prison, je vivais très mal de me sentir enfermée.

— J'imagine qu'ils ne peuvent enfermer des dieux ? demandai-je, en colère.

— Bien sûr que non. Mais tu n'as pas encore tous les pouvoirs d'une déesse, et je ne peux donc rien faire non plus...

Je serrai les poings alors que, malgré moi, je m'éloignais d'Arès et ne pus plus l'entendre. Apeurée d'être ainsi séparée de lui, je regardai autour de moi et aperçus une petite créature que je devinai être un satyre, qui marchait sous mes pieds. C'était une sorte de petit bouc avec deux pattes seulement et un visage barbu d'humain. Personne ne semblait surpris ou inquiet de nous voir flotter dans le bazar derrière le garde, et je compris que ce devait quelque chose de courant à Érimos. Enfin, à mon grand soulagement, je m'approchai à nouveau d'Arès et pus lui parler.

— Où nous emmène-t-il ?

— J'espère que ce n'est pas au roi, marmonna-t-il.

Mon bras heurta à nouveau le sien et d'autres étincelles jaillirent.

— C'est aussi un effet de la bulle ?

Arès se contenta de grogner.

Soudain, je réalisai que Zeeva n'était pas avec nous. Je la cherchai du regard mais ne la vis nulle part. Je ne savais pas si c'était une bonne ou une mauvaise chose.

J'étais chargée d'énergie sans pouvoir l'évacuer. Je savais que je devais me calmer, cesser de paniquer. Je pris alors une longue inspiration, et posai discrètement ma main sur la poche dans laquelle était mon couteau.

Profite du paysage, me dis-je. *Essaye de comprendre où tu es.*

« Lorsque tu es dans une situation que tu ne peux pas contrôler, fais une liste ».

Après dix minutes au-dessus des rues d'Érimos, ma « Liste des choses utiles pour survivre dans cette ville » n'était pas très longue. J'avais été trop occupée à observer la grande diversité des habitants de la ville. Les femmes étaient magnifiques. Certaines avaient une peau si fine qu'on aurait dit de l'eau, et d'autres étaient aussi mates que l'écorce des arbres. Des hommes humains musclés se mêlaient à des créatures étranges – des mélanges d'animaux que je n'avais jamais vus. Beaucoup avaient des ailes et des queues, et tous semblaient pouvoir encaisser les coups en cas de combat. Mais le garde marchait vite, sans s'arrêter, de sorte que je n'eus pas le temps de tout voir avec précision.

Nous nous dirigions vers le centre de la ville, et les immeubles autour de nous devenaient de plus en plus opulents au fur et à mesure que nous avancions. Les bazars bruyants avaient laissé place à des boutiques plus élégantes dans des rues ombragées. Certains semblaient être des bars, avec des hommes et des femmes qui entraient et sortaient avec des verres à la main, mais j'eus l'impression que la plupart étaient des bordels, à croire par les nombreuses personnes dénudées – hommes et femmes confondus – appuyées contre les façades incrustées de pierres précieuses.

Cet endroit doit être le paradis des pervers, me dis-je alors que nous croisâmes une créature d'un peu plus d'un mètre de haut avec six bras et six seins.

Alors que je la regardai avec des yeux écarquillés, elle me fit un petit signe du doigt, et je la saluai naïvement, sans trop savoir ce qu'elle voulait.

Puis nous atteignîmes une partie de la ville encore différente. Cette fois, les bâtiments étaient plus hauts et un certain nombre d'entre eux me rappelaient des églises ou des temples, avec des toits en forme de bulbes et de grandes portes voûtées qui semblaient inviter le passant à entrer. Il était clair que le garde ne se dirigeait vers aucun d'entre eux. L'énorme tour centrale qui dominait la vue au-dessus de nous était clairement notre destination finale.

Finalement, nous ralentîmes et, alors que je me tournais doucement dans les airs, je penchai la tête en arrière et regardai vers le haut. La tour massive scintillait, les nombreuses pierres précieuses de toutes les couleurs qui y étaient incrustées renvoyant la lumière du soleil. Le corps principal incurvé de la structure était entièrement recouvert de gravures représentant des armes entremêlées. De petites fenêtres perçaient la structure, et je ne pus m'empêcher de me demander ce qu'il y avait derrière.

Nous flottâmes au-dessus d'une passerelle bleue scintillante, laquelle se transforma en escaliers menant à une porte encore plus grandiose. Des colonnes qui imitaient la forme de la tour bordaient notre chemin et, lorsque nous entrâmes dans le bâtiment, c'était si somptueux que j'en eus le souffle coupé.

J'avais l'impression de flotter au-dessus d'une oasis : une immense pièce en cercle au centre de laquelle se trouvait une piscine, dont l'eau était d'un bleu turquoise absolument divin – la plus belle couleur que j'aie jamais vue. Tout autour du bassin étaient installés des chaises longues recouvertes d'un tissu blanc qui semblait d'une douceur infinie, et des palmiers d'un vert vif conféraient à l'ensemble des zones d'ombres et d'intimité. J'entendais les oiseaux crier alors que nous avancions le long de l'allée bleue, vers la piscine, et les murs incrustés de pierres précieuses dégageaient une lumière tachetée et douce au-dessus de nous. Trois ou quatre femmes nues étaient en train de se baigner, et des filles, qui devaient être des esclaves, passaient d'une chaise à l'autre avec des plateaux de boissons et de nourriture.

Le garde s'arrêta brusquement, s'agenouillant, et Arès et moi nous heurtâmes à nouveau l'un contre l'autre alors que les bulles dans lesquelles nous étions commençaient à descendre et touchèrent presque le sol.

— J'ai l'homme que vous avez demandé, mon Seigneur.

Je sentis Arès se raidir avant que nous ne nous séparions à nouveau.

— Sommes-nous sur le point de rencontrer le roi ? murmurai-je.

— En effet, tonna une voix.

Les branches des palmiers bougèrent comme sous l'effet du vent, alors qu'un homme se leva de l'une des chaises longues. Je restai bouche bée en découvrant que, au lieu de contourner la piscine pour nous rejoindre, il marcha sur la surface de l'eau, ne laissant qu'une légère ondulation derrière lui.

Il était grand, mince et magnifique. On aurait dit Aladdin qui avait vieilli aussi bien que George Clooney ! Ses cheveux noirs étaient épais et volumineux, et il portait une longue toge violette, nouée à la taille, et découvrant la majeure partie de sa poitrine. Il avait autour du cou une multitude de chaînes en or, chacune avec un pendentif – mais il y en avait trop pour que je puisse les voir avec discernement. Alors qu'il atteignait le côté de la piscine où nous nous trouvions, et que je vis son visage plus clairement, nos yeux se croisèrent et mon cœur se mit instantanément à tambouriner dans ma poitrine.

Quelque chose clochait chez cet homme. Sans savoir pourquoi, j'en étais convaincue ; je le ressentais au plus profond de moi. Son regard sombre ne présageait rien de bon...

L'homme agita la main, et les bulles qui nous retenaient prisonniers disparurent. Je ne parvins pas à garder l'équilibre – après si longtemps sans marcher, mes pieds étaient engourdis – et je tombai à genoux, me sentant humiliée. D'un bond, je me relevai, espérant que mes joues ne trahissaient pas ma colère d'avoir perdu la face devant cet inconnu, mais, de toute façon, l'homme ne me regardait pas. Il avait les yeux rivés sur Arès.

— Nous y voilà... dit-il avec un sourire cruel barrant son beau visage. Je ne m'y attendais plus...

— Bonjour. Je suis Bella ! dis-je à voix haute.

Il posa ses yeux sur moi, et mon pouls s'accéléra. Mais je refusai de me montrer faible devant lui, et je me redressai, me convainquant que j'étais forte et qu'il ne m'impressionnait pas.

— Je sais qui tu es.

— J'en doute, répondis-je, mais si tu le dis... En revanche, moi, je ne sais pas du tout qui tu es. J'ai le droit à un petit indice ?

Il approcha son visage du mien en plissant les yeux.

— Tu es devant le roi d'Érimos, déclara Arès.

Sa voix était chargée de colère refoulée, et mon énergie combative m'envahit instantanément.

— Je dirais que je suis un peu plus que cela, et tu le sais parfaitement, intervint doucement le roi avec un sourire sadique à l'attention d'Arès. Je suis l'un des trois seigneurs de la Guerre, dit-il en se retournant vers moi. Nommé par le grand dieu, Arès.

J'étais si choquée que mon cœur cessa de battre un instant.

— Douleur, Panique et Terreur. Ensemble, nous marchons dans le sillage du dieu puissant, profitant de ses pouvoirs fatals.

Puis il se tourna à nouveau vers Arès et le regarda d'un air condescendant.

— Enfin... Quand il *avait* ses pouvoirs.

Putain...

Je regardai Arès avec appréhension. De toute évidence, il était passé moins inaperçu qu'il ne l'avait espéré...

TREIZE

BELLA

— Je suis ton supérieur, et tu dois t'incliner devant moi, gronda Arès.

Le roi fixa le visage furieux d'Arès.

— Mais bien sûr, siffla-t-il.

Je sentis le pincement dans mon estomac au même moment où le roi prononça ces mots avec ironie, se courbant dans une révérence caricaturale.

— Ne te moque pas de moi, Douleur ! tonna Arès.

Douleur ? J'essayai de rassembler les pièces du puzzle... Le roi avait dit qu'il y avait trois seigneurs de la Guerre : Douleur, Panique, et Terreur. Et Arès venait de l'appeler *Douleur* ? Pourtant, il était si beau...

— Donc, les rumeurs ne sont pas tout à fait vraies, croassa le roi en se redressant. Il te reste quand même quelques pouvoirs.

— Un démon appartenant au royaume des Enfers est-il passé par Érimos ces dernières semaines ? aboya Arès, ignorant la question.

— Oui, répondit Douleur.

— Vraiment ?! m'exclamai-je avec enthousiasme.

Le roi me toisa, son regard plongé dans le mien, et je regrettai aussitôt ma spontanéité.

— Pourquoi cherches-tu ce démon ? C'est Hadès qui t'envoie ?

— Ce ne sont pas tes affaires. Contente-toi de me dire où le démon est allé, répondit sèchement Arès.

— Était-il seul ? glissai-je

— Pourquoi « il » ? me demanda Douleur en souriant.

Un sentiment de malaise me fit frissonner. Ce sourire contenait une perversité que je ne possédais pas. J'étais remplie de colère et d'énergie, du désir de ressentir physiquement le monde qui m'entourait, mais je n'aspirais pas à la douleur, ni à l'infliger. Cet homme, en revanche... Tout en lui respirait la perversité et le sadisme.

— Réponds à la question ! cria Arès, et Douleur se tourna vers lui.

— Tu es dans *mon* domaine maintenant, très cher, et ta petite démonstration de pouvoir n'a servi qu'à confirmer que tu es aussi faible qu'on le dit, siffla-t-il, la tour s'assombrissant autour de nous. Mes frères seront ici dans un instant, et nous déciderons ensemble de ce qu'il faut faire celui qui fut autrefois notre dieu... En attendant, je vous suggère de vous asseoir.

Sentant un mouvement derrière moi, je me tournai et vis deux grandes chaises en bois surgir de nulle part. J'avais mon couteau à la main, même si je n'avais aucun souvenir de l'avoir sorti de ma poche, et mon pouls rapide faisait battre le sang dans mes oreilles.

— *Bella, écoute-moi.*

La voix de Zeeva résonnant dans ma tête faillit me faire sursauter et laisser tomber mon arme.

— *C'est le combat d'Arès. Le royaume d'Arès, ses sujets et sa fierté. Tu n'as rien à voir avec tout ça. Si tu veux retrouver ton ami, tu dois le laisser gérer cela.*

Je mourais d'envie de sauter à la gorge d'Aladdin-Clooney et son petit air arrogant, mais les paroles de Zeeva m'en dissuadèrent. Elle avait raison. C'était le combat d'Arès.

Je regardai les deux hommes. Arès refusait de s'asseoir et soutenait le regard de son ennemi. Clairement, il n'y avait pas de place pour moi dans ce combat. À la place d'Arès, je détesterais que l'on m'empêche de mener seule un combat qui me tiendrait à cœur.

Alors, discrètement, je remis mon couteau dans ma poche.

J'aurais voulu demander à Zeeva où elle était, mais je n'arrivais pas à parler comme elle le faisait, par télépathie. Me souvenant qu'elle avait dit que je devais projeter mes pensées sur elle, je croisai les bras puis, avec un soupir pointu, je m'assis fermement sur le siège derrière moi. Les deux hommes rompirent alors leur contact visuel et me jetèrent tous deux un regard sévère. Je leur fis un sourire sarcastique en retour.

— Ne vous occupez pas de moi, dis-je. Je vous en prie, continuez à vous dévorer des yeux !

Arès plissa les yeux vers moi, puis se tourna à nouveau vers Douleur.

— *Où es-tu ?*

Je pensai à la question aussi fort que je le pus, tout en pensant à Zeeva.

— *Près du palmier le plus proche de toi,* répondit-elle un instant plus tard.

Je me félicitai mentalement d'avoir réussi à établir le

contact, et parcourus rapidement la pièce du regard. En effet, derrière le palmier juste à côté de moi, j'aperçus un bout de la queue de Zeeva.

— *Comment es-tu entrée ici ?*

— *Je t'ai suivie. Personne ne fait attention aux chats ici. Écoute-moi. Les seigneurs de la Guerre sont très puissants. Chacun peut utiliser son pouvoir avec un simple regard ou un simple mot. Ne provoque pas Arès en présence des seigneurs. Il est extrêmement important qu'ils ne réalisent pas sa nervosité. Tu m'as bien comprise ?*

— *Putain... j'ai l'impression d'entendre mes profs de lycée !* répondis-je en levant les yeux au ciel.

— *Bella, est-ce que tu m'as bien comprise ?* insista-t-elle d'un ton plus ferme, cette fois.

— *Oui !*

— *Bien.*

Notre conversation mentale fut interrompue par un éclair rouge devant moi, et l'apparition de deux autres hommes, lesquels n'auraient pas pu être plus différents l'un de l'autre.

L'un avait une stature similaire à celle de Douleur, grand et mince, mais au lieu d'être habillé comme un sultan arabe, on aurait dit qu'il était déguisé en Robin des Bois. Il portait un pantalon moulant vert sapin, une chemise en lin blanche ouverte jusqu'au nombril, et de hautes bottes de cuir. Ses cheveux blonds et bouclés tombaient sur ses oreilles et, lorsqu'il me regarda, ses yeux verts brillèrent de la même lueur sombre et troublante que celle de Douleur. Quant au troisième homme... Il était si fascinant que, dès que je posai les yeux sur lui, je fus incapable de m'en détacher. Pourtant, il n'avait rien de particulier. Grand, musclé, et lisse, il portait une tenue noire et blanche d'une sorte que je n'avais jamais vue : les couleurs s'enroulaient autour de lui et donnaient l'impression qu'il était vêtu de marbre. Il tourna d'abord son visage vers moi, puis vers Arès.

— Mon Seigneur !

Sa voix me fit l'effet d'ongles crissant sur un tableau noir. Je frissonnai.

— Terreur ! répondit Arès avec raideur, avant de se tourner vers le gars habillé en Robin des Bois. Panique ! le salua-t-il tout aussi sèchement.

Ces trois-là étaient donc les trois seigneurs de la Guerre qu'Arès avait nommés. En tout cas, aucun d'eux ne fit attention à moi… Mais, je résistai à l'envie de me lever et de me présenter. Je devais faire exactement ce que Zeeva m'avait dit de faire. Pour une fois dans ma vie, je décidai que j'allais me comporter correctement. Éviter les ennuis. Ne pas être une conne.

— Mais… Quelle est cette délicieuse petite surprise ? demanda Panique en se tournant vers moi. Où te cachais-tu ?

Je me mordis la lèvre pour m'empêcher de répondre.

— Elle a l'air timide, siffla Terreur. Peut-être pouvons-nous trouver un moyen de la détendre un peu ?

Ses mots semblaient inoffensifs, mais ils étaient chargés d'une menace que je souhaitai ne jamais – jamais – voir se concrétiser. J'étais tétanisée, mais je refusai de le laisser paraître.

— Je crois que vous devriez plutôt trouver un moyen de reculer, dis-je en sautant sur mes pieds et en sortant mon couteau.

Les deux hommes me sourirent avec condescendance.

— Je vois qu'elle est très réceptive à notre pouvoir, déclara Terreur.

Mon cœur martelait dans ma poitrine, mais je tâchai de me raisonner.

Il s'appelle Terreur. Il incarne la peur. Je n'ai pas vraiment peur de lui, il est juste en train de faire usage de son pouvoir sur moi, me répétai-je en boucle pour essayer de me calmer.

— Tout comme je crois que vous serez sensible à mon pied dans le cul, dis-je en reprenant leurs mots pour me moquer d'eux.

— *Bella !*

La voix de Zeeva siffla dans ma tête.

Merde ! J'étais censée me taire. C'est le combat d'Arès.

Je me rassis, alors que Terreur penchait la tête vers moi. Le noir et blanc tourbillonnaient et s'enroulaient autour de lui, comme de l'huile noire sur une statue de marbre.

— Tu as raison, mon frère, elle est absolument déli-cieuse, dit-il doucement.

La peur me saisit à nouveau, et je me mordis la lèvre, trop fort cette fois. Une légère goutte de sang coula à l'intérieur de ma bouche. Douleur laissa échapper un long soupir satisfait, les yeux écarquillés, tandis qu'il observait ma bouche avec une délectation évidente.

Pour la première fois de ma vie, je n'avais pas envie d'être au cœur de l'action. J'aurais sincèrement préféré être n'importe où ailleurs que là où j'étais. Je n'avais pas l'habitude d'avoir peur, d'être dépassée, ou faible. Mais un pouvoir féroce, sombre, et inquiétant, émanait de ces trois pervers.

— Vous êtes ici pour me parler du démon des Enfers qui se cache dans mon royaume, dit Arès à voix haute.

Les trois seigneurs le regardèrent.

— Laisse-moi d'abord te féliciter pour ta tenue qui te

va à ravir, ronronna Panique. Qui aurait pensé que le dieu de la Guerre serait si joli ?

Arès était canon, sexy, beau... Mais pas « joli ». Clairement, Panique avait choisi ce mot exprès pour l'agacer. Pourtant, je ne sentis aucun pincement dans mes tripes comme chaque fois qu'Arès se mettait en colère et utilisait mes pouvoirs.

— Parle-moi du démon, demanda-t-il simplement.

— Le problème, c'est que, conformément aux lois de ce royaume, nous ne recevons d'ordres de personne de plus faible que nous, dit lentement Terreur. C'est d'ailleurs qui a édicté ces règles, tu devrais le savoir : le règne appartient aux plus forts. Or, de l'avis de tous, tu n'es plus le plus fort.

Arès s'avança, mais par impulsion ni par colère. Il s'avança délibérément.

Je sentis mon pouls s'accélérer.

— Je suis le fils de Zeus, dieu de la Guerre, l'un des douze dieux de l'Olympe et des êtres les plus vénérés qui existent, commença-t-il d'un ton grave qui me fit frissonner.

Quand il ne piétine pas comme un bébé dans un corps de géant, il a une aura incroyable, pensai-je.

— Réfléchissez bien à ce que vous allez faire, messeigneurs. Car je suis éternel, et vous n'existez que dans mon royaume et mes pouvoirs.

Je vis le doute sur les visages des trois monstres. Ce fut rapide, mais bien réel.

— Il n'y a rien dans ce royaume qui ne puisse être gagné avec un combat loyal, déclara finalement Terreur, qui était clairement le meneur du petit trio. Nous connaissons le démon que tu cherches. Nous connaissons son plan, et pour qui il travaille.

J'ouvris la bouche pour parler, mais Zeeva siffla bruyamment dans mon crâne et je la refermai.

— Prouve-nous que tu es toujours le grand chef que tu as été. Pour cela, tu devras réussir les trois épreuves que chacun de nous trois te proposera, et démontrer que tu es plus fort que Douleur, Panique, et Terreur.

— Vous le regretterez, grogna le dieu de la Guerre.

— Nous ne faisons que respecter tes règles, déclara Douleur en s'inclinant très bas.

Je me souvins alors de ce que m'avait dit Océanos à propos d'Arès qui devait récupérer ses pouvoirs en s'imposant comme le véritable chef de son royaume.

— Si tu réussis les épreuves, alors nous te livrerons ton démon. Tu as notre parole, sourit Panique.

Arès le dévisagea, puis me montra du doigt.

— Une condition : la fille ne me quitte pas.

Terreur tourna sa silhouette sculpturale vers moi, et je lui fis un doigt d'honneur.

— Très bien, déclara-t-il.

— Excellent ! s'exclama Panique en frappant dans ses mains. Comme nous sommes déjà ici à Érimos, souhaites-tu que nous commencions par tes épreuves, Douleur ?

— Avec grand plaisir, sourit le Seigneur. J'ai exactement ce qu'il faut.

— Il me semble qu'un événement aussi important ne doit pas passer inaperçu, ajouta Terreur, passant sa main sur son visage impassible. Je propose que nous organisions un festin ce soir, en l'honneur de ces...

Il marqua une pause et réfléchit un instant.

— Appelons-les tout simplement les « Épreuves d'Arès » ! proposa-t-il. Les épreuves de Douleur peuvent bien attendre demain...

— Il n'y aura pas de festin, grogna Arès.

— Je crois que si, au contraire. Il sera immense, même, le contredit Terreur d'une voix dure et chantante à la fois, qui me fit horreur. Sinon, nous ne te permettrons pas de garder la fille avec toi. Et nous savons tous les deux que cela diminuerait grandement tes chances de remporter les épreuves...

Terreur savait-il qui j'étais ? Et qu'Arès n'avait de pouvoirs que les miens ? Ou pensait-il simplement que j'étais importante pour Arès et que ma présence l'encourageait ?

Je ne le savais pas, mais de toute façon, nous n'avions pas de temps à perdre.

— Nous sommes là pour retrouver le démon et les personnes qu'il a kidnappées ! Pas pour nous empiffrer, déclarai-je en me levant.

Aucun des quatre hommes ne me regarda. En revanche, j'entendis Zeeva soupirer dans ma tête.

— Pouvez-vous au moins nous donner une preuve que vous savez réellement où se trouve le démon ? tentai-je.

L'idée d'être aussi près de découvrir si Joshua allait bien et d'être obligée d'attendre inutilement m'était insupportable.

— Es-tu en train de mettre en doute notre intégrité ? demanda Douleur en me regardant.

— Eh bien, après vous avoir observés depuis que nous sommes arrivés... Je dirais que oui ! répondis-je avec un sourire faussement angélique. Vous m'avez l'air d'être une bande d'abrutis pervers. Je ne sais pas pourquoi, mais je ressens de mauvaises ondes en étant près de vous...

Douleur m'adressa un petit sourire tandis qu'il me fusillait du regard.

— Rares sont ceux qui insultent les seigneurs de la Guerre aussi librement et sans répercussion, déclara-t-il.

Immédiatement, une douleur lancinante apparut au bas de mon crâne. Je réprimai mon cri de douleur, mais je fus incapable d'empêcher mon visage de trembler. Alors que, lentement, la douleur descendit dans mon cou, mes muscles se tendirent et se déformèrent sous la réaction de mes nerfs enflammés.

— Arrête ça ! Sa demande est légitime. Vous êtes malhonnêtes, et vous le savez parfaitement ! intervint Arès d'une voix autoritaire.

Aussitôt, la douleur cessa. Je pris une profonde inspiration et me redressai, la sueur perlant sur mon front et ma poitrine. La fureur bouillonnait en moi – comme chaque fois que je ressentais une vive douleur. Prise d'une soif impérieuse de destruction, je fixai Douleur alors que la brume rouge enveloppait ma vision. Aladdin ou Clooney, je n'en avais rien à foutre : ce salaud allait recevoir mon pied dans les couilles à la première occasion !

— Très bien. Si vous insistez... Je convoquerai ensuite les invités. Retrouvons-nous ici dans deux heures, répondit Terreur.

Puis il agita la main et un énorme plat en fer apparut devant lui, au centre duquel vacillaient doucement des flammes orange qui, soudainement, devinrent blanches et brillantes.

Une image se matérialisa sur le plat, parmi les flammes blanches. Une créature encapuchonnée tendait la main, touchant le visage d'une femme allongée sur une dalle de pierre sombre. Elle n'était pas morte : sa peau n'était pas bleue et sa poitrine s'élevait et redescendait à un rythme régulier. Mais elle semblait profondément inconsciente, ne réagissant même pas lorsqu'une griffe noircie passa sur sa joue, lui causant une légère marque rouge. Je regardais la scène avec dégoût.

Il y avait des rangées et des rangées de dalles qui l'entouraient, toutes avec des corps étendus dessus. Et juste à sa gauche, les yeux paisiblement fermés comme s'il était en plein sommeil réparateur, se trouvait Joshua.

QUATORZE

— Joshua ! Emmenez-nous vers lui, tout de suite !

— Calme-toi, petite fille. Tout vient à point à qui sait attendre, tu le sais bien !

J'étais consumée par la rage, la peur pour Joshua, l'indignation de le voir dans un tel état, et la culpabilité d'avoir osé penser à autre chose qu'à lui ne serait-ce qu'un seul instant. Toutes ces émotions formaient une boule dans mon estomac qui menaçait d'exploser à tout moment.

— Il n'a pas le temps d'attendre ! Regarde-le !

— Je ne sais pas qui est ce jeune homme, répondit Terreur d'un ton trop serein pour ne pas être provocateur, avant d'agiter la main pour faire disparaître l'image au centre du plat. Mais je peux t'assurer que le démon ne compte rien lui faire dans l'immédiat.

— Qui est-il ? Et pour qui travaille-t-il ? aboya Arès, tandis que la boule de fureur et de peur que j'avais en moi ne cessait de grandir.

En temps normal, je me serais déjà jetée sur l'ennemi. Mais ces trois-là... Le pouvoir qui émanait d'eux était si puissant que même mon instinct de guerre était gelé. Je savais qu'ils me réduiraient en miettes avant même que je ne les atteigne.

Mais cela ne m'empêchait pas de vouloir leur sauter à la gorge.

Je trouverais un moyen de les faire payer. Une fois que j'aurais sauvé Joshua, je trouverais un moyen.

— Tu n'as pas encore gagné le droit à ces réponses, très cher. Nous avons conclu un accord : remporte les Épreuves d'Arès et nous te livrerons le démon. Rendez-vous dans deux heures.

Nous fûmes escortés, à nouveau comme des prisonniers, depuis la tour, mais je ne vis presque pas les gens et les immeubles devant lesquels nous passions, ma vision étant obstruée par une brume rouge sang.

— Ne me touche pas, putain ! hurlai-je à un garde qui me tira par le coude après nous avions quitté le bâtiment.

Il sursauta, me regarda en fronçant les sourcils, puis finit par s'éloigner de moi.

— Nous devons... commença Arès.

Mais je ne l'écoutai pas. Maintenant que nous n'étions plus en présence des seigneurs, le besoin de frapper quelque chose était trop fort pour que je puisse le retenir. Avec un rugissement, j'écrasai mon poing contre le mur le plus proche. Regardant mon sang couler sur les pierres précieuses tranchantes, je ressentis une douleur intense mais libératrice. J'allais recommencer à frapper lorsqu'il y eut un flash lumineux qui nous téléporta loin d'Érimos. Lorsque je vis clair à nouveau, je réalisai que nous nous trouvions à nouveau dans le désert, à côté du tas de rochers qu'Arès s'était amusé à frapper avec son épée.

— Vas-y, me dit-il, s'asseyant sur le sable, là où je m'étais moi-même assise en attendant qu'il termine de calmer ses nerfs.

Interloquée, je le regardai un instant puis, avec un rugissement, je donnai un coup de pied aussi puissant que je le pus dans le tas de rochers, protégée par l'embout en acier qui se trouvait à l'intérieur de ma chaussure. Je recommençai plusieurs fois, me délestant de ma rage en même temps que des morceaux de rocher volaient et se brisaient sous mes pieds.

Finalement, épuisée, je me laissai tomber par terre, frottant mon visage avec mes mains, si fort que j'en eus presque mal.

— Ils savent où il est et ils ne nous le diront pas, dis-je d'une voix rauque.

Je me sentais totalement impuissante. La frustration était le pire sentiment au monde. Eux pouvaient mettre fin à cette torture en un claquement de doigts, mais je ne peux rien faire.

— Rien n'est gratuit dans 'Olympe.

— Tous ces gens pourtant ! m'exclamai-je en regardant Arès avec désespoir. Pourquoi les gardent-ils ainsi prisonniers ? Pour jouer avec toi ?

Arès ne répondit rien.

— Ce sont vraiment des pervers ! Des putains de gros pervers !

— Lorsque les dieux ont reçu leurs pouvoirs, beaucoup ont donné ceux qu'ils ne voulaient pas à d'autres, m'expliqua-t-il calmement. Certains pouvoirs sont trop grands, trop complexes, pour être entre les mains d'un seul. Par exemple, Athéna a le pouvoir de la stratégie de guerre, une version raffinée de mon...

Il fit une pause, puis se corrigea.

— ... De *notre* pouvoir. Ce que toi et moi avons, c'est la forme la plus brute du pouvoir de la guerre. La colère, la gloire, la vaillance, le courage, la force.

Je le fixai, essayant de comprendre ce qu'il me disait.

— Mais la guerre, continua-t-il, c'est bien plus que la simple bravoure. La guerre implique la douleur, la panique et la terreur. La guerre implique la mort, la violence et la discorde.

— Donc, si je comprends bien, ces pouvoirs sont tous entre les mains d'êtres différents ?

— Oui. Ma sœur est la déesse du chaos et de la discorde. Les démons Kères, qui résident dans le monde souterrain, sont les divinités infernales de la mort violente. Elles envahissent les champs de bataille, se régalant des âmes de ceux qui ont été tués des manières les plus atroces.

Un frisson me parcourut.

— Et les seigneurs de la Guerre... Eh bien... C'est moi qui les ai faits. Le pouvoir qu'ils ont est en réalité le mien.

— Non. Non ! soufflai-je. Tu n'es pas comme eux. *Je* ne suis pas comme eux, et tu m'as dit que nous partagions le même pouvoir.

— Tu ne comprends pas, soupira Arès en se levant.

— Non, tu as raison. Je ne comprends pas ! dis-je en me levant à mon tour. Mais explique-moi.

Il laissa échapper un long soupir.

— Ce que tu dois retenir, pour le moment, c'est que ton ami n'est pas en danger imminent et que les seigneurs ne peuvent être blâmés pour leur comportement. Leur rôle est justement de se comporter comme ils le font. Et ils sont nécessaires.

— Il est nécessaire qu'il y ait dans votre monde des connards de pervers comme eux ? m'insurgeai-je.

Arès haussa un sourcil et me regarda avec un sourire sympathique qui était assez rare pour être surprenant.

— L'Olympe ne serait pas l'Olympe sans ce genre de connards de pervers, répondit-il.

Aussitôt, ma colère se dissipa, remplacée par une conviction : si ces connards disaient la vérité sur le démon, alors Arès avait raison et Joshua n'était pas en danger immédiat. Et, au moins, je savais maintenant qu'il était encore en vie. Personne sur l'image qui était apparue au-dessus du plat, n'avait l'air de souffrir, malgré les lits de pierre.

Surtout, nous avions désormais un plan. Si nous réussissions les Épreuves d'Arès, nous récupérerions Joshua et capturerions le démon. C'était fou, surtout avec des adversaires aussi tordus que les trois pervers, mais c'était toujours mieux que rien. Nous savions maintenant à quoi nous en tenir, ce qui n'était pas le cas lorsque nous étions arrivés à Érimos.

— Tu viens de jurer, fis-je remarquer à Arès avec un sourire vainqueur.

— Hmmm.

— Devons-nous retourner en ville à pied maintenant ?

— Oui.

— Tu me diras comment utiliser mes pouvoirs en chemin ?

— Non.

· · ·

Alors que nous commencions à retourner péniblement à Érimos, je repensai à ce qu'Arès avait dit. Si les seigneurs de la Guerre avaient été créés par lui, cela signifiait-il qu'avant qu'il ne leur donne ces pouvoirs, ils n'existaient pas ? Les avait-il engendrés ? Ou étaient-ils apparus lorsqu'il avait reçu ses pouvoirs de dieu de la Guerre ?

Je pensai un instant à lui poser la question, mais j'avais trop d'autres choses à régler d'abord dans ma tête, et c'était probablement le seul moment de silence que j'aurais avant un moment. Je devais penser à ce qui m'attendait. Je n'étais plus à la recherche d'un démon en compagnie du dieu de la Guerre, je devais désormais participer à trois Épreuves organisées par trois pervers qui voulaient le vaincre. Peut-être même le tuer. Enfin... S'il pouvait mourir.

Un dieu éternel pouvait-il mourir ?

J'avais beaucoup de choses à ajouter à ma « Liste de questions à poser plus tard », réalisai-je. Notamment, pourquoi ma chatte bizarre avait-elle insisté pour que je n'intervienne pas dans le dialogue entre Arès et les seigneurs ? Et pourquoi était-elle avec nous, d'ailleurs ? Je n'en avais toujours aucune idée. Je ressentis un élan d'inquiétude pour elle, et espérai qu'elle avait réussi à sortir de la tour de Douleur sans difficulté... Même si elle ne m'était pas d'une grande aide depuis que j'étais arrivée dans ce monde de fous, j'y étais attachée. Finalement, elle avait été ma seule véritable compagnie durant toutes les années que j'avais passées à Londres. D'ailleurs, repenser à toutes ces fois où je l'avais caressée me faisait un drôle d'effet, maintenant que je savais ce qu'elle était réellement.

Je levai les yeux vers le dos musclé d'Arès. Ses épaules bougeaient en même temps que le balancement de ses bras, sa queue de cheval couvrant sa peau bronzée. Pourquoi étais-je attirée par une brute épaisse sans humour ? Une autre question à ajouter à ma liste...

En fait, si j'étais honnête avec moi-même, j'avais une partie de la réponse. Je n'étais plus tout à fait certaine qu'Arès soit une brute épaisse. Certes, la première impression que j'avais eue de lui – avec son armure et son immense épée brandie au-dessus du corps ensanglanté de mon ami – n'était pas très bonne, mais je crois qu'elle n'était pas non plus très représentative. Finalement, jusqu'à présent, même lorsque je l'avais poussé à bout ou m'en étais pris à lui, il ne m'avait fait aucun mal. Et il semblait même qu'il avait assez rapidement abandonné son idée de vouloir me tuer pour récupérer mes pouvoirs.

D'un autre côté, il était taciturne, n'avait pas d'humour, et ne cessait d'utiliser mes pouvoirs alors qu'il refusait de m'apprendre à les utiliser moi-même – ce qui était quand même une attitude de bon gros connard. Même si je devais admettre qu'il était quand même moins con que les trois fous que je venais de rencontrer.

Je poussai un soupir et il tourna la tête vers moi en marchant.

— Tu es déjà fatiguée ?

— Non. J'étais juste en train de me dire qu'il y avait un sacré paquet de putains de gros connards dans le monde...

— Pourquoi est-ce que tu jures autant ? Je n'aime pas ça.

— C'est justement parce que je sais que tu n'aimes pas ça que je jure... En général, les gens comme toi, qui se croient supérieurs, n'aiment pas ça, et ça me fait plaisir de les emmerder. Et puis, crois-moi, souvent ça fait du bien de se lâcher !

— Quand, par exemple ?

— Eh bien, par exemple, un jour, j'ai entendu un vieil homme sans-abri à Londres traiter un type qui venait de lui lancer un sandwich de « gros trou du cul ». Comme ça, devant tout le monde. Tu aurais vu la tête du type... Il n'en menait pas large ! Je me suis dit que le vieux avait eu raison et que c'était une excellente manière de se venger.

— « Gros trou du cul » ? répéta Arès.

Dans sa bouche, avec son air de dieu de l'Olympe, c'était assez drôle, et je ne pus m'empêcher d'éclater de rire.

— Tu peux le redire ? haletai-je en continuant de rire.

Pour mon plus grand plaisir, Arès répéta. Mon rire redoubla. J'en pleurais ! Je n'arrêtais pas de l'imaginer dire « gros trou du cul » dans ma tête, et je riais chaque fois un peu plus.

— Tu es vraiment très étrange, finit par dire Arès, quand enfin mon fou rire se calma.

— Excuse-moi, je crois que j'en avais besoin, soufflai-je.

Mes joues me faisant mal tellement j'avais ri.

— Tu avais besoin de m'entendre dire « gros trou du cul » ?

J'éclatai de rire à nouveau.

— Arrête ! lui dis-je en lui tapant amicalement le bras. Arrête, je te jure, j'ai mal au ventre !

— Je ne comprends pas comment tu peux être si enragée et inquiète pour ton ami un instant, et rire de manière aussi hystérique l'instant d'après, déclara-t-il en secouant la tête.

— C'est parce que je ressens tellement de tension que soit je ris, sois je m'enfile la bouteille de tequila et pleure toute la soirée...

— La tequila te fait pleurer ?

— Parfois, admis-je.

Même si je n'avais jamais versé une larme devant quiconque. Pas depuis ma première famille d'accueil. À part, bien sûr, les larmes de rire ou de douleur. Souvent, dans les combats, la douleur était si vive que mes yeux pleuraient tous seuls. Mais jamais je ne versais de larmes de tristesse si je n'étais pas seule.

— Alors pourquoi le bois-tu ?

Je levai les yeux vers l'immense dieu et son visage époustouflant. Il me regardait avec perplexité.

— Pour m'échapper.

— Échapper à quoi ?

— L'ennui, surtout.

Il continua de me regarder, mais cette fois, il avait l'air de comprendre ce que je voulais dire.

— C'est vrai que votre monde mortel est extrêmement ennuyeux, admit-il avec un hochement de tête.

— Oui...

Heureusement, maintenant, j'avais la chance de vivre dans le monde qui avait toujours été le mien. Je ne m'ennuierais plus jamais.

Il ne me restait plus qu'à apprendre à utiliser mes pouvoirs.

QUINZE

ARÈS

J'aimais généralement les fêtes – celles qui étaient organisées dans mon propre royaume, en mon honneur. Surtout lorsque les autres dieux de l'Olympe étaient présents et qu'ils pouvaient voir la déférence que mes sujets me témoignaient. Mais cette fois, c'était très différent. Je ne prenais aucun plaisir à cette fête. La présence d'Aphrodite était le seul point positif dans tout ce cirque.

Je n'aurais jamais cru cela possible, mais elle était encore plus éblouissante que d'habitude. Sa peau était sombre et brillante, et ses cheveux bleu pâle étaient noués en chignon lâche, quelques mèches bouclées encadrant son doux visage. Je mourais d'envie de caresser sa joue, son cou. De sentir son ventre se tendre sous mes doigts, puis de faire descendre ma main plus bas. Mais, pendant le repas, elle était assise à l'autre bout de la longue table installée dans la salle à manger de Douleur et, depuis que nous nous étions transférés dans l'opulente oasis, elle ne s'était pas encore approchée de moi. Or, je refusai de faire le premier pas. J'étais encore blessé par son attitude lors de ma dernière visite, et il était hors de question que je me comporte comme un chiot affamé.

Je restai donc près d'un grand palmier, les bras croisés sur mon armure, et je lançais des regards noirs à tous ceux qui voulaient s'approcher de moi. J'étais soulagé d'avoir remis mon casque. Enfin.

— Mon frère !

Je tournai la tête et vis arriver ma sœur, Éris.

— Tu es vraiment obligée de porter une tenue si légère ? maugréai-je.

— Bien sûr ! Ça énerve, ravit, et trouble les gens. J'adore ça ! rit-elle. Et puis, il y a plus déshabillé que moi, ajouta-t-elle en regardant les quatre naïades qui nageaient, entièrement nues, dans le bassin, dans une sorte de chorégraphie lascive. De nombreux invités, notamment Douleur, les regardaient avec gourmandise.

— Je vois que tu n'as pas encore tué la fille, me dit Éris.

— Bien sûr que non, grognai-je.

— Et est-ce parce que Hadès te l'a interdit, ou parce qu'elle est si jolie ?

Elle me sourit et but une longue gorgée de son verre.

— Garde tes commentaires pour toi, s'il te plaît...

— Tu sais que ce n'est pas l'un de mes points forts, rétorqua-t-elle d'un air narquois. D'ailleurs, si je gardais mes commentaires pour moi, je ne pourrais alors pas te dire ce que je suis venue te dire...

Je laisse échapper un long soupir.

— Qu'est-ce que tu es venue me dire ?

— Je sais ce que Zeus fait avec les pouvoirs qu'il t'a volés, murmura-t-elle, les yeux brillants.

Aussitôt, chaque muscle de mon corps se figea.

— Zeus utilisait mes pouvoirs ?

— Quoi ? Tu pensais qu'il te les avait pris uniquement par plaisir ?

— Il me les a volés pour m'empêcher de le vaincre, grognai-je.

Éris pencha la tête sur le côté et me regarda en faisant la moue, comme si j'étais un petit être naïf.

— Oh... petit frère, tu ne pourras jamais vaincre papa, même avec tes pouvoirs. Il est bien, bien plus puissant que nous tous. Petit prétentieux !

La colère me submergea et je me retins juste à temps d'utiliser les pouvoirs de Bella. Il ne servait à rien de l'alerter de cette conversation. Machinalement, je regardai de l'autre côté de la piscine, où elle avait une conversation animée avec le même centaure blanc sévère qui avait assisté à la cérémonie d'Hadès. Enfin... Bella semblait parler de manière animée. Le centaure, lui, bougeait à peine alors qu'elle agitait ses mains dans tous les sens et s'excitait toute seule.

— Pourquoi Zeus utilise-t-il mes pouvoirs, alors ? demandai-je finalement à Éris, avec réticence.

Il y avait de fortes chances qu'elle mente. Ma sœur n'était pas connue pour son honnêteté.

— Tu ne crois quand même pas que je vais te le dire aussi facilement ? Où serait le plaisir ?

— Ce n'est pas un jeu, Éris !

— Je crois bien que si, au contraire... C'est en tout cas ce que tes adorables seigneurs de la Guerre ont fait de cette situation ! Tu sais, j'allais parier quelques drachmes sur sa mort lors de la deuxième Épreuve mais, maintenant, je n'en suis plus si sûre. Il y a quelque chose chez elle...

Je connaissais suffisamment ma sœur pour savoir que,

malgré son ton désinvolte, elle mourait d'envie d'en savoir plus sur Bella.

— Elle est humaine. Elle mourra probablement lors de la première Épreuve, rétorquai-je.

— Elle a peut-être passé beaucoup de temps dans le monde des humains, mais je ne suis ni stupide ni faible, alors ne te moque pas de moi Arès, me dit Éris, d'un ton soudain autoritaire et dur. Je sais qu'elle a des pouvoirs en elle, même si elle les a oubliés, après tout ce temps. Mais, si elle trouve le moyen de les récupérer, elle pourrait tout à fait gagner...

Je ne répondis rien tandis qu'Éris me fixait toujours.

— C'est elle qui me l'a dit, Arès, finit-elle par avouer. Elle m'a dit qu'elle était la déesse de la Guerre. C'est pour ça que tu l'utilises, n'est-ce pas ?

Je continuai de me taire, et regardai en direction de la piscine.

— Sauf qu'il n'y a pas de déesse de la Guerre. Il n'y en a jamais eu. Alors, je me pose la question : pourquoi es-tu allé la chercher ?

— Laisse-moi tranquille, Éris, dis-je en dépliant les bras et en la regardant. J'ai des affaires à régler.

Avant qu'elle ne puisse répondre, je m'éloignai d'elle, comme si je savais exactement où j'allais. Ce n'était pas le cas, mais j'avais absolument besoin d'être loin d'elle. Ma sœur était l'une des femmes les plus rusées et les plus dangereuses de l'Olympe. Et je savais ce qu'elle m'aurait dit ensuite : elle m'aurait proposé de me donner des informations sur Zeus et mes pouvoirs, en échange d'informations sur Bella. Des informations qui étaient trop précieuses pour que je les partage, même si la pensée que quelqu'un d'autre utilise *mes* pouvoirs me rendait fou de rage. Certes, j'utilisais moi-même les pouvoirs de Bella...

Mais c'était différent. Ces pouvoirs nous appartenaient à tous les deux. En revanche, Zeus utilisait des pouvoirs qui ne lui appartenaient pas, et cela était intolérable ! C'était une violation flagrante de ce que les dieux avaient de plus précieux. Et Zeus, même si, dernièrement, il avait agi de manière controversée, était notre chef à tous. Nous le vénérions tous. Il était impossible qu'il soit tombé si bas. De toute évidence, Éris mentait…

— Je t'avais prévenu que tes seigneurs essaieraient de se venger, roucoula une voix.

Je sentis mon cœur bondir alors que je me retournais.

— Aphrodite, dis-je avec un léger hochement de tête, faisant mine de rester impassible.

— Est-ce que tu es inquiet pour les Épreuves ?

Je n'arrivais pas à quitter des yeux ses lèvres charnues, et le désir me submergea. Visiblement, elle le remarqua et, lentement, porta sa coupe à sa bouche, dans un geste incroyablement sexy.

— Arrête ça ! grognai-je.

Elle me regarda en buvant une gorgée, mais je réussis à chasser mon besoin de la toucher.

— Bien sûr que non, je ne suis pas inquiet. C'est moi qui ai créé ces seigneurs. Tout ce qu'ils pourront imaginer comme épreuves sera destiné à mettre en valeur mes points forts.

— Et tu ne t'es pas dit que c'est justement parce que tu les as créés qu'ils connaissent aussi tes points faibles ? me fit-elle remarquer en haussant un sourcil.

J'hésitai un instant avant de lui répondre.

— Non. Ils aiment autant la gloire que n'importe qui d'autre dans mon royaume. Ils vont forcément chercher à mettre en avant leur puissance – et donc la mienne.

— La première épreuve est celle de Douleur ? me

demanda Aphrodite, sans me répondre. J'ai hâte de voir ce qu'il t'a concocté...

Ses beaux yeux pétillaient.

— Es-tu en train de me dire que tu as hâte de me voir souffrir ?

— Non, bien sûr que non... Mais je me réjouis de voir la bête qui est en toi. Car je suis sûre que la douleur la fera sortir...

Je serrai les dents. Moi aussi j'avais envie de sentir à nouveau la bête en moi. Mais je ne sentais qu'une rage creuse et vide. Sans mes pouvoirs, elle ne me servait à rien. Je devais retrouver ma puissance au plus vite !

— Et tu espères que je t'attendrai ?

— Je n'espère rien de toi, répondis-je sèchement.

Évidemment, cela était un mensonge. Depuis toujours, j'espérais mille choses de celle qui hantait mes pensées jour et nuit. Or, elle n'avait jamais, jamais répondu à aucun de mes espoirs, en dehors de la luxure.

— Tant mieux.

Sa voix habituellement chaude était sèche et froide, et ses traits, bien que magnifiques, se durcirent. La déesse de l'Amour n'était pas que mots doux murmurés et caresses sensuelles... L'amour était l'une des choses les plus cruelles au monde, et Aphrodite incarnait parfaitement cette cruauté. Mais elle ne le montrait que rarement en public et, fidèle à elle-même, elle arbora un sourire rayonnant alors que Douleur s'approchait de nous.

— Douleur ! dit-elle en lui tendant la main pour qu'il y dépose un baiser.

— Oh, déesse, comment fais-tu pour être toujours plus sublime ?

Elle lui sourit d'un air reconnaissant.

— Tes frères sont ici ce soir ?

— Bien sûr !

Douleur se tourna et montra l'endroit où Terreur était assis, sur une grande chaise, une dryade sur ses genoux, tandis qu'une Érimosienne dansait devant lui.

— Dis-moi, de quoi est-il fait, exactement ? demanda Aphrodite avec curiosité.

— De marbre.

Ses yeux brillèrent d'une lueur que je ne connaissais que trop bien, et un sentiment de jalousie m'envahit.

— Il doit être si dur... Je me demande..., murmura-t-elle, sans terminer sa phrase.

Le sourire de Douleur s'élargit lentement.

— Les seigneurs de la Guerre seraient très honorés de répondre à tes questions lors d'une audience privée, déesse, déclara-t-il. Nous sommes à ta disposition, de jour comme de nuit.

— Proposition très intéressante, roucoula Aphrodite d'une voix mielleuse.

J'avais un besoin irrépressible de violence. Lorsque Douleur me regarda avec jubilation, je décidai qu'il valait mieux que je m'en aille avant de commettre l'irréparable. Pour la deuxième fois ce soir-là, j'inventai un prétexte pour partir.

Clairement, Aphrodite jouait avec moi comme un chat joue avec sa proie. Une image d'elle allongée nue sur son lit, mes trois seigneurs autour d'elle, excités et affamés, envahit mon esprit, et je laissai échapper un grognement.

Je décidai de me diriger vers les grandes portes de la tour. Tant pis si cela donnait à Douleur la satisfaction de me voir quitter la fête organisée en mon honneur. Je ne supportais plus d'être à cette soirée.

SEIZE

BELLA

— Oh, non... ! Il semble que la déesse de l'amour a une nouvelle fois rendu mon frère malheureux, se lamenta Éris avant de boire une gorgée, tandis que je regardai Arès quitter la soirée en trombe.

— Ils sont proches ? demandai-je, aussi négligemment que possible.

— Pourquoi ? Ça t'intéresse ?

Je haussai les épaules un peu trop haut.

— Non, pas du tout... Je veux dire, ton frère est très beau. Vraiment très beau. Mais comme tout le monde ici...

J'avais un peu trop bu de ce vin délicieux, et ma langue se déliait un peu trop facilement...

Joshua. Seigneurs de la Guerre. Déesses manipulatrices aux seins énormes. Rappelle-toi de ce qui est en jeu. Reste concentrée, Bella ! me sermonnai-je.

— C'est vrai, tu as raison. Dans l'Olympe, tous ceux qui ne sont pas d'étranges créatures sont absolument sublimes. Même si je dois avouer que certains hommes sont un peu des deux, ajouta-t-elle avec un large sourire malicieux.

J'éclatai de rire. Je savais que je n'aurais pas dû, mais je ne pouvais m'empêcher de trouver la déesse du Chaos sympathique. Certes, je ne lui aurais pas confié mes secrets, mais faire la fête avec elle devait être très amusant !

— Est-ce que tu es avec quelqu'un ? lui demandai-je.

— Je suis avec plusieurs...

— Oh !

— L'un des avantages d'être immortelle...

— J'aurais au contraire pensé que cela rendrait plus difficile de trouver l'amour.

— « L'amour » ?! Par tous les dieux, je te croyais moins naïve que cela, ma chérie ! s'exclama-t-elle. L'amour est un concept qu'il vaut mieux laisser à ceux qui sont moins... disons, *volatiles*. Et de toute façon, c'est terriblement ennuyeux.

— Comment peux-tu trouver quelque chose dans un monde comme celui-ci ennuyeux ? lui demandai-je.

Elle me regarda longuement.

— Chérie, mon domaine, c'est la discorde. J'aime semer le trouble, j'aime quand tout va mal. Regarde autour de toi. Avec Hadès et Poséidon aux commandes, et « Océanos le Titan perdu depuis si longtemps » qui se comporte comme un premier de la classe, je n'ai pas grand-chose à me mettre sous la dent... Avec Zeus, c'était différent, il adorait foutre la merde. Mais, malheureusement, il est parti... Toi, mon frère, et ces nouvelles épreuves êtes la chose la plus excitante qui soit arrivée ici depuis un moment.

— En tout cas, j'ai hâte de voir le reste de l'Olympe ! déclarai-je en vidant ce qui restait de mon verre.

Lorsque je regardai Éris, elle avait un air étrange. Ses yeux sur moi exprimaient presque de la pitié.

— Je commence à espérer que tu en auras l'occasion, dit-elle finalement. Parle-moi de ton monde, celui où tu as grandi.

— J'aimerais beaucoup, mais je ferais mieux de suivre le grand escogriffe et son armure dorée, dis-je. C'est peut-être un connard, mais nous sommes un peu liés l'un à l'autre jusqu'à ce que tout cela soit fini.

— Il va juste bouder dans sa chambre, tu sais. Tu devrais rester et prendre un autre verre avec moi !

Son sourire était trop large, ses yeux trop plissés. Je n'étais pas assez saoule, ni assez bête, pour lui faire confiance, même si j'adorais sa compagnie.

— Non, je te remercie, mais je vais y aller. À plus tard !

Avant d'entrer dans la salle des festivités, mon sac et ma nouvelle armure en cuir avaient été laissés dans une pièce d'une tour étroite, mais grande, qui – m'avait-on dit – était un caravansérail. Une sorte d'hôtel érimosien. Alors que je sortais de la tour pour m'y rendre et récupérer mes affaires, je réalisai que la lumière du soleil avait complètement disparu. Il y avait une lumière bleue lumineuse qui éclairait les rues et les bâtiments et permettait de voir parfaitement. On aurait dit le clair de lune, sauf qu'il n'y avait pas de lune dans le ciel.

Les rues étaient plus animées que durant la journée. Il y avait encore plus de jeunes hommes et de jeunes femmes adossés aux murs des boutiques, dont les enseignes proposaient des « délices exotiques », des « retours magnifiques », ou des « balades sauvages ». Devant ce qu'il m'avait semblé être des bars, plus tôt, lorsque nous avions défilé au milieu de la ville dans une bulle, se trouvait une multitude d'humains et de créatures qui entraient et sortaient, certains avec de larges sourires, d'autres avec un air taciturne. Je n'avais pas spécialement peur, mais j'arborai néanmoins mon air le plus sûr de moi – celui qui semblait dire « fais gaffe, je n'ai pas l'air mais je suis dangereuse » – car tous ceux que je croisais étaient armés, même s'ils ne portaient presque rien, voire rien du tout.

— Si tu n'as pas l'argent demain, même heure, on trouvera un autre moyen de te faire payer, gronda une voix dans l'obscurité entre deux bâtiments sur ma droite.

Puis il y eut un coup et un cri étouffé.

Je me forçai à continuer. Je n'étais pas là pour me mêler des affaires des autres.

Mais la perspective de pouvoir me battre me fit ralentir sans même que je m'en aperçoive. Un autre cri retentit, plus fort cette fois, suivi du rire gras d'un homme.

Je m'arrêtai.

— Ce ne sont pas tes affaires, gamine ! gronda une voix bien trop proche de moi.

Immédiatement, je fis un bond sur le côté pour m'éloigner de la voix qui venait de parler, et vis une silhouette sortir de l'ombre au bout de la ruelle.

— Pourquoi est-ce que je ne t'ai pas vu ? criai-je.

La chose n'était qu'un peu plus grande que moi, mais avait d'énormes ailes de cuir déchirées et couvertes de pointes. Son corps semblait fait de cuir, même si elle ne portait rien d'autre qu'un petit morceau de tissu suspendu à une ceinture pour couvrir ses parties génitales. Quant à ses jambes, elles ressemblaient en fait davantage aux pattes d'un oiseau. Lorsque je levai les yeux vers son visage, je ne sus quoi en penser. C'était celui d'un humain mais, en même temps, pas tout à fait. On aurait dit que la moitié avait été fondue, et tous ses traits du côté droit étaient au moins un centimètre plus bas que ceux du côté gauche, tandis que des touffes de cheveux fins jonchaient son crâne. J'étais incapable de dire s'il s'agissait d'un homme ou d'une femme – d'un mâle, ou d'une femelle.

— Parce que j'ai la capacité de me fondre dans le décor...

Je fronçai les sourcils. Comment une créature comme celle-ci pouvait-elle se fondre dans quoi que ce soit ? J'entendis un bruit sourd dans la ruelle derrière lui – ou elle – et un gémissement.

— Qu'est-ce qui se passe là-bas ? demandai-je.

L'énergie commençait à me remplir et s'accumuler en moi.

— Ce ne sont pas tes affaires, on t'a dit !

C'était vrai. Mais ce n'était pas ce qui allait me convaincre de passer mon chemin.

— C'est quoi, le truc ? Tu gardes les ruelles pour que les autres puissent se faire tabasser tranquillement ?

— Le patron ne frappe que les gens qui ne paient pas, grogna la chose.

Donc, cette chose était un genre de garde du corps... Ce n'étaient vraiment pas mes affaires, et j'aurais sans doute mieux fait de ne pas m'en mêler.

— Tu peux aller te faire foutre, espèce de sale brute ! Plutôt crever que de te laisser tout lui prendre ! cria une voix dans la ruelle.

Quelqu'un qui était venu prendre la défense d'une femme. Un amant, une femme, un enfant ? Je ne savais pas, mais j'avais très envie de le découvrir et d'aider cette personne qui, de toute évidence, avait du courage et de l'honneur. Un autre bruit sourd résonna dans la ruelle, suivi d'un autre cri.

Lentement, ma vision se teinta de rouge. Je penchai la tête sur le côté et fixai la chose devant moi.

— Barre-toi ! lui ordonnai-je.

La chose se contenta de grogner, et tenta de sourire – mais, avec sa bouche tordue, cela ressemblait davantage à une grimace.

Ne résistant pas à la provocation, je m'élançai vers lui et, m'accroupissant au dernier moment, je frappai la chose dans le muscle sur le côté de sa cuisse. Elle poussa un petit cri alors que sa jambe s'effondrait sous elle. Avant que ses genoux n'aient touché le sol, je lui assenai un coup de pied qui la fit bondir en l'air, et l'attrapai sous la mâchoire, qui était maintenant à la hauteur de ma taille. Je serrai fort, jusqu'à entendre un craquement écœurant, puis les yeux de la chose se révulsèrent, avant qu'elle ne laisse enfin tomber sa tête, inconsciente. Je la lâchai et la laissai tomber au sol, puis me retournai en direction de la ruelle.

Alors que j'avançais dans la pénombre, je vis un grand homme, torse nu et bronzé, les cheveux noirs lissés en arrière, en train de tenir un jeune garçon contre le mur rugueux.

— Salut ! lançai-je.

L'homme se tourna vers moi.

— Grothia ! cria-t-il.

— Si c'est le truc avec des ailes que tu cherches, je crois qu'il a besoin d'un médecin...

Les yeux du garçon s'écarquillèrent, tandis que l'homme me lançait un regard menaçant.

— Ça ne te regarde pas. Casse-toi ! rugit-il.

— Je ne peux pas, dis-je avec un haussement d'épaules. Tu as raison, ça ne me regarde pas, mais je ne peux m'empêcher de penser que tu es sûrement trop sévère avec ce garçon...

— Quoi ? Tu te prends pour une justicière ? dit-il avec un sourire cruel – certainement sa conception de l'humour. Ça fait bien longtemps que nous n'en avons pas eu à Érimos !

— Lâche-le, dis-je.

En le voyant étrangler ce jeune garçon, je réalisai que, à peine vingt-quatre heures plus tôt, j'avais tenu Joshua contre un mur, exactement de la même manière. La culpabilité que je ressentis alors se transforma en colère, me conférant encore davantage de force.

Lentement, tout en me regardant, le gars lâcha l'enfant qui se tint immédiatement la gorge et dont la joue, je le voyais maintenant que l'homme n'avait plus son bras devant, était barrée d'une cicatrice ensanglantée. Je cherchai immédiatement la lame qui lui avait fait cela et la trouvai dans la main de l'homme qui me faisait maintenant complètement face.

— Tu n'as pas l'air d'être d'ici, gamine, me dit-il. Alors je vais te donner une chance de faire demi-tour et de partir.

Discrètement, je regardai par-dessus son épaule afin de voir si l'enfant pouvait s'échapper par l'autre bout de la ruelle pendant que je distrayais le crétin, mais il faisait trop sombre pour que je puisse voir quoi que ce soit. Le garçon resta où il était, la main sur la gorge. Tant pis. Je devrais alors assommer le crétin, comme je l'avais fait avec sa créature ailée.

— C'est gentil, mais... non ! répondis-je avec un sourire, sortant mon couteau de ma poche.

— C'est un bien petit couteau, rit-il en levant le sien et en le faisant tournoyer pour me faire admirer sa taille.

Il était courbé, comme un cimeterre.

— Petit couteau pour une petite fille, répondis-je.

Puis, sans crier gare, je le lui lançai. Si vite que l'autre n'eut pas le temps de l'esquiver, et le couteau se planta dans son épaule, lui arrachant un cri de douleur. Le gamin en profita pour bondir du mur mais, au lieu de s'enfuir comme je l'avais espéré, il se jeta sur le vieux voyou.

— Attends ! criai-je, avant de me figer, réalisant ce qu'il était en train de faire.

Il avait retiré mon couteau de l'endroit où il était profondément enfoncé dans la chair du gars, évitant avec habileté les coups de cimeterre que l'autre essayait maladroitement de lui donner, malgré sa douleur, puis se mit à courir dans l'autre direction, emportant avec lui mon couteau. Il me jeta un dernier coup d'œil, toujours en courant, et je sortis de ma torpeur.

— Merde ! soufflai-je.

Je m'élançai après lui, esquivant le coup que le vieux tenta mollement de me donner. Il était hors de question que je perde ce couteau.

— Reviens, petit ingrat ! hurlai-je alors qu'il s'envolait de l'autre côté de la ruelle, qui – je le constatai maintenant avec regret – n'était pas une impasse.

Le petit bifurqua brusquement vers la gauche, et je freinais des quatre fers pour prendre la même direction que lui. Nous atteignîmes une zone plus peuplée, des lanternes colorées projetant une lumière douce sur les murs scintillants, et des odeurs de viande flottant dans l'air. Nous nous dirigions vers le quartier des bazars.

Je suivis le gamin à travers des rues plus sinueuses les unes que les autres, jusqu'à ce que nous fassions irruption dans l'une des vastes cours remplies d'étals recouverts de tissu. Il y avait tellement de monde et d'endroits où se cacher que je risquais de ne jamais retrouver mon couteau ! Si je ne le rattrapais pas rapidement, je le perdrais pour de bon – et mon couteau avec.

— Je t'ai sauvé la vie, merde ! criai-je, forçant mes jambes à courir plus vite.

Comment ce petit con pouvait-il être si rapide ? Peu de gens pouvaient me distancer. L'idée de perdre mon arme, la seule chose que j'avais réussi à garder toute ma vie, et qui m'avait sauvée d'innombrables fois, faisait monter en moi une rage folle qui assombrissait ma vision.

Mes yeux se fixèrent sur le gamin alors qu'il ralentissait, atteignant un croisement à trois voies entre différents stands. Je regardai son corps commencer à bouger, son poids se déplaçant d'un côté à l'autre, et je réussis à deviner quelle direction il allait prendre avant même qu'il ne s'élance. Je virai rapidement à droite, priant pour qu'il fasse de même. Si c'était le cas, je réussirais à l'attraper.

Je contournai le stand et, comme je l'avais espéré, le môme fonça droit sur moi, la tête tournée derrière lui pour me chercher. Je l'attrapai par le cou, le faisant trébucher, et il se mit à crier. En remarquant les marques rouges que le vieux lui avait infligées, je ne pus m'empêcher de culpabiliser à l'idée de le brutaliser à mon tour, mais la brume rouge devant mes yeux m'empêchait de me calmer.

— Rends-moi mon putain de couteau, maintenant ! hurlai-je en le soulevant.

Il était plus grand que moi, mais j'étais plus forte que lui et réussis facilement à le maintenir au-dessus du sol, tandis qu'il se débattait et essayait de me frapper pour m'obliger à le lâcher.

— Je te tiendrai comme ça toute la nuit s'il le faut, espèce de morveux. Rends-moi ce qui est à moi !

Lorsque son visage commença à devenir violet, il décida finalement de mettre la main dans la poche de son sarouel et en sortit mon couteau. Je tendis alors mon autre main et il le laissa tomber dans ma paume. Soulagée, je finis par le relâcher.

— J'essayais de t'aider et tu m'as volé. Pourquoi ?

— Je n'ai pas besoin de ton aide ! marmonna-t-il en s'éloignant de moi, les yeux rouges.

— J'avais plutôt l'impression que si, au contraire...

— Il avait raison. Tu n'es pas d'ici, cracha-t-il, avant de se retourner et de s'enfuir dans la foule.

Je le suivis du regard, perplexe. Cet endroit était vraiment une jungle. La justice ne semblait pas y avoir sa place. Les amis non plus d'ailleurs...

— *Je suis heureuse que tu aies récupéré ton couteau sans tuer personne.*

Zeeva ! Regardant autour de moi, je l'aperçus rôder derrière un étal qui vendait des brochettes de viande.

— Pourquoi voudrais-je tuer quelqu'un ? lui répondis-je, rangeant le couteau dans ma poche avec satisfaction. Et pourquoi ce petit con s'est-il comporté comme ça ?

— *Le royaume de la guerre est différent de ce que tu connais. Les notions de bien et de mal ne sont pas celles que tu as connues.*

— Oui... Eh bien, je suis contente que tu sois là. Parce que je commence à me sentir complètement perdue...

DIX-SEPT

Durant tout le trajet de retour au caravansérail, je posai des questions à Zeeva, qui ne me donna que des réponses vagues et inutiles.

— *Comme je te l'ai déjà dit, plus tu resteras longtemps dans l'Olympe, et plus tu accéderas facilement à tes pouvoirs. Je suppose qu'être dans cet endroit violent peut accélérer les choses.*

Je pouvais entendre le dégoût dans sa voix et je me demandais brièvement à quoi ressemblait le royaume d'Héra par rapport à celui-ci. Mais j'écartai cette question en faveur d'autres, plus utiles.

— Et si j'accède plus facilement à mes pouvoirs, est-ce que je resterai humaine ?

— *Tu serais ce que l'on appelle une demi-déesse faible. Principalement humaine, avec certains pouvoirs divins. Lorsque tu seras plus forte, tu seras une demi-déesse de catégorie supérieure. Mais, pour répondre à ta question, je ne sais pas si tu pourras un jour perdre toute ton humanité et devenir une déesse à part entière.*

— Mais... Si j'ai d'abord été une déesse de la Guerre,

avec les mêmes pouvoirs que l'un des douze dieux de l'Olympe, comment ai-je pu devenir humaine ?

Zeeva ne me répondit pas pendant un long moment, marchant silencieusement dans les rues animées.

— *Ce n'est pas à moi de te raconter l'histoire de ton origine,* finit-elle par me dire. *D'ailleurs, je ne sais pas tout et, même si je le voulais, je ne pourrais pas te la raconter entièrement.*

— L'histoire de mon origine ? répétai-je en la dévisageant. À t'entendre, on dirait que je suis une sorte de super-héroïne ! Remarque, on m'a bien accusée d'être une justicière, aujourd'hui. Mais je ne me voyais pas pour autant avec une cape et lutter contre le crime...

J'aurais même préféré être une « super-méchante », d'ailleurs. Ça doit être plus amusant ! me dis-je avec ironie.

— *Tu n'es pas une héroïne, Bella. Mais tu pourrais être quelque chose. Quelque chose de bien plus grand que tout ce que tu aurais pu être dans le monde des mortels.*

— Je sais, dis-je doucement.

C'était vrai. Je savais au plus profond de moi que j'étais censée être ici. J'appartenais à un monde où même les gentils étaient des connards.

Lorsque nous arrivâmes finalement au caravansérail, j'étais encore pleine d'énergie. Une femme à la peau couleur écorce se tenait dans une grande salle ornée de luxueuses tapisseries bordeaux et or, au centre de laquelle se dressait un escalier majestueux. Je me présentai, et la femme sourit, me tendant un petit orbe qui brillait d'une couleur rouge rubis. Je la suivis en haut de l'escalier. Lorsque nous nous arrêtâmes enfin, j'étais certaine que nous devions être au sommet de la tour, tellement les marches m'avaient paru nombreuses. Elle m'indiqua une porte au centre de laquelle se trouvait un petit trou rond qui brillait du même rouge de mon orbe. Je la regardai dans les yeux, d'un air interrogateur, et elle me fit un léger signe de tête, faisant bouger ses cheveux couleur vert-feuille. Avec hésitation, j'introduisis alors l'orbe dans le trou. Avec un petit clic, la porte en pierre s'ouvrit, et l'orbe rouge revint seul dans ma main.

— Euh... merci ! balbutiai-je, un peu surprise. Savez-vous dans quelle chambre se trouve mon ami ?

Elle hocha la tête en silence vers la porte à côté de la mienne, puis se retourna et redescendit les escaliers.

Je savais qu'Arès ne voudrait pas me voir. Mais j'avais des questions à lui poser, à la fois sur mes pouvoirs et sur ce qui nous attendait le lendemain. Alors, au lieu d'entrer dans ma chambre, je me dirigeai vers la sienne et frappai à sa porte.

— Non ! cria-t-il immédiatement.

— J'ai besoin de te parler, dis-je à travers la porte.

Il y eut un silence, suivi d'un bruit sourd, puis la porte s'ouvrit brusquement.

— Les conditions seront fixées par Douleur demain. Je ne peux rien te dire de plus pour le moment.

— Euh... je plaisantais, tu sais, en te demandant si tu dormais avec ton casque.

Je fronçai les sourcils, fixant sa tête enfermée dans le métal doré, et réprimai mon envie de toucher son panache rouge.

— Je viens de le remettre pour te parler, grogna-t-il sur la défensive.

— Pourquoi ? J'ai passé toute la journée avec toi sans ce truc...

Il me fixa avec suspicion à travers les fentes prévues pour ses yeux.

— Tu as trop d'énergie. Pourquoi ?

— Comment tu peux savoir ça ?

— Tu te balances, tu sautilles, et tu rougis. Voilà comment je le sais...

— J'ai essayé d'empêcher un enfant de se faire tabasser par un vieil escroc et une espèce de créature horrible avec des ailes, avouai-je. Mais il a volé mon couteau.

— Qui a volé votre couteau ?

— L'enfant.

Il me regarda en secouant la tête, avec l'air de penser que j'étais irrécupérable.

— Comment as-tu pu te faire voler par un enfant ?

— Il a pris le couteau là où je l'avais lancé sur l'homme ! protestai-je.

Arès laissa échapper un long soupir, puis s'écarta, me tenant la porte ouverte.

Avec un sourire exagéré, j'entrai dans sa chambre. C'était incroyable ! Je n'étais jamais allée au Maroc, mais j'avais souvent rêvé en regardant les nombreux hôtels cinq étoiles sur Internet, et c'était exactement comme ce que j'avais vu sur les photos. Une lumière douce et tamisée provenait des morceaux de verre incrustés dans les murs, lesquels étaient recouverts de tentures or et bordeaux, comme dans l'entrée de la tour. Il y avait une commode, un grand placard, et un immense lit, tous faits dans un bois si sombre qu'il paraissait presque noir. Quant aux coussins sur le lit, ils brillaient comme s'ils étaient en or véritable.

— Belle chambre, sifflai-je.

Il y eut un bruit de cliquetis derrière moi, et je me

retournai pour voir Arès retirer son casque de sa tête. Même avec toute l'énergie refoulée que j'avais en moi, je me figeai en le regardant, tandis que mon rythme cardiaque montait en flèche.

Son visage était si beau, ses cheveux tombant sur le plastron métallique de son armure si sexy... Il était l'incarnation de la force et du courage. C'était vraiment impressionnant.

— Qu'est-ce que tu entends par « vieil escroc » ? me demanda-t-il, me forçant à sortir de ma torpeur.

— Bah... Un voyou, un gangster. Un vieux malhonnête, quoi !

— Pourquoi ? Qu'est-ce qu'il a fait ?

— Ça avait l'air d'être le genre qui prête de l'argent aux gens, sachant qu'ils ne pourront pas se permettre de le rembourser, puis les fait chanter et les tabasse s'ils ne lui donnent pas ce qu'il veut.

— Comme les propriétaires de salle de jeu ?

— Voilà...

— Il y en a beaucoup à Érimos. Lequel as-tu tué ?

— Ouh-là ! Doucement papillon ! Je n'ai tué personne.

Il fronça les sourcils, l'air presque déçu.

— Alors pourquoi es-tu ici ?

— Parce que j'ai des questions à te poser. Je veux pouvoir utiliser mes pouvoirs.

— Non. Maintenant, laisse-moi !

— Tu ne peux pas vouloir utiliser mes pouvoirs et ne pas me laisser en avoir un peu ! protestai-je en m'asseyant sur son lit, pour bien lui signifier que je n'irais nulle part.

Arès se pinça l'arête du nez en fermant les yeux, et j'en profitai pour examiner ses lèvres. Comme le reste, elles étaient absolument divines...

— Je savais que je n'aurais pas dû te laisser entrer ici.

Je pensais que tu avais besoin de mon aide parce que tu avais tué quelqu'un.

— Je n'ai pas pour habitude de tuer les gens, figure-toi ! D'ailleurs, pour être honnête, je ne suis pas ravie que tu aies l'air de le faire avec autant de détachement !

— J'ai plus de trois mille ans et je suis le dieu de la Guerre ! Tu crois vraiment que je n'ai pas été obligé d'ôter la vie depuis tout ce temps ?

Le ton de sa voix était manifestement destiné à m'intimider mais, comme cela semblait être le cas avec sa colère, il ne fit que m'enflammer davantage.

— Eh oui, bien sûr, ce n'est pas vraiment de ta faute, fis-je mine d'acquiescer, d'un air sarcastique.

— En disant que ce n'est pas ma faute, tu minimises ma puissance ! tonna-t-il en me fixant, les muscles gonflés sous son armure dorée.

— Écoute, je ne veux rien minimiser du tout ! Je veux simplement dire que, si je comprends que tu sois parfois obligé de faire un certain nombre de choses désagréables, je ne considère pas que tuer des gens est un exploit.

— Et si la personne que je tue est un tyran ? Un meurtrier ? Une menace ?

Et revoilà la notion de justice, pensai-je, excédée.

— Tout le monde a le droit à une seconde chance, finis-je par dire.

— Tu te trompes ! Beaucoup ici ne méritent que la mort.

— Ici dans l'Olympe, ou ici dans ton royaume ?

— Les deux ! Laisse-moi maintenant.

— Pas avant que tu ne m'aies dit comment utiliser mes pouvoirs pour demain. Parce que je te signale que si tu me distrais à nouveau comme tu l'as fait aujourd'hui, on risque de ne pas réussir l'épreuve de Douleur.

— Si tu restes à l'écart, tout ira très bien !

— Écoute, grand dadais, m'emportai-je en me levant. Est-ce que j'ai vraiment l'air d'être le genre de fille à rester à l'écart ?

Arès ne répondit rien, se contentant de me regarder dans les yeux. Putain... Il était encore plus canon quand il était en colère.

— Bon... J'imagine que ton silence veut dire que tu es d'accord avec moi, finis-je par dire, repoussant le désir de revoir le feu dans ses yeux. Tu sais comme moi que Douleur nous réserve un truc au mieux désagréable, au pire mortel. Me demander de ne rien faire est injuste et franchement utopique.

— Pourquoi est-ce que tu compliques toujours tout ? aboya Arès.

— C'est moi qui complique ? Tu te rends compte que tu es en train de me demander d'aller contre tous mes instincts ? Contre ce que je suis ?

J'avançais vers lui au fur et à mesure que je parlais, et il me sembla que ses yeux tombèrent sur ma poitrine.

— Tu as besoin de moi, Arès, lui dis-je en plantant mon poing dans son plastron. Et j'ai besoin de toi. Donc, nous allons collaborer, sinon nous perdrons tous les deux !

— Non ! tonna-t-il en me dévisageant. Je vais le répéter autant de fois qu'il le faudra, au risque de blesser ta fierté d'humaine : J'ai plus de trois mille ans. J'ai *créé* Douleur, Panique et Terreur. Avec l'accès à mes pouvoirs, leurs épreuves ne seront rien, pour moi. Si tu veux retrouver ton ami, fais ce que je te dis ! siffla-t-il.

Sa colère était réelle. Ses yeux étaient incandescents, et les tambours résonnèrent dans mes oreilles.

— L'accès à *tes* pouvoirs ? répétai-je d'un air outré. *Mes* pouvoirs, tu veux dire !

— *Notre* pouvoir.

— *Mes pouvoirs* ! Ce sont *mes pouvoirs*, putain ! hurlai-je, alors que les tambours battaient de plus fort, et que les flammes dans les yeux d'Arès avaient envahi tous ses yeux. Pendant un instant, le monde autour de moi disparut, le bruit du métal résonnait dans mes oreilles, et une montée d'adrénaline me submergea, faisant naître en moi un besoin impérieux de gloire. Arès me prit par les épaules et m'attira contre lui. La chaleur de son corps me transperça, et un sentiment fougueux, féroce et indomptable brûlait dans son regard.

Mais, avec la même force avec laquelle il m'avait attirée contre lui, il me repoussa, et prit une profonde inspiration.

— Pars, maintenant.

— Pas tant que tu ne m'auras pas dit comment utiliser mes pouvoirs.

J'étouffais à moitié, les tambours, l'acier, la chaleur, et le feu embrumaient mon esprit. Tout comme une sensation étrange entre mes jambes qui irradiait dans le reste de mon corps. Mon énergie avait rarement été aussi forte, et je m'étais rarement sentie aussi puissante.

Arès se dirigea vers la porte et l'ouvrit avec fermeté, évitant de me regarder dans les yeux. Ressentait-il la même chose que moi ?

— Sors !

Je fis ce qu'il me demandait. Non pas pour lui obéir, mais parce que je ne me faisais pas confiance. Lorsqu'il m'avait attirée contre lui... J'avais voulu qu'il m'embrasse. C'était n'importe quoi ! Qu'est-ce que j'étais en train de foutre, putain ?

— Ce n'est pas fini, réussis à dire par-dessus mon épaule alors que je sortais en trombe.

J'espérai qu'il pensait que je parlais de notre désaccord concernant mes pouvoirs, et non de mon attirance pour un connard de trois mille ans avec un panache route sur la tête…

BELLA

Ce ne fut que lorsque je me jetai sur mon lit moelleux que je réalisai à quel point j'étais fatiguée. Mes paupières tombèrent alors que je fixais le plafond recouvert de tissu au-dessus de moi, mon cerveau bouillonnant, et mon corps encore en feu.

Je n'avais jamais eu de problème pour m'endormir. Sauf quand je me sentais isolée – pas émotionnellement : *physiquement*. Quand j'étais chez moi, à Londres, j'avais si peu de choses à faire, si peu de choses sur lesquelles me défouler et dépenser mon énergie, dans cet appartement lugubre, que je n'avais pas besoin de dormir.

Cette fois, en revanche, j'avais besoin de dormir. Peut-être étaient-ce mes pouvoirs de guerre qui faisaient en sorte que mon corps soit suffisamment reposé pour que je puisse me battre correctement ? Repensant à la sensation que j'avais eue – la « vision guerrière » comme me l'avait appris Arès – je me mis à bâiller. Je me forçai à m'asseoir pour retirer mon t-shirt et mes bottes. Car il n'y avait rien de pire que de dormir avec des chaussures...

Je me demandai alors comment Arès dormait. Aussitôt, je levai les yeux au ciel.

Joshua. Pense à Joshua ! Tu vas le sauver des sales pattes de ce démon, tu vas ensuite lui botter le cul pour t'avoir menti, et tu lui demanderas s'il veut bien être ton petit-ami, me dis-je fermement.

Une fois pieds nus, j'enlevai mon jean, le jetant par terre, à côté de mes bottes, et me laissai tomber à nouveau en arrière, poussant un soupir de satisfaction lorsque mon dos heurta le matelas. D'où venaient toutes ces images érotiques dans ma tête ? Ce n'était pourtant pas mon genre... Pour moi, le sexe était une sorte d'hygiène, rien de plus. D'ailleurs, je ne couchais qu'avec des hommes qui ne comptaient pas pour moi, afin de m'éviter la case dépression quand ils finissaient par partir après avoir découvert qui j'étais vraiment.

Cela ne veut pas dire que je n'appréciais pas. Mais je n'en faisais pas toute une montagne. Je devais reconnaître aussi que mon expérience – certes assez limitée – me laissait sur ma faim. J'avais l'impression que j'attendais encore quelque chose que je n'obtiendrais jamais. Peut-être était-ce parce que je m'y prenais mal ? Ou parce que je n'avais jamais rencontré la bonne personne ? Un homme attentionné et patient comme Joshua était peut-être exactement ce dont j'avais besoin pour atteindre cette « chose » que j'attendais sans savoir ce que c'était exactement.

Il te faudrait plutôt un mec viril, sexy, et sauvage, si tu veux vraiment atteindre les sommets, plaisanta ma petite voix intérieure.

Je chassai immédiatement cette pensée, me disant que ça devait être mes hormones qui me jouaient des tours. Ou la peur ? Après tout, je venais quand même d'apprendre que j'étais une déesse, on m'avait kidnappée, et propulsée dans un monde totalement nouveau et complètement fou... Il y avait quand même de quoi être perturbée, non ?

Oui, c'était probablement ça. Arès avait bouleversé mon monde et fait naître en moi l'espoir que je n'aurais plus jamais à vivre une vie que je détestais. Et, du coup, dans toute cette agitation, j'avais confondu exaltation face à tout ce que je découvrais avec mon attirance pour Arès. Si Joshua était là, il me dirait certainement que c'était une *projection*. Je projetais mon désir brûlant d'une nouvelle vie dans un monde merveilleux sur Arès, sous une autre forme de désir.

Sur cette pensée, je tirai le mince drap de soie sur moi. Oui, c'était ça. Et maintenant que je le savais, je pouvais l'ignorer complètement et me concentrer sur les épreuves et la libération de Joshua.

Pourtant, ce n'étaient pas les yeux de Joshua qui brûlaient de promesses dans mon esprit alors que je m'endormais.

Me réveiller dans cette ambiance marocaine tamisée me surprit tellement que je m'assis d'un seul coup dans le lit dès que j'ouvris l'œil, cherchant immédiatement mon couteau. Les événements de ces dernières... - je ne savais même plus depuis combien d'heures ou de jours j'avais quitté Londres – me revinrent à l'esprit dans une succession d'images, tandis que je pris le temps de regarder le décor autour de moi.

J'avais été la déesse de la Guerre. Je comprenais enfin pourquoi j'étais comme ça. Pourquoi je m'étais si souvent battue dans ma vie. Et il y avait en moi un pouvoir qui pouvait me rendre encore meilleure.

Mais, très vite, l'excitation de cette prise de conscience fut remplacée par la culpabilité de savoir Joshua, et tous les autres, entre les mains de ce démon. Je revis l'image de cette fille, allongée sur une table en pierre. Ce n'était pas moi l'urgence, c'étaient eux. Une fois qu'Arès aurait récupéré ses propres pouvoirs, je pourrais apprendre à utiliser les miens, et j'aurais alors tout le temps de me réjouir. Pour l'instant, je devais sauver mon ami.

Déterminée, je sautai hors du lit. Si Arès refusait de me laisser utiliser mes pouvoirs, je devrais trouver un moyen de l'aider sans que je mette ma vie en danger, comme je l'avais fait la veille. Car si je mourais, Arès n'était plus rien et Joshua ne serait jamais libéré. J'enfilai mon jean et ouvris la fermeture éclair de mon sac à la recherche d'un t-shirt.

— *Ce serait dommage de ne pas porter cette armure en cuir qui t'enthousiasme tant*, déclara une voix de femme paresseuse.

Cette fois, je ne sursautai pas. Je commençais à m'habituer à ce que Zeeva apparaisse dans ma tête sans y être invitée. De plus, elle avait raison pour l'armure. Je l'avais complètement oubliée...

— Bonjour, Zeeva !

— *Elle est dans le placard, juste là.*

Je tournai sur moi-même à la recherche de ma chatte, et la trouvai assise devant l'un des deux grands placards en bois sombre.

— Merci, dis-je. Il faut que je porte quelque chose en dessous ?

— *C'est à toi de voir.*

En ouvrant le grand placard, je découvris tout un tas

de robes. Toutes magnifiques : faites dans des tissus fluides et colorés, couvertes de bijoux étincelants. En les parcourant du regard, je réalisai que cela faisait une éternité que je n'avais pas porté une robe. Puis je chassai cette idée et pris mon corset en cuir qui se trouvait au milieu.

Il me fallut au moins dix minutes pour comprendre comment les nombreux loquets métalliques et les cordons de cuir épais se mettaient, mais je finis par y parvenir. Debout devant le miroir qui tapissait l'intérieur de la porte du placard, je m'admirai avec un large sourire.

Pour la première fois de ma vie, je ressemblais à ce que je ressentais au fond de moi.

Mon jean noir était si moulant qu'on aurait dit un legging et était comme une seconde peau. Quant au corset... Les larges bretelles que le vendeur avait ajoutées me procuraient une sensation de sécurité et protégeaient mes épaules ainsi que mes côtes et autres organes importants. J'avais choisi de ne rien porter dessous car, même si ce n'était pas aussi décolleté que la tenue d'Éris, je devais admettre que je me sentais malgré tout sexy, et cela me faisait du bien. Et puis, la doublure était d'un tissu incroyablement doux qui était très agréable sur la peau.

— J'ai l'air d'une dure à cuire, non ? demandai-je à Zeeva.

— *C'est vrai,* répondit-elle en agitant la queue.

Surprise que, pour une fois, elle ne se moque pas de moi, je la regardai en haussant les sourcils.

— Vraiment ? Tu le penses vraiment ?

— *Oui, vraiment ! Tu commences enfin à ressembler à ce que tu es censée être.*

— Je le savais !

Que va penser Arès en me voyant ?

Encore une fois, je levai les yeux au ciel et reformulai la question.

Que penserait Joshua s'il me voyait ? Probablement que cette tenue ne ferait qu'encourager mon penchant pour la violence, pensai-je en fronçant les sourcils.

Je haussai les épaules et fermai le placard. Mon penchant pour la violence serait peut-être ce qui allait lui sauver la vie – en tout cas si je survivais aux Épreuves d'Arès.

Un violent coup à ma porte me dit que j'étais sur le point de savoir ce qu'allait penser Arès.

— Il faut y aller ! tonna-t-il d'une voix bourrue à travers la lourde porte en bois.

J'attrapai mon couteau sur la table de chevet, le fourrai dans ma poche, et ouvris la porte. Ce fut comme si je le découvrais pour la première fois : là, devant moi, dans son armure et son casque, le dieu de la Guerre me parut gigantesque.

— Bonjour à toi aussi ! lui dis-je en retournant dans la pièce.

Il resta sur le pas de la porte pendant que j'enfilai mes bottes.

— Est-ce qu'on laisse toutes nos affaires ici ? lui demandai-je.

Il hocha la tête, faisant rebondir son panache rouge.

— Je vois que tu es toujours aussi bavard aujourd'hui, marmonnai-je en nouant mes lacets.

— Tu espérais que je te présente des excuses ?

— Non. Mais si tu as changé d'avis sur le fait de ne pas me laisser utiliser mes pouvoirs, je...

— Dépêche-toi ! Nous allons être en retard, m'interrompit-il.

— En retard pour quoi ?

— L'annonce de l'épreuve.

La panique m'envahit, non pas parce que nous étions sur le point de savoir quel sort allait nous être réservé, mais pour quelque chose de bien plus important.

— Je n'ai pas encore mangé !

Arès laissa échapper un long soupir. Pourtant, nous n'étions ensemble que depuis cinq minutes et il soupira déjà...

— Nous prendrons quelque chose en route !

Alors que nous nous dirigions vers la résidence de Douleur, nous croisâmes un stand qui vendait de la nourriture, et Arès m'acheta à nouveau des brochettes de viande savoureuses. Dès qu'il me les tendit, j'en dévorai une ; je mourais de faim. Maintenant qu'il portait son armure, brillante et dorée, tout le monde le regardait. Même le vendeur ne nous fit pas payer les brochettes.

— J'ai une question, dis-je, entre deux bouchées de viande grasse.

Il ne dit rien, alors je continuai.

— Est-ce que c'est grâce à mes pouvoirs que je continue de manger et dormir malgré les bouleversements ou les dangers ?

— Oui, grogna-t-il. Tu dois toujours être prête au combat.

— C'est exactement ce que j'ai pensé ! Cela me paraît tellement évident, maintenant. Mais je dois dire que je craignais d'être la pire des égoïstes...

— Tu l'étais probablement, jusqu'à ce que tu deviennes humaine.

Je le regardai avec curiosité.

— Et comment suis-je devenue humaine ?

Je posai la question de manière simple et légère, mais

lui sembla la prendre très au sérieux et me regarda d'un air grave.

— Je ne sais pas.

Je pris une autre brochette de viande en fronçant les sourcils.

— Qu'est-ce que c'est ? demandai-je en levant ma dernière brochette.

— Je ne sais pas.

— Tu ne sais rien, Jon Snow ! me moquai-je en continuant de manger.

— Je ne m'appelle pas Jon Snow ! grogna-t-il. Décidément, tu es vraiment irritante, ajouta-t-il d'un ton ferme.

Je soupirai en levant les yeux au ciel.

— C'est ce qu'on appelle avoir le sens de l'humour, très cher !

— J'ai beaucoup d'humour, je te signale !

— Vraiment ? Vas-y, raconte-moi une blague...

— Je n'en connais aucune.

— Ça me surprend ! répondis-je avec sarcasme. Qu'est-ce que tu trouves drôle alors ?

— Plein de choses.

— Comme quoi ?

— Les gens qui tombent, par exemple.

Je levai les yeux vers lui en me léchant les doigts.

— Je devrais trouver ça ridicule de ta part, mais pour être honnête, dans mon monde, il y a des émissions de télévision entières qui montrent des gens qui tombent.

— « Émissions de télévision » ?

— Oui. Des images qui sont diffusées sur des écrans et que l'on peut regarder de n'importe où.

— Ah... tu veux dire un plat à flammes ?

— Quoi ?

— Un plat à flammes. Comme celui que les seigneurs

de la Guerre ont utilisé pour nous montrer le démon.

Donc, ces plats à flamme étaient l'équivalent d'une télévision dans l'Olympe ? Je réfléchis un instant à cela, en même temps que je jetai un regard noir à un gamin débraillé dont les yeux s'attardèrent un peu trop longtemps sur moi. S'il espérait me voler quelque chose, il était mal tombé ! Pas question que je me fasse avoir une troisième fois...

— Mais qu'est-ce que vous regardez exactement, dans ces plats ? demandai-je à Arès.

— Les dieux peuvent les utiliser pour diffuser des images, ou pour communiquer entre eux. Mais ils sont rares. Seuls les riches et les puissants en ont.

Je hochai la tête et me tus quelques instants.

— À ton avis, quelle va être l'épreuve de Douleur ? demandai-je finalement.

— Par tous les dieux ! Tu ne t'arrêtes donc jamais de poser des questions ? gémit Arès.

— À ma décharge, cela ne fait qu'un jour que je suis ici. J'ai tout à apprendre !

— Dans ce cas, trouve-toi un autre professeur ! Tiens, ta chatte insolente par exemple... Zeeva, c'est ça ? Elle est où d'ailleurs ? Pas là, comme d'habitude !

— Mais comment pourrait-elle savoir ce qu'a dans la tête ton seigneur de la Guerre ? Dis-moi au moins si, à ton avis, ça va être douloureux ?

— Étant donné qu'il incarne la douleur, oui, répondit-il lentement, comme s'il s'adressait à un être en retard intellectuellement.

En même temps, je devais admettre que ma question était un peu stupide. Évidemment que l'épreuve serait douloureuse. Ce qui ne me réjouit guère. Je n'avais pas particulièrement peur de la douleur, mais je ne courais pas après non plus. Au contraire, chaque fois que je le pouvais, je faisais en sorte de l'éviter.

Je commençai à angoisser et décidai de changer de sujet.

— Est-ce que tu aimes ta sœur ?

Cette fois, Arès ne soupira pas, il gémit en levant les mains au ciel.

— Mais tais-toi ! aboya-t-il. J'essaie de me préparer mentalement au combat, mais c'est impossible avec toi et ta grande bouche !

— J'ai besoin de parler quand je suis nerveuse...

— Tu es l'être le plus irritant que j'aie jamais rencontré ! J'aurais dû te tuer dans ce maudit bâtiment humain, avant que cette maudite chatte n'apparaisse !

À ses mots, je revis Joshua mort, par terre. Et cela transforma instantanément ma nervosité en colère. Mon visage se crispa, et je serrai les poings.

— Tu ne pourrais pas me tuer, même si tu le voulais, grondais-je.

Arès ne dit rien, mais accéléra le pas. Pour le suivre, je devais trottiner, et il le savait. Il faisait exprès, et cela me mit encore plus en colère.

— Sans mes pouvoirs, tu n'es qu'une grosse brute musclée, et rien de plus. Je parie que je suis plus rapide que toi !

— Priez pour que tu ne saches jamais lequel d'entre nous est le meilleur combattant, siffla-t-il, se retournant soudainement vers moi.

Je redressai mes épaules et soutins son regard, jusqu'à ce que ses yeux se mettent à briller à l'intérieur de son casque. Alors, il se retourna et se remit à marcher.

Je lui fis un doigt d'honneur, puis me précipitai pour le rattraper.

DIX-NEUF

BELLA

Lorsque nous arrivâmes devant la tour de Douleur, lui et ses frères se tenaient devant l'oasis, autour d'un immense plat à flammes. Alors que nous nous approchions, je les trouvai encore plus effrayants que la veille. Des serviteurs de formes et de tailles de toutes sortes attendaient en rang devant l'entrée, tous vêtus de robes violettes.

Arès passa devant eux sans s'arrêter, marchant d'un pas rapide en direction des seigneurs. J'étais énervée d'être légèrement derrière lui sans pouvoir le rattraper, alors je pris mon air « je n'en ai rien à faire » le plus détendu, et ralentis au lieu d'accélérer, pour ne pas avoir l'air de le courir après. Je regardai autour de moi comme si j'étais la maîtresse des lieux, essayant d'ignorer la sensation désagréable d'appréhension qui me serrait le ventre. Je savais que cela était dû au regard de Terreur posé sur moi, alors je fis exprès de ne pas tourner la tête vers lui.

— Bien ! Finissons-en avec ce scandale ! rugit Arès, et je fus obligée de le regarder, lui et les seigneurs.

Douleur arborait un sourire qui lui barrait tout le visage, et Panique me fit un clin d'œil. Ma lèvre se retroussa et quelque chose de sombre passa dans ses yeux.

— Bonjour à toi, puissant Arès, déclara Douleur en lui faisant une lente révérence. Es-tu prêt à affronter le pire de ton royaume ?

— Allons-y !

— Comme tu voudras, très cher...

Il y eut un éclair blanc aveuglant, et nous quittâmes la tour d'un seul coup. J'entendis les sons avant de pouvoir voir quoi que ce soit, éblouie par la lumière du flash et celle du soleil. Mais, au fur et à mesure que mes yeux s'habituèrent à la luminosité, je découvris avec stupeur la scène dans laquelle nous nous trouvions.

Des centaines de personnes assises sur des gradins acclamaient et criaient, autour d'une arène dont le sol était recouvert de sable.

Nous étions au sommet d'une arène de combat.

— Vous avez l'intention de me faire combattre dans une arène ? déclara Arès avec un petit sourire. Je croyais que ce devait être une épreuve ?

Il avait l'air arrogant et sûr de lui, alors que je continuais à cligner des yeux. Nous nous trouvions dans une loge qui surplombait l'arène, tapissée d'un tissu doux, dans laquelle étaient disposés des sièges confortables tournés vers le centre de l'arène. La foule était composée principalement de personnes à l'aspect humain, mais il y avait également beaucoup de créatures, avec des ailes, de la fourrure, ou des membres d'animaux. Il y avait même un spectateur dont la chevelure était composée de flammes !

— C'est un combat particulièrement spécial, sourit Douleur. D'où la venue de tant de spectateurs.

Il fit un geste vers notre droite en direction d'une autre

loge particulièrement élégante, dans laquelle se trouvaient une silhouette de fumée et, à ses côtés, une très belle femme aux cheveux blancs.

Hadès et Perséphone.

Perséphone me fit un sourire encourageant et un signe de la main. Je lui répondis machinalement en faisant comme elle, mais mon visage était crispé.

J'étais habituée aux combats dans les rings. Je m'étais battue pour l'argent, la gloire, ou simplement pour évacuer mon trop-plein d'énergie. Mais ça...

Ce n'était pas un sous-sol sombre et crasseux, avec des cordes dégueulasses délimitant la zone de combat. Ce n'était pas non plus une cage en aluminium puante et bon marché, entourée d'ivrognes beuglants qui s'emparaient de mon cul en sueur chaque fois que je sortais victorieuse d'un combat.

C'était du sérieux. Un truc de vrai combat...

Je restai bouche bée en regardant l'arène à nos pieds. Même d'où nous étions, je voyais des taches sombres au sol qui étaient sûrement du sang. Cinq ou six grilles en fer entouraient l'arène, sous les gradins, et je me demandai avec appréhension ce qu'il pouvait bien y avoir derrière. Des animaux ? Des guerriers ? Des monstres ?

— Bonjour, Olympe ! clama Douleur.

Sa voix semblait amplifiée et résonna dans tout l'espace. Instantanément, tout le monde se tut et un silence de plomb nous enveloppa.

— Bienvenue à ce spectacle aussi rare que grandiose. Votre dieu de la Guerre, Arès, est ici aujourd'hui pour nous prouver sa force.

Il marqua une pause et lança un sourire sadique à Arès.

— Il sera aidé par sa partenaire, une humaine !

Des murmures s'élevèrent parmi la foule. Tétanisée, je plaçai instinctivement une main sur la poche contenant mon couteau, pour me rassurer.

— Il y aura en tout trois épreuves. Deux aujourd'hui et une demain. Si Arès et sa partenaire sont toujours parmi nous, évidemment.

Arès émit un petit grognement alors que des rires et des bavardages résonnèrent plus fort.

— Pour un dieu de ton envergure, nous avons évidemment prévu une manière de rééquilibrer les forces, déclara Douleur en se tournant vers Arès, qui se raidit.

Putain ! Le fait qu'Arès n'ait aucun pouvoir n'est-il pas déjà, en soi, un désavantage et une manière de « rééquilibrer les forces », espèce de connard ? pestai-je intérieurement.

Je me demandai alors si la foule savait qu'Arès était privé de ses pouvoirs divins ?

— Mais nous te laissons le choix, reprit Douleur. Entre prendre ton armure, ou ton épée...

— Il est hors de question que je fasse un tel choix, grogna Arès.

Je sentis un petit tiraillement dans mon ventre et, même si sa taille ne changea pas, j'eus l'impression qu'il devint plus grand. Terreur tourna alors son visage de marbre vers moi, et une sueur froide coula le long de ma colonne.

Il savait. J'étais certaine qu'il savait qu'Arès utilisait mes pouvoirs. Au lieu de poser des questions idiotes sur les plats à flammes, ou d'insister auprès d'Arès pour qu'il me laisse utiliser mes pouvoirs, j'aurais dû le questionner davantage sur les Seigneurs. Je me maudis de m'être aussi mal préparée, réalisant, trop tard, à quel point je manquais d'informations cruciales.

— Dans ce cas, tu déclares forfait, répondit Douleur avec un haussement d'épaules.

Je quittai Terreur des yeux et me tournai vers Arès.

— Jamais !

— Alors tu dois choisir. Armure ou épée.

Je savais ce qu'il allait choisir avant même qu'Arès ne sorte son épée de son fourreau. Je ne pouvais pas voir ses yeux, mais je sentais la fureur qui se dégageait de lui.

— Vous le regretterez, dit-il les dents serrées, avant de s'accroupir et de poser son arme au sol.

Je vis dans les yeux de Douleur la même lueur de doute qu'il avait eue la veille, mais Terreur prit la parole à sa place.

— C'est que tu ne cesses de nous répéter, dit-il d'un ton paresseux. Mais, comme nous te l'avons déjà dit, nous agissons exactement comme tu nous as entraînés à le faire, très cher.

Arès se redressa, et je sentis une secousse soudaine dans mon estomac. Aussitôt, Terreur sembla perdre sa sérénité et recula d'un pas, tremblant presque.

— Commençons ! déclara Arès, en jetant un regard noir à Terreur.

Puis Douleur frappa dans ses mains, et un flash de lumière nous emporta.

— Pourquoi est-ce que tu as fait ça, bordel ? sifflai-je, dès que la lumière s'estompa et que nous nous retrouvâmes au centre de l'arène.

Je marchais lentement en petit cercle, levant les yeux vers la foule, maintenant rugissante, qui nous entourait.

— Il avait besoin qu'on lui rappelle quelle est sa place, déclara Arès, toujours fou de rage.

— Garde nos pouvoirs pour l'épreuve, putain ! Est-ce qu'ils savent que Zeus a volé tes pouvoirs ? lui demandai-je en désignant la foule.

— Non. Absolument pas. Hadès et Poséidon ont interdit que les actions de Zeus soient rendues publiques.

— Eh bien, tes seigneurs ont résolu le problème assez rapidement. La rumeur va vite se répandre une fois qu'ils t'auront vu te battre. Qu'est-ce que tu vas faire sans épée ?

— La même chose que toi, grogna-t-il.

— J'ai un couteau, dis-je en le sortant de ma poche et en l'ouvrant.

— Et moi j'ai ça... rétorqua-t-il en serrant ses poings ensemble, ce qui fit gonfler les muscles de ses avant-bras et sonner bruyamment son armure.

J'eus presque envie de lui dire qu'il ressemblait à l'Incroyable Hulk, mais je m'abstins ; ce n'était pas le moment de plaisanter. Mais c'était vrai : il était très impressionnant, même sans épée.

En outre, sa force et sa colère me faisaient quelque chose. L'adrénaline que je ressentais toujours avant un combat était multipliée par dix. Une énergie incroyable me submergeait, au point qu'il m'était même difficile de rester immobile. Je regardais d'un air défiant les différentes grilles autour de nous, tandis que, lentement, ma vision devenait de plus en plus rouge. J'étais prête.

Un grondement retentissant s'éleva des gradins, et le sol en pierre recouvert de sable sous mes pieds se mit à bouger. De gros morceaux de roche déchiquetés jaillirent du sol avec, dans chacun d'eux, une lame en métal luisant.

— Est-ce que ce sont... des épées ? Genre des vraies

épées ? En pierre ? criai-je pour qu'Arès puisse m'entendre malgré le bruit.

Il se dirigea vers le morceau de roche le plus proche alors que le grondement s'arrêtait.

— Oui.

— Puissant Arès ! Nous t'offrons une chance – une seule – de te procurer une arme ! Si tu ne réussis pas à retirer l'une des épées de sa pierre, tu continueras les épreuves sans arme !

— Et moi ? protestai-je.

— Je croyais que tu avais une arme, me répondit Arès d'un ton sarcastique, avant de se hisser sur le rocher le plus proche.

Il mesurait environ un mètre cinquante de haut et était de forme inégale. Mais Arès parvint sans difficulté à atteindre la poignée brillante de l'épée enfouie au sommet. Ce fut alors qu'un énorme bruit de raclement retentit. Je tournai ma tête vers la gauche : l'une des grilles en fer était en train de se soulever.

— Arès, quelque chose est en train d'arriver, criai-je, regardant vers la grille d'une autre porte déjà en train de se soulever.

En fait, l'une après l'autre, toutes les grilles se soulevèrent. Paniquée, je me tournai vers Arès ; il était en train de tirer sur le manche d'une épée en rugissant.

Je voyais l'électricité autour de lui. Je la voyais réellement. La force qu'il dégageait était intense. Des étincelles de pouvoir violettes et jaunes jaillirent et dansèrent sur son armure métallique, et il pencha la tête en arrière alors qu'il arrachait sa main de l'arme.

— Attention de ne pas te faire mal ! claironna Douleur d'un ton faussement attentionné.

La foule éclata de rire.

C'est une épreuve de douleur, me rappelai-je, alors qu'Arès fixait l'épée de ses yeux brûlants. Mais ce dieu n'abandonnerait pas. J'en étais certaine.

À nouveau, il referma son poing autour du manche de l'épée plantée dans la roche. Je tressaillis. Avec un cri étouffé, il tira de toutes ses forces et, comme la première fois, des étincelles électriques rebondirent sur son corps.

Cette fois, l'épée bougea. Pas beaucoup, et Arès finit par la lâcher à nouveau, mais elle avait bougé.

Je regardai les portes ouvertes. Si Arès n'avait pas réussi à sortir l'épée avant que ce que nous étions censés combattre ne sorte, alors je devrais peut-être lui montrer à quel point il m'avait sous-estimée.

VINGT

BELLA

Alors qu'Arès tirait sur l'épée pour la troisième fois, une silhouette sortit de la porte sur ma gauche. Le cœur battant, je me tournai pour lui faire face. Mesurant environ un mètre de plus qu'Arès, la chose avait un œil bleu brillant au centre d'un visage plat. Elle portait un manteau avec une capuche qui dissimulait son visage, et dont la cape tombait à ses pieds, révélant sur le devant qu'elle portait une sorte de culotte en tissu blanc retenue à sa taille par une large ceinture en cuir. Elle tenait dans sa main un grand bâton, brillant de la même énergie que celle de l'épée qu'essayait de prendre Arès – une énergie si forte qu'elle produisait des étincelles violettes et jaunes.

D'un coup, le bâton cessa de briller et, exactement au même moment, Arès poussa un cri rauque et lâcha l'épée.

Les deux étaient connectés. Le bâton était la source de l'électricité, j'en étais sûre.

— Nous devons détruire son bâton. C'est le seul moyen que tu puisses prendre l'épée ! criai-je.

— Je vais y arriver ! aboya Arès, avant de saisir à nouveau le manche de l'épée pour tenter de la déloger.

Je commençai sincèrement à paniquer alors que deux autres cyclopes sortirent de deux autres portes, chacun avec un bâton lumineux.

Putain de merde !

— Mais tu ne comprends pas ? Tu n'y arriveras pas tant que nous ne nous serons pas occupés de nos petits camarades ! Après, l'épée sortira toute seule...

Arès lâcha l'épée avec un grognement, sa poitrine se soulevant encore plus fort qu'avant.

— J'aurai l'épée, douleur ou pas ! rugit-il.

— Putain de crétin ! Tu es vraiment une tête de mule ! maugréai-je, veillant à ce qu'il ne m'entende pas.

Puis je me tournai vers l'ennemi le plus proche. J'étais prête à parier un bon paquet de drachmes que je pouvais neutraliser tous ces enfoirés de borgnes avant qu'Arès ne puisse sortir cette putain d'épée du rocher.

Relevant le défi que je venais de me lancer, je m'élançai vers le premier cyclope.

C'était comme frapper un mur de briques. J'écrasai mon poing contre sa poitrine en me lançant sur lui mais, au lieu qu'il réagisse ou que mon poing s'enfonce dans sa chair, je rebondis et me retrouvai au moins un mètre cinquante en arrière. Ce putain de monstre ne daigna même pas me regarder. Je titubai alors que j'essayai de ne pas perdre l'équilibre, et ma fierté meurtrie fit monter en moi plus de colère et de force.

— Cette fois, tu vas moins rigoler, sifflai-je en serrant les dents.

Je pris davantage d'élan puis m'élançai à nouveau. Mais, plutôt que de m'en prendre directement au cyclope, je me jetai vers son bâton. Et cela le fit immédiatement réagir.

Son unique œil bleu se fixa sur moi alors qu'il bougea

pour éloigner le bâton de moi afin que je ne puisse pas l'attraper. Puis, avec un grand geste, il abaissa le bâton vers mes jambes. Mais, grâce à ma concentration, ou à ma « vision guerrière », le même phénomène de ralenti que j'avais vécu lors de mon dernier combat, dans le bazar, se déclencha. Je voyais tous ses muscles bouger, son corps changer, l'élan de ses actions – je voyais absolument tout avant que cela ne se produise réellement. Je savais exactement ce qui allait arriver. Ainsi, lorsque le bâton s'approcha de mes jambes, je l'esquivai en sautant et atterris dessus. Comme je l'avais prévu, le bâton en métal se brisa et s'écrasa au sol. Le cyclope laissa échapper un sifflement alors que, plutôt que de lâcher le bâton, il continua de le tenir et tomba à son tour sur le sable. C'était le moment ! Sans perdre une seconde, et rassemblant toutes mes forces, je donnai un grand coup de botte sur l'extrémité rougeoyante du bâton.

Un cri sortit de ma bouche, mais je ne reconnus pas ma voix. L'agonie déchirait mon corps, comme si chacun de mes nerfs était en feu, chacun de mes sens exacerbé, tandis que l'électricité me parcourait. Avec un effort titanesque, je me jetai en arrière, rompant le contact, et la douleur se calma instantanément. La sueur coulait le long de mon dos et de mon front, alors que je tentais tant bien que mal de reprendre mon souffle. Le cyclope peinait à se remettre debout, tentant vainement de s'aider du bâton, et Arès cria à nouveau. Je tournai la tête vers lui, encore étourdie par la douleur, et constatai avec stupeur qu'il continuait de tirer sur l'épée. Maintenant que je savais à quel point la douleur était atroce, je ne pouvais pas croire qu'il était toujours là-haut, alors que l'épée n'avait bougé que d'un centimètre à peine.

Je regardai à nouveau le cyclope, essayant de trouver

un autre moyen de le débarrasser de son bâton. Je me concentrai : il regardait avec consternation le bout de son bâton, qui ne brillait plus. Il ne faisait plus rien du tout.

Je l'avais cassé. Mes putains de grosses de bottes l'avaient cassé ! Me félicitant mentalement de cette victoire, j'adressai un sourire sarcastique au cyclope, et me précipitai vers le suivant. Heureusement, le premier cyclope ne bougea pas, se contentant de laisser tomber son bâton désormais inutile sur le sol sablonneux et de croiser les bras.

Bizarre... Mais tant mieux !

Je constai, à mon grand soulagement, que seules trois des créatures étaient sorties des six portes. Je n'étais pas certaine que j'aurais pu supporter un autre choc aussi violent, encore moins cinq autres !

— Pourquoi est-ce que vous ne cherchez pas à vous battre contre nous ? lançai-je au deuxième cyclope, alors que je m'approchais de lui.

Son œil resta braqué sur Arès, au sommet du rocher, tout comme le dernier l'avait fait.

— Tant mieux pour moi, mais je trouve ça étrange, ajoutai-je.

Ni lui ni aucun des autres cyclopes ne réagit.

— D'accord, je comprends... Vous n'êtes là que pour protéger le bâton d'électricité et rien d'autre. C'est ça ?

Avec une embardée, je me précipitai sous le bras du deuxième cyclope qui tenait le bâton, donnant un coup de pied au bas de la longue perche. Le cyclope leva le bras pour m'empêcher de l'atteindre, positionnant le bâton parallèle au sol. Après une fraction de seconde pour me préparer à la douleur que j'allais ressentir, j'attrapai l'extrémité rougeoyante du bâton et tirai dessus de toutes mes forces pour essayer de le faire pencher vers le sol en pierre recouvert de sable. Alors que la douleur m'engloutissait, j'entendis vaguement un bruit fracassant. Mais, très vite, la douleur devint si intense que je n'entendis rien d'autre que mon pouls battant dans mes oreilles. J'étais en feu. Je ne pouvais plus respirer. Avec un cri perçant, j'arrachai mon bras et, instinctivement, m'éloignait du bâton. Heureusement, le cyclope fit exactement comme le premier, laissant tomber l'autre extrémité du bâton maintenant brisé avec un air renfrogné, et croisant ses bras musclés devant lui.

Avec mon avant-bras, j'essuyai la sueur qui coulait sur mon front, tentant de reprendre mes esprits et de faire redescendre mon rythme cardiaque. La seule chose positive à laquelle je m'accrochai pour me donner du courage alors que je m'approchai du dernier cyclope était que la douleur que provoquait le bâton disparaissait dès que je le lâchais. Elle me laissait un peu groggy, en sueur, et à bout de souffle, mais c'était tout.

— Tu es prêt à ce que je défonce ton putain de bâton de merde ? haletai-je en atteignant la troisième créature.

Mais ni lui ni les deux autres ne faisaient attention à moi, et j'en profitai pour jeter un coup d'œil à Arès. L'épée était maintenant à moitié sortie, et il y avait beaucoup moins d'étincelles électriques autour d'elle. D'ailleurs, Arès ne criait plus. Maintenant que deux des trois bâtons étaient détruits, l'intensité devait être beaucoup moins forte.

Mais, encore une fois, je ne pus m'empêcher de l'admirer. L'épée avait dû concentrer l'intensité des trois bâtons avant que je ne réussisse à détruire les deux premiers. J'avais déjà eu du mal à supporter l'intensité d'un seul bâton, alors les trois d'un coup ?! Comment faisait-il ?

N'empêche qu'il se serait évité ça s'il m'avait écoutée et aidée, au lieu de s'entêter. Et je ne serais pas sur le point de souffrir une troisième fois, pestai-je malgré tout, malgré mon admiration pour lui.

Il était fort, mais obtus, et j'allais, à cause de lui, devoir une nouvelle fois affronter une douleur atroce.

Inspirant profondément pour me charger d'énergie, je m'élançai et bondis le plus haut possible, donnant un coup de pied à la main du cyclope qui tenait le bâton. Comme je m'y attendais, il tenta d'esquiver le coup, mais je réussis, en me contorsionnant dans les airs, à atteindre le bâton malgré tout. Un petit choc me saisit et, avec un râle rauque, le cyclope laissa tomber son bâton. Atterrissant maladroitement, je roulai vers le bâton avant que les cyclopes ne puissent le récupérer, et fis claquer l'arrière de mon talon sur l'extrémité rougeoyante.

Au lieu du choc final auquel je m'étais attendue, j'entendis Arès rugir de triomphe, et aucune douleur ne déchira mon corps.

— Je t'avais dit que je réussirais à prendre l'épée ! hurla le dieu de la Guerre derrière moi.

Mais je ne le regardai pas, gardant mon regard rivé sur le cyclope, dont l'œil me fixait d'un air menaçant. Il n'était qu'à quelques mètres de l'endroit où j'étais assise par terre, le bâton brisé sous ma botte. Il ne s'était pas redressé ni n'avait croisé les bras, comme les autres.

— Bravo, petite fille ! déclara-t-il en me souriant, révélant ses dents pointues. Maintenant que ces bâtons ont été écartés, nous allons pouvoir commencer à jouer.

J'eus à peine le temps de rouler sur le côté pour éviter ses bottes qui s'écrasèrent là où j'étais assise. Aussi vite que je le pus, je me remis et pris de la distance afin d'éviter les deux autres créatures qui étaient en train de me charger, chacune d'un côté. Je m'élançai vers deux morceaux de roche et entendis un bruit sourd derrière moi. Sortant mon couteau de ma poche, je l'ouvris et me retournai pour voir ce que c'était.

Arès, brillant, doré et magnifique, brandissait une fine épée d'argent et frappait coup sur coup les trois cyclopes qui l'entouraient. Indignée que cet imbécile de dieu n'ait pu récupérer l'épée que grâce à moi et qu'il en obtienne maintenant toute la gloire, je me précipitai dans la mêlée pour participer au combat.

Mais, avant même que je les atteigne, je sentis une violente déchirure dans mon estomac, tandis qu'Arès brillait d'une lumière dorée et que ses mouvements s'accélérèrent, devenant si rapides que je pouvais à peine les voir. Je me sentais épuisée. Prise d'un vertige, je chancelai, comme si je venais de m'écraser contre un mur.

Ma vision se troubla et mes paupières devinrent lourdes. Je dus lutter de toutes mes forces pour ne pas tomber à genoux.

— Putain... espèce de connard ! essayai-je de dire.

Mais les mots n'étaient qu'un faible murmure.

J'avais l'impression d'avoir été heurtée par un camion et, à mon grand désespoir, je ne résistai pas plus longtemps et tombai à genoux. Je jetai un regard vers Arès, mais sa silhouette dorée s'estompa jusqu'à disparaître, en même temps que la brume rouge devant mes yeux, le tout remplacé par une lumière pâle.

Il était en train de prendre toute mon énergie. J'ignorais comment je le savais, mais j'en étais certaine, car la seule chose que je pouvais encore ressentir était le tiraillement atroce dans le creux de mon ventre.

Il utilisait tous mes pouvoirs. Tout ce que j'avais. Pour

vaincre les ennemis que *j'avais* désarmés, avec l'arme que *je* lui avais permis de se procurer.

Du rouge teinta légèrement la lumière pâle, mais pas suffisamment pour que je puisse me relever.

Un gong retentit, si fort que je tentai de mettre mes mains sur mes oreilles. Mais je n'en fus pas capable. Mes mains pesaient une tonne et je les laissai tomber au sol, alors que je luttais comme je le pouvais contre mon torse pour qu'il reste droit. La foule rugit – un bruit atroce qui me fit grimacer – et le tiraillement dans mon ventre diminua, si brusquement que je perdis l'équilibre et basculai en avant, sur mes coudes.

Tremblante, je me concentrai sur ma respiration, essayant de voir clair. Mais tout était trop flou et mes paupières ne voulaient tout simplement pas se lever. Lorsque je sentis une ombre au-dessus de moi, mes instincts reprirent le dessus : aveugle ou pas, force ou pas, il était hors de question que je laisse une créature horrible me tuer. Je me laissai tomber sur le côté, essayant de lever mes jambes dans une tentative pathétique de garder le monstre à distance. Mais, même ça, je n'y arrivais pas ; tout mon corps pesait une tonne. Alors que j'agitais comme je le pouvais mes jambes devant moi, le bout en acier de ma botte heurta quelque chose en métal.

— Lève-toi !

C'était la voix d'Arès, et je compris que je venais de heurter son épée.

J'essayai de rouler à nouveau, mais je n'avais tout simplement plus aucune force. Le fait d'avoir agité mes jambes m'avait vidée du peu d'énergie qu'il me restait. La frustration et la colère me submergèrent, et je sentis des larmes brûler mes yeux. J'étais allongée par terre, devant le monde – ce monde auquel je voulais appartenir –, aussi faible qu'un putain de chaton.

— Je te déteste, murmurai-je. C'est à cause de toi que je suis comme ça, putain !

Puis, pour la deuxième fois en deux jours, je m'évanouis.

VINGT-ET-UN

BELLA

— Tu n'es vraiment qu'un imbécile, Arès ! Tu ne peux pas apprendre à te contrôler ?

La voix était vaguement familière alors qu'elle se frayait un chemin à travers ma conscience.

— C'est assez amusant d'entendre ça de ta part ! Je ne savais pas qu'elle était encore si faible, entendis-je Arès rétorquer.

— Je ne suis pas faible, dis-je.

Mais ils ne durent pas comprendre ce que je disais car je ne parvins qu'à marmonner dans un souffle.

Parvenant à me redresser sur mes coudes, je regardai autour de moi. J'étais allongée sur une autre table de pierre, mais cette fois dans une pièce était sombre et vide dont les murs étaient tous de la même couleur que la pierre du sol de l'arène dans laquelle nous nous étions battus.

Éris apparut dans mon champ de vision, et me tendit une tasse en pierre.

— Je suis désolée... Mon frère est vraiment un crétin, marmonna Éris.

— Pourquoi est-ce que tu m'aides ? articulai-je comme je le pus, avant de boire une gorgée.

C'était du nectar. Sachant que cela m'aiderait à reprendre des forces, j'en pris plusieurs gorgées d'un seul coup. Dès que j'eus terminé, c'était comme si la mort quittait mon corps, chacun de mes muscles revenant à la vie dans une douleur insoutenable.

— Même si j'aime le voir se débattre comme un enfant, je ne veux pas qu'il meure. Or, sans toi, il est fichu.

— Tu sais qu'il utilise mes pouvoirs alors ?

Je jetai un coup d'œil à Arès, ressentant une fureur noire. Mais l'épuisement m'empêchait de lutter et d'exprimer ma rage comme je le faisais d'habitude, et une vague de douleur s'empara de mon crâne.

Je détournai les yeux de lui, et revins à Éris.

— Oui, dit-elle. Tout le monde le sait maintenant, d'ailleurs. Il faut dire que le doute n'était plus permis quand on t'a vu t'écrouler comme un tas de merde.

J'entendis le dieu de la Guerre étouffer un ricanement, mais je décidai de l'ignorer et pris une autre gorgée de nectar.

Soudain, Zeeva bondit à côté de moi alors que j'avalais le liquide onctueux, qui ne me faisait pas encore totalement effet.

— Pourquoi es-tu ici ? Tu arrives toujours trop tard, lui dis-je.

— *J'ai changé d'avis. Je vais t'aider.*

Ne comprenant pas ce qu'elle voulait dire, je me tournai vers elle en levant les sourcils. Mais ce simple geste suffit à me faire souffrir.

— *Ne me réponds pas à voix haute*, me dit-elle. *Nous en reparlerons plus tard.*

Je fis ce qu'elle me conseilla, et but le reste de nectar.

Enfin, je me sentis mieux, plus puissante. Suffisamment pour que ma rage frémissante reprenne le dessus.

— Donc juste pour récapituler : Arès a vidé toute mon énergie et mes pouvoirs pour vaincre trois cyclopes que j'avais déjà désarmés seule, c'est bien ça ? dis-je d'une voix forte et énergique.

— Oui. Et maintenant, aucun de vous n'aura le moindre pouvoir lors du prochain combat, confirma Éris, d'un ton condescendant que je savais être destiné à son frère.

— Je... commença Arès, avant de s'interrompre.

— Dans combien de temps est le prochain combat ? demandai-je.

— Une demi-heure.

J'accusai le coup.

— Je voudrais être un instant seule avec Arès.

Les mots me surprirent moi-même lorsque je m'entendis les prononcer. Je ne voulais même pas le regarder, alors être seule avec lui... Mais la fureur qui bouillait en moi devait sortir si je ne voulais pas que ma tête explose. Puisque je ne pouvais pas la libérer physiquement, je devais m'y prendre autrement.

— Bien sûr, dit Éris.

Je la regardai quitter la pièce, son cul moulé dans une combinaison en cuir noir, puis, lorsqu'elle referma la porte derrière elle, je pris une profonde inspiration, essayant de m'armer de la même assurance qu'Éris, malgré ma fatigue. Zeeva sauta de la table de pierre, me regarda longuement, puis s'élança après Éris.

— Si tu attends de moi que je m'excuse... commença Arès.

Mais je l'interrompis avec un regard glacial. Il ne

portait pas son casque, si bien qu'il ne put dissimuler sa réaction devant ma colère.

— Quoi ? Cela t'étonne que je sois hors de moi ? sifflai-je. Toi, qui partage mes pouvoirs, qui sais ce que c'est que de se battre et de gagner, qui connaît le sentiment de force et de victoire, tu es surpris que je sois hors de moi après que tu m'as vidée de toutes mes forces et m'as laissée m'effondrer, « comme une merde » comme dit ta sœur, devant tout le monde ?!

La rage coulait en moi comme un torrent, et mon pouls battait dans mes oreilles. Devant un tel flot, Arès serra la mâchoire mais ne répondit rien, préférant détourner le regard.

— Cela faisait longtemps que je n'avais pas pu me battre en utilisant mes pouvoirs, tenta-t-il de se justifier, doucement, ne croisant toujours pas mes yeux.

— Mais tu es un dieu, putain ! Pas un enfant ! Comment peux-tu avoir si peu de contrôle sur toi-même ? Et aux dépens de quelqu'un d'autre, en plus ?

Je hurlai. Bien sûr, cela m'était arrivé de perdre le contrôle, mais jamais aux dépens de quelqu'un qui ne le méritait pas – en tout cas plus depuis mon adolescence.

Cette fois, Arès se tourna vers moi et je vis la colère dans ses yeux. Mais je soutins son regard et il se calma rapidement.

— Ce qui est fait est fait. Nous devons maintenant trouver comment survivre, déclara-t-il d'un ton catégorique.

— Va te faire foutre, Arès ! Je ne peux pas me battre avec toi. Je ne peux pas travailler avec toi. Si tu m'avais aidée à me débarrasser des bâtons, comme je te l'avais demandé, tu aurais pu prendre l'épée plus rapidement, et nous aurions pu venir à bout des cyclopes ensemble. Mais tu t'es entêté et as préféré te comporter comme un connard arrogant.

— Nous devons collaborer, martela-t-il.

— Pourquoi ? Je ne vous suis d'aucune utilité comme ça ! criai-je en désignant mon corps endolori, ma colère atteignant son paroxysme.

Me sentir si inutile me déchirait les tripes, l'*âme*. Je ne m'étais jamais départie de mon énergie, de ma dextérité, ni de ma force. Ne plus les avoir m'était insupportable.

— Tu m'as tout pris, et juste avant un combat, en plus ! Tu imagines ce que je peux ressentir ?

— Oui ! hurla-t-il à son tour, si fort que la surprise fit disparaître ma fureur un instant. Je sais exactement ce que tu ressens, rugit-il. Cela fait des mois que je ressens exactement cela ! Zeus m'a volé mes pouvoirs et les retrouver grâce à toi, c'est...

Il s'interrompit et tapa du pied, fermant brusquement la bouche comme s'il en avait trop dit. Il passa une main sur son visage, ses longs cheveux tombant sur son épaule. Devant son désespoir, je ne pus m'empêcher de ressentir une pointe d'empathie.

Il s'était emporté dans le combat. Il avait eu un avant-goût de ce qui lui manquait le plus au monde, et il s'était laissé emporter. Je pouvais comprendre cela – même si je lui en voulais toujours.

Mais je ne pouvais pas lui pardonner de l'avoir fait à mes dépens.

— Je ne me battrai pas avec toi. Je ne t'aiderai pas. Je ne peux pas. C'est toi qui avais raison : nous allons finir par nous faire tuer...

Le visage de Joshua s'imposa à moi pendant que je parlais, ajoutant de la culpabilité à ma colère bouillante. Mais, malgré cela, je pensais sincèrement ce que je venais de dire à Arès. Nous allions nous faire tuer si nous continuions comme ça, et si cela arrivait, Joshua serait définitivement perdu. Arès était téméraire, égoïste et impossible. Je n'avais plus qu'à espérer que son ego surdimensionné justifierait mon abandon auprès d'Hadès, et prier pour qu'il puisse remporter ces épreuves sans moi. Après tout, il était un excellent combattant et il était tout à fait en mesure de résister à la douleur, pouvoirs ou pas.

Cela me rendait malade d'abandonner si vite, alors que la vie de Joshua était en jeu. Mais je ne voyais pas d'autre moyen s'il devait continuer à me traiter de cette manière.

— Je ne crois pas que je puisse gagner ce combat sans ton aide, déclara Arès après une longue pause, si doucement que je l'entendis à peine.

— Je n'ai plus de pouvoir de toute façon. Et c'est de *ta* faute !

— C'est justement pour cela que j'ai besoin de toi. Même sans tes pouvoirs, j'ai besoin de votre aide. J'ai besoin que tu m'aides à remporter les épreuves qu'il nous reste.

Je clignai des yeux vers lui. Avais-je bien entendu ? Il regardait ses pieds, ses énormes bras croisés sur sa poitrine.

— Tu as besoin de mon aide pour te battre ? Tu veux dire que je ne suis pas juste une putain de batterie que tu peux utiliser chaque fois que tu en as envie ? Tu veux vraiment que je t'aide à te battre ?

Il leva les yeux vers moi et j'arquai les sourcils. Ce type me stupéfiait... Il avait l'air tout à fait serein. On aurait dit que rien ne s'était passé. Comme si me demander un tel service était la chose la plus simple et normale au monde.

Incroyable !

— Je ne sais pas ce qu'est une « batterie », déclara-t-il.

Encore une fois, son naturel me désarçonna. J'avais presque envie de rire.

— Dans mon monde, une batterie est une source d'énergie, lui dis-je doucement.

— Ah... Alors, non, je ne te considère pas comme une *batterie*. Et, oui, j'aimerais que tu m'aides à combattre les créatures que Douleur et ses frères vont envoyer dans l'arène lors des prochaines épreuves.

Je le fixai, bouche bée. Il était clair qu'il ne comptait pas s'excuser. Mais, finalement, un dieu qui acceptait de demander de l'aide était presque pareil... D'autant plus qu'il me demandait mon aide poliment. C'était une forme d'aveu, de reconnaissance de ma valeur – je devais le reconnaître. Sauf si...

Je le regardai en plissant les yeux.

— Est-ce que tu me demandes ça pour que je me fasse tuer et que tu puisses récupérer mes pouvoirs ?

Il ouvrit grand les yeux, l'air offensé.

— Si je voulais que tu meures, je te tuerais moi-même, avec honneur ! gronda-t-il.

— Comme tu as tué mon ami ?

— Ce n'est pas comme ça que j'avais prévu de te tuer, répondit-il d'un ton bourru.

Je levai la main pour lui faire signe d'arrêter.

— Écoute, si tu veux vraiment mon aide, me dire comment tu avais prévu de me tuer est une mauvaise idée.

— D'accord.

— « D'accord » ? Je rêve où nous sommes du même avis, pour une fois ? fis-je avec un léger sourire.

Le regard sincère dans ses yeux, le fait qu'il ne soit pas sur la défensive, et mon désir de ne pas quitter cette aventure trépidante, eurent finalement raison de ma colère.

C'était presque comme si le fait qu'il calme sa colère avait aussi calmé la mienne.

Et puis, pour être honnête, je *voulais* me battre. Surtout pour prouver à cette foule que je pouvais le faire. Si Arès était vraiment prêt à collaborer avec moi, au lieu de nous faire tuer tous les deux, nous pourrions probablement leur donner un spectacle inoubliable.

— D'accord. Mais, après cette épreuve, je veux que nous parlions de mes pouvoirs sérieusement. Et tu ne dois plus jamais, jamais, me vider de cette manière !

Je le vis se tendre devant une autorité à laquelle il n'était pas habitué.

— C'était un accident, finit-il par dire.

— Est-ce que tu jures de ne plus recommencer ? Parce que je n'ai pas vraiment eu l'impression que c'était un accident...

Ses yeux se fixèrent sur les miens et les flammes apparurent dans ses iris, sans que je sache si c'était de la colère, du regret, ou quelque chose d'autre. Mais, quoi que ce soit, c'était intense, et je résistai à l'envie de détourner le regard.

— Je le jure, dit-il, les dents serrées.

— Okay. Je... je suis très fatiguée, dis-je, arrachant mes yeux de son regard déstabilisant, et jetant maladroitement mes jambes par-dessus la table.

Prudemment, je tentai de me mettre debout. J'avais l'impression d'avoir couru trois marathons tant mes cuisses et mes pieds me faisaient souffrir, mais je pouvais me tenir debout.

— Je ne suis pas sûre de pouvoir être très utile, dans cet état...

— Prends encore un peu de nectar, me conseilla-t-il. Cela ne te permettra peut-être pas de récupérer tes pouvoirs avant l'épreuve, mais ça devrait te donner de l'énergie. Suffisamment pour te battre.

Il s'avança vers moi, et prit la tasse vide que j'avais posée à côté de moi. Il sentait la sueur fraîche, le sable et le métal. Je fermai les yeux une seconde, afin de me ressaisir, puis pivotai pour le regarder se déplacer vers une autre table, à l'autre bout de la pièce, là où se trouvait une cruche. Puis il revint et me tendit la tasse pleine. Je bus, soulager de pouvoir détourner le regard de son corps.

Lorsque j'eus tout bu, mon estomac se noua. L'adrénaline qu'il restait encore en moi, l'angoisse de la prochaine épreuve, et la honte persistante de ma démonstration publique de faiblesse, formant une boule douloureuse dans mon ventre. Mais, surtout, la confusion que je ressentais devant son corps musclé et sa force me donnait le vertige.

Ce qu'il venait de faire était égoïste, dangereux et me mettait tellement en colère que j'avais l'impression que j'allais exploser. Mais, que je le veuille ou non, j'étais liée à lui, et cela faisait que tout le reste n'avait plus d'importance.

VINGT-DEUX

ARÈS

— Où sommes-nous ? me demanda Bella, alors qu'elle sirotait une autre tasse de nectar.

— Là où les combattants mangeaient quand ils vivaient sous les arènes, lui dis-je.

Les restes de ses pouvoirs couraient toujours à travers moi, et maintenir une voix calme n'était pas facile. Car je ressentais encore l'exaltation béate de la vitesse, de la force et du mouvement qui m'avaient animé pendant mon combat contre les cyclopes, grâce à elle... Je lui avais dit la vérité. Je n'avais jamais eu l'intention de la vider de ses pouvoirs et de son énergie.

Mais, à présent, je craignais que le fait de ne pas avoir de pouvoirs soit en train d'avoir un autre effet sur moi. Cette fille ne signifiait rien pour moi, pourtant un sentiment étranger s'emparait de toute ma poitrine chaque fois que je la regardais.

Ce doit être la culpabilité.

Je me sentais coupable de ce que je lui avais fait.

Avant que Zeus ne vole mes pouvoirs, je n'y aurais même pas réfléchi. Je ne l'avais pas tuée, je l'avais simplement épuisée afin de pouvoir démontrer ma force. Plonger à nouveau dans la gloire. C'était ce que je savais faire de mieux. Alors pourquoi avais-je l'impression d'avoir fait quelque chose de mal ?

Parce que je sais la honte qu'elle a dû ressentir en s'effondrant au sol, vaincue. Je connaissais le frisson du combat que je lui avais refusé. Je le comprends car elle et moi sommes faits du même bois.

Je repoussai cette pensée, refusant de comprendre ce que cela pouvait signifier. Mon manque de pouvoirs devait affecter mon mental, comme il affectait ma force physique. Cela me rendait faible. Mais je ne pouvais pas me permettre de m'inquiéter pour les autres, alors que j'avais un objectif si difficile à atteindre.

En même temps, si je voulais réussir, je devais m'inquiéter pour elle. Même si je détestais l'admettre, je ne pouvais pas gagner seul.

J'aurais juste aimé que ce ne soit pas elle. J'aurais aimé que le feu dans ses yeux ne s'imprègne pas dans mes souvenirs pendant des heures après chaque dispute que j'avais avec elle. J'aurais aimé ne pas entendre les tambours de la guerre chaque fois qu'elle perdait son sang-froid. J'aurais aimé que sa ténacité féroce ne suscite en moi aucun respect.

Non, je ne pouvais pas ressentir cela. Je n'en avais pas le droit. Elle était mortelle. Elle n'était qu'une humaine insupportable. Elle n'était rien comparée à Aphrodite, la déesse de l'Amour et la plus belle femme du monde. De toute évidence, ce que je ressentais pour Bella était le produit de la situation que j'étais en train de vivre. Lorsque j'aurais retrouvé mes pouvoirs, mon esprit retrouverait toute sa force et Aphrodite m'aimerait à nouveau.

— Pourquoi les combattants ne vivent-ils plus ici ?

— Ils ont choisi de vivre dans leurs propres camps.

Pour une fois, je fus reconnaissant envers sa curiosité qui me permit de penser à autre chose.

— Remarque, on les comprend... dit Bella.

Si j'étais esclave, je ne voudrais sûrement pas vivre sous terre. On doit avoir l'impression de ne plus avoir aucune liberté. Tu ne crois pas ?

— Je ne sais pas, répondis-je.

— Comment ça, tu ne sais pas ? Réfléchis... Si on te dit que tu n'as plus aucune liberté et que doit faire absolument tout ce que quelqu'un te dit de faire, y compris lutter pour ta vie, tu te sentiras déjà horriblement mal, non ?

— Je... Je ne sais pas. Je n'y ai jamais pensé.

Elle me regarda, bouche bée.

— Votre royaume autorise l'esclavage et tu n'as jamais réfléchi à la question ?

— Eh bien non !

— Alors, réfléchis-y maintenant ! Imagine une vie dans laquelle tu serais le putain de jouet de quelqu'un ! Comment as-tu pu ne jamais te mettre à leur place ?

— Je n'ai pas à la faire. Je suis un Dieu !

— Tu es un dirigeant ! Ces personnes sont sous ta responsabilité.

— Ce n'est pas ainsi que fonctionne mon monde. Je laisse chaque roi ou reine gouverner comme ils le souhaitent. Il n'est pas facile de gagner un royaume et il est encore plus difficile d'en conserver un. Ils méritent de gouverner comme ils veulent.

Je croisai les bras, satisfait de ma réponse.

— La loi du plus fort... dit-elle d'un air pensif. Je ne suis pas d'accord avec ça !

La colère m'envahit.

— Écoute ! Tu n'es ici que depuis deux jours !

Comment peux-tu penser que tu en sais plus que moi sur mon propre royaume ?

— Ce n'est pas ce que j'ai dit. Je trouve simplement que tu manques cruellement d'empathie. Tu n'es donc pas digne de régner.

Je vis rouge.

— Tu oses me dire que je ne suis pas digne de régner ?

— Puisque tu n'es pas capable de te mettre à la place de tes sujets, oui, j'ose te le dire. Après, si tu me dis que tu sais ce qu'ils vivent au quotidien et que tu as choisi de maintenir telle ou telle règle, alors c'est autre chose. Tu serais un connard, mais au moins, tu serais un bon dirigeant.

— Arrête de me dire que je suis un connard !

Chaque fois qu'elle utilisait ce mot, un frisson d'énergie courait le long de ma colonne vertébrale. Je pensais que c'était de la colère, mais, en réalité, je réalisai que c'était une forme d'admiration. Le fait qu'elle se sente suffisamment forte, face à moi, pour me parler avec une telle franchise me plaisait, au fond. Tout en me mettant hors de moi.

Elle haussa les épaules et termina sa tasse.

— Je dis juste que dans un monde comme celui-ci, tu n'aurais aucune difficulté à faire en sorte que ceux qui participent aux combats le fassent de leur propre chef, sans y être contraints. L'esclavage n'est pas nécessaire. Tu le comprendrais, toi aussi, si tu prenais le temps de réfléchir à ce qu'implique d'être l'esclave de quelqu'un.

Ses mots résonnaient douloureusement en moi. Car, parfois, lorsque je n'étais pas au mieux de ma forme et que je réfléchissais à ma vie, j'avais l'impression d'être moi aussi un esclave. Celui d'Aphrodite. Et je détestais ça. Mais je repoussai immédiatement cette pensée.

Aphrodite m'aime, elle ne me traite pas en esclave. Je la rends heureuse quand nous faisons l'amour. Ce n'est pas une relation de soumission. Non !

— Tu es exaspérante !

— Je me sens mieux, répondit-elle d'un air satisfait, ignorant délibérément ma remarque.

— Toc toc ! appela la voix de ma sœur passant la tête par la porte entrouverte. Je ne vous interromps pas, n'est-ce pas ? demanda-t-elle en prenant la liberté de nous rejoindre sans attendre la réponse.

— Comment fais-tu pour que tes cheveux restent comme ça sur le dessus de ta tête ? demanda Bella, les yeux rivés sur la montagne de boucles d'Éris.

— En quoi est-ce important ? lui demandai-je d'un air méprisant. Veux-tu bien cesser de poser des questions sur tout et n'importe quoi ?

Cette fille était complètement cinglée !

Éris éclata de rire.

— Je te montrerai un jour. Si tu survis à l'épreuve, évidemment !

Éris essayait d'être légère et drôle mais je la connaissais suffisamment pour percevoir la pointe d'inquiétude dans sa voix. Elle avait raison d'être inquiète. Bella ne semblait pas se rendre compte à quel point il était improbable que nous puissions vaincre une créature magique sans aucun pouvoir.

Aussitôt, la culpabilité et la honte m'assaillirent. Tout cela était ma faute. M'être ainsi laissé emporter par le désir de gloire, la vidant de tous ses pouvoirs, risquait de nous coûter la vie à tous les deux. Non seulement cela, mais je lui avais demandé de se joindre à moi dans un combat que je n'étais pas sûr que nous puissions gagner. Si elle mourait, j'aurais sa mort sur la conscience.

Mais je me rassurai en me disant que je l'avais vue se battre et que, en réalité, j'avais plus de chances de gagner avec elle que sans elle.

Lorsque j'avais mes pouvoirs, jamais je ne me serais apitoyé sur la mort d'une humaine. Je devais être fort, comme avant. Je devais regagner le respect d'Aphrodite.

De toute façon, si Bella venait un jour à découvrir comment elle était devenue humaine, je devrais la tuer. Avant qu'elle ne me tue.

VINGT-TROIS

BELLA

Le doute dans les yeux d'Éris me troubla.

— J'imagine que, quelle que soit la créature que Douleur mettra en face de nous, nous avons une chance de gagner ? demandai-je avec mon enthousiasme et ma confiance habituels, maintenant que j'avais terminé ma deuxième tasse de nectar.

Dieu merci !

— Je ne sais pas ce que Douleur a prévu. Mais ce sera une créature ou un être doté de pouvoir, capable de faire face à un dieu. Se battre sans pouvoir du tout sera... difficile, déclara Arès.

Entendre le doute dans sa voix était bien plus inquiétant encore.

— Dans ce cas, nous allons devoir nous montrer stratèges et faire preuve d'encore plus de force, dis-je. Si tu m'avais écouté la dernière fois...

— Alors j'aurais eu l'épée plus facilement, je sais ! me coupa-t-il.

— Oh, eh ! Je la jouerais plutôt profil bas à ta place ! lui lançai-je avec un regard noir.

— Je dois dire que c'est assez amusant de te voir t'énerver sans ton casque, déclara Éris avec un sourire. Je n'avais jamais remarqué cette contraction de ta mâchoire...

— Tu as déjà vu mon visage plusieurs fois, grogna-t-il.

— Oui, mais jamais en présence de quelqu'un qui t'agace autant qu'elle ! C'est marrant...

Elle sourit et sauta sur la table en pierre, où elle s'assit en balançant ses jambes. Ses énormes seins étaient écrasés dans un corset en cuir qui avait dû être cousu sur elle pour pouvoir être si serré.

— Écoute, ce que je veux dire, c'est que je ne pense pas que les épreuves de Douleur porteront uniquement sur la force physique, repris-je. Il incarne la douleur, et je pense qu'il a dû vouloir tester aussi notre résistance au mal. Lors de la dernière épreuve, il s'agissait de comprendre qu'il fallait nous débarrasser des bâtons avant toute chose. Et nous y sommes parvenus sans pouvoirs...

— Je peux supporter n'importe quelle douleur, déclara Arès en se redressant.

— Tu es sur le point de découvrir ce que c'est que d'être humain, petit frère, dit Éris d'une voix traînante.

Au moment où je suivais Arès à travers un labyrinthe de tunnels rocheux, en direction de l'arène, quel que soit l'ennemi qui nous attendait, je me sentais beaucoup mieux. Je n'étais pas encore certaine d'avoir récupéré toute ma concentration, ma vitesse ou ma force, mais j'espérais que l'adrénaline qui me submergeait serait suffisante en soi.

Savoir qu'Éris et Arès, d'anciennes divinités toutes-puissantes, s'inquiétaient de notre capacité à gagner ce combat ne faisait que me stimuler. J'avais quelque chose à prouver à la fois, mais aussi à eux deux.

Après tant d'années à me battre contre des adversaires parfois beaucoup – vraiment beaucoup – plus grands et gros que moi, j'avais développé une confiance en moi bien supérieure à la leur. Sans mon inexorable besoin de confrontation, dans la plupart des cas, jamais je ne me serais battue. Mais je l'avais fait, par besoin de prouver qui j'étais. Chaque fois, c'était la même chose : les gens me voyaient arriver en pensant que j'allais perdre et ne pariaient jamais sur moi. Puis ils comprenaient ensuite qui ils avaient en face d'eux et changeaient leurs paris auprès du bookmaker.

Mais il fallait pour cela quatre ou cinq combats. Généralement, lorsque je gagnais contre mon premier adversaire, tout le monde pensait que c'était un coup de chance. Alors on mettait en face de moi quelqu'un de plus fort dont je ne faisais qu'une bouchée. Certes on me regardait avec un peu plus de considération mais ce n'était pas encore assez. Ce n'était qu'après m'avoir vu assommer trois autres gars qui faisaient deux fois ma taille, gonflés aux stéroïdes, que les gens comprenaient que la chance n'avait rien à voir. Je devenais alors la favorite et je partais, à la recherche d'un nouveau défi, un nouveau groupe de voyous et d'accros à l'adrénaline que je puisse surprendre et ravir.

Si je gagnais systématiquement, ce n'était pas parce que j'étais la plus forte ou la plus rapide, même si c'était souvent le cas. C'était parce que j'avais appris ce qui me rendait différente. Au début, lorsque j'avais commencé les combats, je perdais régulièrement. Mais petit à petit, j'avais fini par comprendre que se battre ne consistait pas seulement à avoir de gros muscles, et que la douleur ne consistait pas seulement à prendre des coups.

Non. Mon avantage, c'était ma force mentale. Cette confiance inébranlable que j'avais en moi-même, et ma capacité à me mettre à la place des autres. Et c'était justement sur cela que je comptais m'appuyer, cette fois encore, et faire gagner Arès.

Il le fallait.

Car, si je parvenais à lui montrer à quel point j'étais douée pour le combat, il accepterait alors de m'en dire davantage sur mes pouvoirs. Il serait obligé d'admettre que j'étais plus utile avec lui que sans lui.

Alors que nous marchions, j'essayais de me convaincre de cela, et d'oublier la petite voix qui me soufflait que, si je voulais gagner, c'était uniquement pour l'impressionner.

Le rugissement de la foule lorsque nous entrâmes sur l'arène par l'une des portes grillagées était assourdissant. Ils acclamaient Arès bien sûr, cette silhouette dorée qui avait dévasté les trois cyclopes une demi-heure plus tôt.

Tandis qu'il agitait devant la foule l'épée qu'il avait gagnée, je me redressai. Le panache rouge sur son casque ondulait au gré de ses mouvements, et je pus m'empêcher de lever les yeux au ciel. Je ne savais pas pourquoi, mais je ne supportais plus ce casque.

C'est parce qu'il couvre son beau visage, souffla ma petite voix intérieure affamée de sexe.

Ce n'était pas tout à fait faux, je devais bien le reconnaître. Peut-être que les niveaux extraordinairement élevés d'enthousiasme et d'adrénaline que j'avais ressentis depuis mon arrivée dans l'Olympe avaient eu un effet sur ma libido ? Ou, plus simplement, peut-être venais-je de rencontrer le premier homme au monde qui était en mesure de me gérer ?

— Puissant dieu de la Guerre, gronda la voix de Douleur.

Aussitôt, je sortis mon couteau de ma poche, et me concentrai. Il était temps de prouver à tout le monde de quoi j'étais capable.

— Pour cette deuxième épreuve, Héphaïstos a eu la gentillesse de me prêter un monstre digne d'un dieu ! scanda Douleur, comme s'il s'agissait d'une bonne nouvelle.

— Héphaïstos fabrique des créatures en métal, m'expliqua Arès en se tournant discrètement vers moi.

— Ça veut dire qu'il y aura plus d'électricité ? m'inquiétai-je.

— Je doute qu'il utilise le même tour deux fois, dit-il entre ses dents.

À peine eut-il terminé sa phrase que le sol gronda, comme la fois précédente. Je regardai les grilles, mais, cette fois, elles restèrent fermées.

— Bouge ! aboya Arès, tandis que je me rendis compte, au même moment, que le centre de l'arène était en train de s'ouvrir, des morceaux de roches tombant dans le vide.

Nous déplaçâmes tous les deux rapidement jusqu'au bord de l'arène, là où le sol était stable, où nous nous tournâmes pour regarder le centre effondré. Le gouffre qui s'était formé était très profond et, de là où nous étions, il était impossible de voir ce qu'il y avait à l'intérieur. J'avançai donc prudemment en direction du bord, pour me faire une idée, mais Arès m'en empêcha, saisissant mon bras.

— Mais... ! m'agaçai-je en me tournant vers lui.

Il secoua la tête, et son panache rouge avec.

— Le gouffre va s'accroître dans un instant. Et notre ennemi va en sortir.

— Oh...

Ils ne peuvent pas faire entrer les adversaires autrement que par le sol ?! pensai-je avec agacement.

— Devons-nous nous séparer ?

— Non. S'il entre dans l'arène de cette façon, c'est qu'il est trop grand pour les portes. Nous séparer ne servirait à rien face à un tel géant ; il vaut mieux que nous restions proches afin de pouvoir communiquer.

Si je fus agréablement surprise de constater qu'il semblait réellement vouloir que nous collaborions, cette fois, je commençais surtout à être très inquiète. *Trop grand pour passer les portes* ? Mais elles mesuraient au moins deux mètres et demi ! Contre quoi allions-nous devoir nous battre ?

Je n'eus pas eu à attendre longtemps pour le découvrir. Sa tête sortit la première du trou, au milieu de l'arène. Métallique, elle avait à l'arrière des pics qui semblaient particulièrement dangereux, et un liquide noir huileux coulait de ses crocs argentés. On aurait dit une sorte de serpent, en particulier à cause du très long cou sur lequel elle était fixée. Retenant mon souffle, je gardai les yeux rivés sur elle, attendant avec appréhension de voir si son corps avec des membres, ou s'il s'agissait en effet d'un serpent.

Ce n'était pas un serpent.

C'était pire. Atrocement pire...

Le cou *était* attaché à un corps. Un énorme corps imposant avec quatre pattes se terminant par des pieds dont les griffes étaient grandes et pointues. Mais ce n'était pas cela le plus terrifiant. En réalité, il y avait deux autres têtes attachées au corps. Trois longs cous s'enroulaient l'un autour de l'autre alors que les têtes dodelinaient en nous regardant d'un air féroce. J'étais trempée de sueur, et avais l'impression de manquer d'air.

— Je vous présente ma nouvelle hydre ! déclara Douleur, avec la même voix que s'il nous présentait le chaton qu'il venait d'adopter.

— Ne coupe aucune tête ! me prévint Arès.

Je le regardai, bouche bée.

— Avec quoi aurais-je pu couper une tête, de toute façon, putain !

Je lui montrai mon petit couteau, tandis que l'hydre faisait un cri horrible. Les yeux d'Arès se tournèrent vers la petite arme, puis revinrent vers moi.

— Je voulais juste te prévenir que pour chaque tête qui tombe, deux repoussent, déclara-t-il.

— C'est toi qui as l'épée, dis-je sèchement. Pfff... comment est-ce qu'on va la tuer ? gémis-je.

— Je n'ai assisté qu'à un seul combat avec une hydre, mais je me souviens que l'homme qui se battait contre elle a réussi à gagner en retirant la source d'alimentation dans l'une de ses têtes.

Le sol de l'arène était à nouveau presque plat, et je compris que, dès qu'il serait entièrement reconstitué, l'hydre nous chargerait immédiatement. Nous n'avions donc plus beaucoup de temps.

— Comment allons-nous pouvoir atteindre sa tête ? me lamentai-je, devant cette créature qui devait mesurer entre trois et quatre mètres...

Le plus inquiétant était que je n'avais pas ma brume rouge et ma concentration habituelles. Mon cœur battait si fort que j'avais de plus en plus de mal à respirer et que je tremblais de tous mes membres.

Je repensai alors à la confiance aveugle que j'avais ressentie en approchant de l'arène, et tentai de m'en imprégner. Je devais faire mes preuves. *Je devais faire mes preuves !*

— Je ne sais pas. Et nous devons aussi déterminer quelle tête.

— Merde !

— Tu es prête ? me demanda Arès, abandonnant sa position et pointant son épée sur l'hydre.

Non, je n'étais pas prête. Évidemment que je n'étais pas prête ! Mais il était hors de question que je l'avoue.

— Oui ! mentis-je, l'imitant, essayant de ne pas penser à quel point mon couteau était ridicule face à un adversaire de cette envergure.

J'adorais mon couteau, vraiment. Mais il n'avait jamais été aussi inadapté. Brandi devant un monstre en métal de quatre mètres, il faisait pâle figure... J'allais devoir trouver une autre arme, et vite.

Cette pensée m'aida à me redonner confiance, ce qui était une bonne chose car l'hydre poussa un nouveau cri, et le sol se referma complètement. Remettant mon couteau dans ma poche, je serrai les poings, alors que la créature tapait des pieds avant de ramper sur le sable rapidement. Je compris alors immédiatement que, cette fois, c'étaient notre vitesse et notre agilité qui allaient être testées.

Ton corps est une arme, ton corps est une arme, me répétai-je.

C'était ce que je m'étais dit, en prison, la seule fois où j'avais été séparée de mon couteau.

Les trois têtes de l'hydre s'immobilisèrent et

braquèrent leurs yeux sur nous. Ma peau picotait et mes membres tremblaient sous l'effet de l'adrénaline. Quant à mon cœur, il battait si vite que j'avais l'impression d'avoir un tambour dans la poitrine qui résonnait dans mes oreilles. Avant que la bête ne puisse nous charger, Arès poussa un rugissement et s'élança vers elle.

Alors, oubliant ma peur, je lui suivis en poussant un cri de guerre.

Je compris tout de suite ce qu'Arès avait l'intention de faire. Alors que l'hydre avançait vers nous, il se laissa tomber, glissa sous elle, et brandit son épée, visant son ventre. Saisissant l'opportunité qu'il me donnait en la distrayant, je virai à droite. Si je pouvais me placer derrière elle, j'aurais une chance de grimper sur son dos, ce qui était certainement le moyen le plus simple d'atteindre l'une des têtes.

Mais c'était sous-estimer la créature… La tête la plus proche de moi s'élança alors que je l'atteignais, et j'entendis l'épée d'Arès entrer en contact avec le métal. Un cri retentit, mais je ne pouvais pas voir s'il venait d'Arès ou de l'hydre car l'une des trois têtes, qui faisait deux fois la mienne, avec des cornes horriblement tranchantes essayait de me mordre – ou de m'avaler – ses crocs en métal aussi longs que mes avant-bras dégoulinant d'huile noire. J'essayai d'accélérer, en vain, et la chose finit par me heurter le dos alors que je continuais de courir. Je fis un vol plané vers l'avant, qui m'éloigna du monstre mais qui me fit atterrir violemment au sol. Immédiatement, je ressentis une vive douleur à la cheville. Incapable de me relever, je roulais sur moi-même avec une grimace de douleur pour voir si l'hydre était toujours après moi.

Ce n'était pas le cas. Elle était occupée à essayer de faire passer ses trois têtes sous son propre corps pour atteindre Arès qui était accroupi sous elle, donnant autant de coups d'épée qu'il le pouvait.

— Monte sur son dos ! hurla-t-il.

Je lui lançai un regard noir en me remettant sur mes pieds, et en remerciant les dieux d'avoir mis ce corset en cuir sur mon chemin. Si je ne l'avais pas eu, le croc m'aurait traversé la chair... Je testai mon équilibre et, même si la douleur irradiait dans ma jambe, je pouvais marcher. Je commençai par trottiner, avant de courir à toute vitesse vers l'hydre, en prenant soin de rester derrière elle, hors de portée de ses longs cous. Mais, alors que je m'approchais, la bête se mit à taper du pied sur le sol, et une vague de chaleur me submergea.

Je continuai malgré tout de courir, jusqu'à ce que l'une des trois têtes se hisse vers le haut et regarde en arrière, dans ma direction. Lorsqu'elle me vit, elle ouvrit ses mâchoires en grand et une lueur surnaturelle jaillit du plus profond de sa gorge. J'étais terrifiée, mais je me forçai à ne pas me laisser déstabiliser. Détournant le regard, je tournai la tête vers sa queue. C'était la clé : je devais atteindre sa queue si je voulais pouvoir atteindre son dos. Et je n'avais définitivement pas le temps de me demander à quoi correspondait la lueur brillante au fond de sa gorge.

Je n'étais qu'à quelques mètres. Toute la colonne vertébrale de l'hydre était recouverte de pics en métal, comme tout le reste de son corps, qui semblait fait de millions de minuscules écailles métalliques imbriquées les unes dans les autres. Lorsque j'arrivai au bout de sa queue, moins haute que le reste du corps, je sautais dessus, et hurlai de douleur : son corps était brûlant ! Mais je tins bon, escaladant la bête en enfonçant le bout de mes doigts entre les écailles pour ne pas tomber, et en m'aidant de mes pieds pour me hisser vers le haut.

J'entendais Arès crier, mais je ne comprenais pas ce qu'il disait en raison du bruit strident que faisait le corps en métal de l'hydre, et les cris qu'elle lançait. Enfin, je parvins jusqu'à son dos, juste à temps pour voir les trois têtes se retourner vers moi. Je réalisai alors que ses cris n'étaient pas produits par ses têtes, mais par trois petites boules en métal situées au niveau de ses épaules et qui, comme je le découvris rapidement avec horreur, donnèrent naissance à des cous.

Je me forçai à sortir de ma torpeur, comprenant que des têtes allaient certainement apparaître au bout des nouveaux cous, en quelques secondes. La bête aurait alors six têtes en tout ! Je bondis en avant, essayant d'atteindre le cou central, tout en restant suffisamment bas pour éviter les mâchoires de la tête qui s'ouvraient et se fermaient en essayant de m'atteindre. Mais les têtes de gauche et de droite n'avaient pas l'intention de me laisser faire... À l'unisson, elles se précipitèrent vers moi ; je n'avais qu'une seconde pour leur échapper ! Serrant les dents, je me jetai sur le dos de l'hydre, entendant un bruit de craquement satisfaisant alors que la tête gauche et la tête droite se cognèrent l'une contre l'autre, juste avant que je ne glisse de la bête et ne tombe au sol, sur l'épaule.

— D'où viennent les nouvelles têtes ? cria Arès.

Puis, sans que je réalise ce qu'il se passait, il me tira par le bras, me remettant sur pieds, et nous courions vers le bord de l'arène.

— Je ne sais pas, haletai-je en le regardant.

Son armure était recouverte de ce liquide noir et huileux.

— Mais je ne peux pas atteindre une tête si les autres ne sont pas distraites. Elles sont trop rapides.

— Nous devons essayer autre chose…

Nous regardâmes tous les deux l'hydre. Si cette chose n'était pas en train d'essayer de nous tuer, j'aurais trouvé très impressionnante la manière dont les nouvelles têtes semblaient sortir de nulle part. Mais, comme elle essayait de nous tuer, j'étais surtout terrorisée.

— Putain… Nous ne pourrons jamais venir à bout des six têtes ! soufflai-je.

Comme si l'hydre m'avait entendue, elle tapa sur le sol, ses griffes grattant la pierre, puis fit un pas lent vers nous. Les six mâchoires crochues claquèrent en rythme, avant de toutes s'ouvrir en grand en même temps.

Soudain, je réalisai que la foule ne criait plus, n'acclamait plus. Tout le monde se taisait et un silence de mort régnait dans toute l'arène.

L'Hydre se préparait à nous tuer.

ARÈS

La sensation de brûlure dans mon corps alors que je regardais les têtes d'Hydra se redresser devant nous n'était pas de la peur. Je le savais avec certitude. Mais je ne savais pas ce que c'était. Je n'avais jamais ressenti cela auparavant.

C'était peut-être lié à la peur. Une sorte d'excitation alimentée par la peur ? Mon cœur battait à toute allure, mon estomac se noua, de la sueur froide coulait le long de ma nuque, et mon flux sanguin tambourinait dans mes oreilles.

Les mots d'Éris résonnaient dans ma tête.

Tu es sur le point de découvrir ce que c'est que d'être humain, petit frère.

Avait-elle raison ? Était-ce cela être humain ? Cette réaction physique viscérale face à une menace imminente ? C'était... intense. Jamais, jamais auparavant, avais-je douté de pouvoir battre mon adversaire. Et jamais je n'avais été si peu en contrôle de mon propre destin. Pourtant, contrairement à tout ce que je pensais ressentir, *c'était délicieux.*

Je risquais de mourir. *Mourir*. La créature imposante devant moi risquait de mettre fin à mes jours si je n'étais pas assez intelligent, assez fort, assez rapide. Cette pensée fit battre mon cœur encore plus fort, comme si mon corps essayait de me rappeler qu'il était encore en vie et qu'il voulait le rester.

Malgré moi, je me sentis sourire. Je n'avais pas peur, j'étais résolu. Car, finalement, je faisais face à un *vrai* combat, dont il n'y avait que deux issues : la vie ou la mort. Y avait-il quelque chose de plus excitant que de surmonter la mort elle-même ? Comment n'avais-je jamais connu ce désir de gloire, ce besoin de croire en mes propres capacités ? Si je pouvais battre l'hydre, le monstre gigantesque à six têtes voulait me réduire en poussière, je serais un véritable héros. Un héros qui mériterait de l'être.

Je laissai échapper un râle et Bella tourna la tête vers moi. Ressentait-elle la même chose que moi ? Ressentait-elle cela chaque fois qu'elle se battait ?

L'idée était enivrante.

Une vague de chaleur envahit l'arène, m'immobilisant très légèrement. Quelque chose était sur le point de se produire. Dans un mouvement soudain flou, les six têtes se précipitèrent vers l'avant, un liquide noir dégoulinant des mâchoires mortelles. La substance huileuse recouvrit le sol, se répandant devant nous comme une marée noire.

— Nous devons à tout prix éviter que ce truc nous atteigne, dit Bella.

Je jetai un coup d'œil à ses bras nus, puis à ma propre armure en métal doré. Même sans mes pouvoirs, mon armure me protégerait davantage que son corset en cuir et ses bottes. Si le liquide était de l'acide ou de la lave, elle était en danger.

— Monte sur mes épaules, lui ordonnai-je. Tu pourras

alors atteindre les têtes et tu ne seras pas en contact avec le liquide.

Elle me regarda.

— Que je monte sur tes épaules ? Sérieusement ?

— Oui. Dépêche-toi !

— Mais... commença-t-elle.

Mais elle n'eut pas le temps de terminer sa phrase. Le liquide était maintenant à nos pieds. Elle cria et fit un bond sur le côté pour l'éviter. Trop tard... Le liquide atteignit l'une de ses bottes et, comme je l'avais craint, la brûla immédiatement. Une fumée âcre s'éleva alors que le cuir grésillait. Je regardai mes propres bottes et constatai avec soulagement qu'elles n'étaient pas attaquées par l'acide.

Aussitôt, Bella se pencha pour retirer sa chaussure, mais elle n'en eut pas le temps. Un cri de l'hydre nous fit lever les yeux en même temps.

Elle nous chargeait.

Bella jura et me lança un regard noir. Puis, elle attrapa mon épaule et leva son pied dont la botte n'était pas entachée de noir. Je lui tendis ma main pour qu'elle puisse prendre appui et monter sur mon épaule. Lorsque ses cuisses furent autour de mon cou, je retins mon souffle. Mais je n'avais pas le temps de gérer la sensation étrangement agréable que ses cuisses serrées autour de mon cou provoquèrent en moi. L'hydre nous avait atteints.

Je plantai mon épée où je le pus, sans me soucier de savoir si je coupais l'un de ses cous, puis courus vers la gauche. Bella criait, se tenant à mon casque pour ne pas tomber. L'acide noir de sa botte m'éclaboussait, tandis que mes bottes dorées martelaient la terre, l'hydre piétinant et hurlant derrière moi.

— Nous devons passer sous elle ! cria Bella d'une voix tendue.

— Non, nous devons atteindre ses têtes ! hurlai-je en retour, tandis que sa botte déchiquetée par l'acide quitta son pied et tomba au sol.

— Non, c'est un test de douleur, et l'acide brûlant est sur le sol. Nous devons endurer l'acide pour gagner. C'est l'acide la clé, pas les têtes !

Je réfléchis à ce qu'elle venait de me dire alors que j'esquivai une mâchoire qui venait de se refermer à quelques centimètres de nous, et faisant de mon mieux pour rester concentré malgré ses cuisses si près de mon visage. Elle avait eu raison pour les bâtons, même si j'avais du mal à l'admettre. Là encore, ce qu'elle disait semblait logique, et je décidai de me ranger à son avis.

— Tu ne pourras pas toucher le sol avec ton pied nu. Il brûlerait ! Je vais glisser sous la bête, mais reste sur mon armure.

— Tu es sûr que tu peux résister à l'acide ?

Elle serra plus fort mon casque alors que je tournai à cent quatre-vingts degrés, brandissant mon épée. Je la sentis alors bouger sur mes épaules, remontant ses pieds pour les protéger.

— Mon armure est divine. Elle peut tout supporter !

Puis je rugis et courus à toute allure vers la créature.

Ma soif de victoire flambait en moi alors que les myriades de têtes de serpents à cornes se précipitèrent vers nous. Dès qu'elles furent suffisamment proches, je me laissai tomber pour passer sous la bête, faisant confiance à Bella pour éviter à la fois l'acide et les crocs. Au-dessus de moi, les têtes de la bête se heurtaient les unes aux autres, l'acide m'éclaboussant de toutes parts.

Poussant un cri féroce, Bella leva les bras au-dessus d'elle et agrippa le ventre écailleux de la créature. Pendant ce temps, je plantai mon épée dans le sol pour prendre appui et me hisser plus loin sous l'hydre, et essayer de me placer sous Bella suspendue au cou de la bête, jambes pliées pour qu'elles ne touchent pas l'acide. Trouvant l'une des entailles que j'avais faites plus tôt avec mon épée, elle enfonça un bras profondément dans la créature, et s'accrocha avec une force dont je ne l'aurais jamais cru capable.

Mais, soudain, son corps convulsa tandis que l'hydre hurlait, faisant taper ses quatre pieds griffus autour de moi : elle se débattait pour essayer de faire tomber Bella. Un cri, long et aigu retentit dans mes oreilles et, lorsque je réalisai qu'il venait d'elle, l'inquiétude me tordit les entrailles.

— Bella ! hurlai-je.

Elle ne répondit pas. Son corps convulsait toujours, tandis que son bras s'engloutit plus profondément dans la créature, avant d'en sortir violemment. Alors, Bella tomba, s'écrasant contre ma poitrine blindée dans un accroupissement maladroit. Elle me regarda brièvement, et les larmes de douleur qui coulaient sur ses joues déclenchèrent en moi une rage incommensurable, tandis qu'elle commençait à glisser sur le sol.

Sans réfléchir, je lâchai l'épée, la retenant des deux bras pour l'empêcher de tomber et tirant son corps à plat contre le mien.

— Accroche-toi à moi ! lui dis-je.

Elle hurla de douleur et je crus un instant qu'elle avait touché l'acide. Mais, lorsqu'elle libéra son bras gauche des miens, celui qu'elle avait plongé à l'intérieur de l'hydre, je découvris l'état de sa peau : elle était d'une couleur rouge vif, toute boursouflée.

Pourtant, ce n'était pas cela qu'elle voulait montrer.

Avec un sourire, elle leva la main et porta devant mes yeux un orbe violet palpitant.

— Elle est morte, haleta-t-elle.

Puis, dans un éclair de lumière, la bête de métal au-dessus de nous disparut, et un gong retentit.

VINGT-CINQ

BELLA

Arès s'assit, m'agrippant par la taille. Puis il déplaça doucement mes jambes afin que je puisse éviter l'acide noir au sol. Des larmes de douleur coulaient encore de mes yeux, mais je m'en fichais. La douleur de mon bras brûlé évinçait tout le reste, sauf le fait que j'avais tué l'hydre.

— Comment as-tu fait ? me demanda doucement Arès en se relevant, me portant toujours.

Je me forçai à détourner mon regard de mon bras, et me concentrai sur ma réponse.

— J'ai suivi la chaleur. J'ai mis mon bras dedans, jusqu'à l'endroit qui était le plus chaud. J'ai eu tellement mal que j'ai failli vomir, mais je me suis retenue. Agonie ou pas, il était hors de question que je souille l'armure du dieu de la Guerre, souris-je.

— Douleur ! Nous avons réussi ton épreuve ! hurla Arès.

La foule acclama en réponse.

— Je crois que ça suffit pour aujourd'hui !

— En effet. Vous nous avez offert un très beau spectacle, fit la voix magnifiée de Douleur.

Puis tout devint blanc.

~

Nous nous retrouvâmes dans le caravansérail, dans ma chambre, et Arès me déposa rapidement sur le lit. La nausée était si forte que j'en avais presque le vertige.

— Je suis malade, marmonnai-je.

Aussitôt, Arès se mit à genoux à côté du lit. Lorsqu'il se releva, il tenait mon sac dans son énorme poing et fouilla à l'intérieur, faisant sonner son armure, puis en sortit un pot de pâte que nous avions acheté chez l'apothicaire.

— Attention, ça va peut-être faire un peu mal, me prévint-il avec douceur, posant le pot à côté de moi sur le lit, afin de retirer son casque.

La douleur était si intense que j'étais même incapable de me concentrer sur la beauté de son visage. J'avais l'impression que les os de mes bras étaient en feu et se consumaient. Je ressentais quelques élans malgré l'engourdissement qui, je le savais, n'était pas bon signe.

— Prête ?

Je hochai faiblement la tête.

Il avait raison. Ça fit mal. En fait, c'était même la pire douleur que j'avais eu à endurer dans ma vie. C'était atroce. Je me tordis, pleurai, criai. J'étais hystérique.

Mais Arès resta assis patiemment à côté de moi, appliquant une pâte plus épaisse sur ma peau à vif et ébouillantée.

— Tu pourras bientôt dormir, me répétait-il avec une voix de soie.

Après ce qui me sembla durer une éternité, mon bras était complètement recouvert de l'étoffe, et Dieu merci, je cessai de me sentir écorchée vive et je commençai à ressentir l'effet rafraîchissant de la pâte. Moins d'une minute après la diminution de la douleur, j'étais inconsciente, le sommeil qu'Arès avait promis me prenant complètement.

Lorsque je me réveillai, la douleur était toujours là. Mais elle était beaucoup moins intense. C'était maintenant une douleur sourde et inconfortable. Doucement, j'écartai mon bras de mon corps et m'assis lentement. Bien que très similaire, cette chambre n'était pas la mienne. La porte du placard et celle de la salle de bain n'étaient pas du même côté. Je regardai autour de moi, m'arrêtant lorsque mon regard tomba sur Arès. Échevelé, il était assis dans un grand fauteuil au rembourrage extravagant, vêtu d'une chemise en lin ouverte et appuyé d'un coude sur l'accoudoir.

— Comment va ton bras ? me demanda-t-il.

Je le regardai fixement sans rien dire, puis tournai les yeux vers mon bras levé. La pâte avait durci, formant une sorte de croûte, ce qui – à mon grand soulagement – m'évita de voir dans quel état devait être ma peau.

— J'ai encore mal, mais c'est supportable.

Je sentis un petit tiraillement dans mon ventre et je levai les yeux vers lui.

— Qu'est-ce que tu fais ?

— Je t'aide, dit-il d'un ton bourru. Zeeva m'a dit que je devais te laisser dormir pour que ton pouvoir se rétablisse correctement.

La colère bouillonna en moi.

— Attends... Tu m'as aidée pour pouvoir accéder à mes pouvoirs ?

Il soupira d'agacement et se leva, s'approchant du lit. *Son* lit, réalisai-je en sursaut. Car, si nous n'étions pas dans ma chambre, nous étions forcément dans la sienne...

— Non. Tu devais récupérer tes pouvoirs pour que je puisse faire ça.

Il se pencha sur moi et prit mon autre main. Mon corps réagit immédiatement à son contact, mon pouls s'accélérant à un rythme incontrôlable. Je sentis un tiraillement plus fort dans mon ventre mais, avant que je puisse ouvrir la bouche pour protester ou l'interroger, de délicieuses impulsions apaisantes traversèrent mon bras. Un picotement qui n'était ni chatouilleux ni excitant, mais complètement relaxant, se déplaça de ma colonne verté-brale jusqu'en bas de mon bras, et chaque muscle de mon corps se relâcha alors que je me laissai glisser confortable-ment sur le matelas.

Pour la première fois depuis que nous étions entrés dans l'arène de combat, rien dans mon corps ne me faisait mal.

— Les dieux ont des pouvoirs de guérison, dit douce-ment Arès, avant de lâcher ma main.

Mais il resta à côté de moi, ses cheveux tombant sur son visage alors qu'il se penchait sur moi.

— Même les dieux de la Guerre ? murmurai-je.

Je ne sentais plus sa chaleur apaisante, mais je n'avais plus mal nulle part.

— *Surtout* les dieux de la Guerre. Mais je devais attendre que tu retrouves tes pouvoirs pour pouvoir te soigner.

— Pourquoi n'as-tu pas fait cela avec la piqûre de manticore ?

— Tu étais inconsciente. Et je ne peux pas utiliser ton pouvoir quand que tu es inconsciente. Et d'ailleurs, guérir une brûlure n'est pas la même chose que guérir un poison. Il te manqua encore certaines connaissances...

Il sourit et je tentai d'avoir l'air offusquée, mais je n'y parvins pas. Après tout, il avait raison. Il y avait beaucoup de choses que je ne savais pas... À commencer par la raison pour laquelle il m'avait aidée. Bien sûr, je ne doutais pas qu'il l'avait pour mes pouvoirs, mais pourquoi était-il si doux ? Je le regardai dans les yeux, me demandant comment quelqu'un pouvait avoir l'air si triste et féroce à la fois. Jusqu'à ce que je réalise que j'avais moi-même été triste et féroce la majeure partie de ma vie.

— En tout cas, merci, lui dis-je.

Il se redressa, s'éloignant un peu de moi.

— Tu as été blessée avec honneur. Tu as tué l'hydre.

— Je suis contente que tu le reconnaisses ! lançai-je avec un faible sourire. Alors... qui a besoin de pouvoirs ? le taquinai-je.

— Nous deux, pour te guérir, répondit-il d'un ton sérieux qui fit disparaître mon humeur joyeuse. Je pense que tu peux laver la pâte, tu n'en as plus besoin.

Je fronçai les sourcils en regardant mon bras.

— Ne devrais-je pas la laisser plus longtemps pour que la peau se régénère correctement ?

— Ta peau est déjà parfaitement régénérée.

— Quoi ?

— Je n'ai pas seulement le pouvoir d'ôter la douleur. Je guéris aussi les blessures. Crois-moi, ton bras va parfaitement bien maintenant.

Je fixai Arès, incrédule.

— Tu peux guérir des blessures, juste comme ça ? D'un seul coup ?

— Tout le monde ne peut pas. Ma sœur ne peut pas, par exemple. Son pouvoir est trop destructeur.

— Mais... À quoi ça sert de se battre si tu peux tout simplement guérir ?

Arès sembla gêné et détourna le regard. Lorsqu'il me regarda à nouveau, des flammes dansaient dans ses iris, mais je ne ressentis aucune colère de sa part.

— Je suis immortel, commença-t-il. Aujourd'hui, c'était la première fois depuis des millénaires que je me battais avec un risque réel. Non seulement de blessure, mais de mort.

L'excitation dans sa voix basse était contagieuse et je sentis mon estomac se contracter en me rappelant la montée d'adrénaline que j'avais ressentie juste avant d'entrer dans l'arène.

— C'était glorieux.

— Donc, si je comprends bien, pendant des milliers d'années, tu n'as jamais pris le risque de perdre la vie ?

Il passa sa langue sur ses lèvres en secouant la tête, et une douce chaleur se répandit dans mon ventre.

— Pas étonnant que tu sois si triste, dis-je avec une longue inspiration. C'est l'un des sentiments les plus intenses au monde. Cette sensation d'avoir mérité la victoire, d'avoir relevé le défi malgré toutes les chances contre soi.

Tous mes muscles avaient maintenant retrouvé toute leur force. Ma douleur avait complètement disparu, laissant place à mon énergie habituelle. À cause de ma blessure, je n'avais pas eu l'occasion de profiter de ma victoire sur l'hydre, et l'exaltation m'inonda comme un raz-de-marée.

— Tu as raison. Je me suis senti vraiment vivant

aujourd'hui, déclara Arès. Et te voir te battre avec un tel courage alors que tu n'avais aucun pouvoir du tout...

Il plongea son regard dans le mien et je sentis mon cœur battre intensément.

J'avais réussi. J'avais gagné le respect du dieu de la Guerre !

Mais je voulais plus que son respect. Mon corps brûlait d'un désir aussi fort que soudain, et je ne pus m'empêcher de baisser le regard sur ses lèvres, puis plus bas, le long de sa poitrine, de ses abdominaux, du V que formaient ses muscles, plongeant dans son pantalon.

Les tambours résonnèrent dans mes oreilles et, quand Arès inspira profondément pour reprendre son souffle, je sus avec certitude qu'il les entendait aussi. Incapable de résister, j'enroulai ma main valide autour de l'arrière de sa tête et l'attirai vers moi, fermant mes lèvres sur les siennes. Il posa ses mains sur mon visage, puis les fit glisser jusque dans mes cheveux, alors que sa langue trouva la mienne et que le plaisir explosa en moi, avec une intensité presque douloureuse. Ma peau n'avait jamais été aussi sensible, chacune de ses caresses – sur mon cou, sur mes joues – provoquant sur tout mon corps des frissons de plaisir.

Il m'embrassa avec une avidité féroce, comme s'il n'avait jamais rien goûté d'aussi bon que mes lèvres. Je le savais car c'était exactement ce que je ressentais. Jamais, *jamais*, un baiser n'avait été aussi incandescent, si plein de promesses, si *juste*.

VINGT-SIX

BELLA

Je le tirai plus près de moi, ses lèvres douces bougeant plus fort contre les miennes, alors qu'il s'allongea à moitié sur le lit. Faisant glisser une main sur ma poitrine et le long de mon ventre, il se redressa, brisant notre baiser. Je paniquai, craignant qu'il ne veuille m'abandonner, mais il s'allongea plus confortablement et ses bras forts me ramenèrent à lui. Il passa une main maintenant dans mon dos, l'autre dans mes cheveux, tirant doucement ma tête en arrière afin qu'il puisse embrasser ma gorge.

Je le désirais comme je n'avais jamais désiré personne. Partout où ses lèvres passaient, je ressentais des frissons électriques. Alors que mes mamelons durcissaient, je réalisai que je portais toujours le corset. Nous étions allongés côte à côte, mais j'avais besoin de plus. J'avais besoin de sentir sa poitrine dure, son dos musclé, sa peau bronzée. J'avais envie de le toucher, de le sentir tout entier. Les tambours battaient plus fort alors que mon souffle se coupait, sa langue quittant la mienne pour rejoindre mes seins, ses cheveux effleurant ma peau comme de la soie alors qu'il bougeait.

Lorsqu'il atteignit le haut du corset, il s'arrêta et me regarda dans les yeux. Il respirait aussi fort que moi, des flammes, immenses, agitées, et magnifiques, dansant dans ses yeux. J'étais si subjuguée par lui que j'oubliai tout le reste, comme si ma vie commençait là, avec lui. Chaque pensée, chaque doute, chaque fait, même le matelas sur lequel nous étions allongés... tout cessa d'exister. Il n'y avait plus que lui et moi, nos corps appartenant l'un à l'autre, et le désir qui vibrait entre mes jambes, fort et gémissant.

Avec un léger râle, il s'approcha de moi et m'embrassa à nouveau, avec encore plus de passion.

— Arès ? Perséphone est venue guérir Bella.

La voix d'Éris à travers la porte nous fit sursauter tous les deux, et Arès recula si vite qu'il tomba de l'immense lit. Je m'assis, perdue, heureuse, et ne sachant quoi faire. Arès se leva rapidement et ses yeux rencontrèrent les miens. Ils étaient tendres, mais les flammes dans ses iris avaient disparu.

— Nous... Nous n'aurions pas dû faire ça.

Les tambours s'arrêtèrent.

Je levai les yeux vers lui, heurtée par ses mots trop abrupts.

— Pourquoi ? soufflai-je en respirant fort.

— Pour de nombreuses raisons. Nous n'aurions pas dû faire ça... répéta-t-il.

C'était comme s'il m'avait giflée. Comment pouvait-il dire une chose pareille alors que mes lèvres étaient encore enflées de l'avoir embrassé ?

Mes sentiments durent se lire sur mon visage car, aussitôt, son expression s'adoucit une seconde, avant qu'Éris ne frappe à nouveau à la porte, plus fort cette fois-ci.

— Arès ? Laisse-nous entrer ! cria-t-elle.

Les joues brûlantes, je me levai rapidement. Je ne voulais absolument pas qu'Éris ou Perséphone me voient comme ça. Surtout, si cet abruti avait voulu que je me sente indésirable, il avait réussi !

— Je vais prendre une douche, marmonnai-je en passant devant lui pour aller dans la salle de bain, sans qu'il proteste.

Lorsque je refermai la porte derrière moi, je m'appuyai contre elle et tentai de me calmer. Après un moment de silence, je l'entendis parler.

— J'ai utilisé ses pouvoirs pour la guérir, mais merci d'être venue, Reine Perséphone.

Je n'entendais pas bien la réponse de la reine, mais je compris qu'elle était contente que j'aille mieux, et que nous étions attendus à un bal organisé en notre honneur dans quelques heures.

Un bal ? Alors, ils vont se foutre !

Il était hors de question que j'aille à une soirée. Je traversai la magnifique salle de bain jusqu'à l'endroit où se trouvait une immense baignoire encastrée. En réalité, elle ressemblait davantage à une petite piscine, avec une mosaïque orange et bleue tout autour.

Comment ai-je pu être assez stupide pour l'embrasser ? me demandai-je alors que je fis couler l'eau. *Et comment ça a pu être aussi bon, bordel de merde ?!*

Si un simple baiser me mettait dans un tel état, comment allais-je réagir s'il me déshabillait ?

Il ne veut pas me déshabiller, me souvins-je, avec l'effet d'un seau d'eau glacée.

Je ne pouvais m'empêcher de lui en vouloir. Ce type n'avait vraiment aucune maîtrise de lui-même. D'abord, il m'avait vidée de tous mes pouvoirs parce qu'il s'était laissé griser par la joie de se battre. Ce faisant, il nous avait fait courir à tous les deux un risque énorme. Et puis, maintenant, moi.

Hors de moi, je donnai un coup de pied dans l'eau de la piscine, pestant lorsque je constatai que mon jean était trempé. Retirer un jean serré avec une seule main fut déjà assez difficile, mais retirer le corset était un putain de cauchemar. Lorsque je fus enfin nue, j'étais dix fois plus énervée.

Mais, dès que je m'immergeai dans l'eau du bain, toute ma frustration disparut. Avec précaution, je plongeai mon bras plâtré dans l'eau. La pâte durcie pétilla sur ma peau et je tressaillis, m'attendant à avoir mal. Mais je ne sentis rien et le plâtre disparut rapidement. Je regardai alors mon avant-bras avec émerveillement, remuant mes doigts et faisant des mouvements pour tester ma dextérité.

C'était parfait. Comme si je ne m'étais jamais fait mal. *Incroyable !*

Je me pris alors à rêver à ce que je ressentirais si j'étais capable de guérir de telles blessures, et le désir d'accéder à mes pouvoirs enfla en moi. Essayant de me calmer, je me demandai ensuite comment je vivrais les combats en étant certaine que je ne pouvais pas mourir. Prenant l'un des savons bleus et roses en poudre sur le côté de la baignoire, je commençais à laver mon corps et mes cheveux blonds courts, j'imaginai quelle serait ma vie si j'étais une déesse. Pour la première fois depuis que j'avais fait irruption dans ce monde, j'y pensai réellement.

D'abord, je serais immortelle, ce qui était un immense avantage. Et je pourrais me téléporter n'importe où dans le monde ; ça devait être génial ! Je serais riche, j'aurais des pouvoirs... Et, franchement, qui ne voudrait pas vivre dans un tel luxe ?

Mais Arès avait toutes ces choses, et il était malheureux. Je ne savais pas exactement ce qui le rendait à ce point dépourvu d'humour, mais je savais que c'était plus profond que la perte de ses pouvoirs. De toute évidence, son comportement n'était pas nouveau. Et il n'avait aucune empathie. Lorsque nous avions parlé des esclaves, j'avais réalisé qu'il n'avait jamais imaginé une vie différente de la sienne. Était-ce le pouvoir qui faisait cela ? Tous les dieux étaient-ils aussi déconnectés de la réalité ?

Et la sensation qu'il avait ressentie en combattant l'hydre... Il avait dit qu'il n'avait pas vécu cela des millénaires. Avais-je vraiment envie de renoncer à cette adrénaline ?

Je poussai un long soupir en rinçant la mousse de mes cheveux. Arès était un con. Il avait le corps d'un homme et le tempérament d'un adolescent. Décidant de ne plus penser à son corps viril, je fis une croix sur lui. S'il pensait que le fait que nous nous soyons embrassés était une erreur, alors je le pensais aussi. Même si c'était le baiser le plus incroyable que j'avais connu...

Car je ne voulais pas d'un homme capable de dire à une femme frémissante de désir pour lui qu'il regrettait de l'avoir embrassée.

Non. Vraiment. Arès était un crétin. Je terminerai les épreuves avec lui mais, dès que nous aurons retrouvé Joshua, je l'oublierai définitivement.

Quant à mes pouvoirs... Si j'en avais besoin pour rester dans l'Olympe, alors je les accepterais. Mais j'étais déterminée à ce qu'ils ne me transforment pas en une personne aussi égoïste que lui !

~

J'ouvris fermement la porte de la salle de bain, arborant mon air « je n'en ai rien à faire de ce que tu penses ». Mais, à ma grande surprise, Arès n'était plus là et je trouvai Éris à sa place, assise sur le lit.

— Enfin ! Je finissais par croire que tu ne sortirais jamais de là-dedans ! dit-elle d'une voix traînante en se levant.

— Euh... Qu'est-ce que tu fais ici ?

— Ta petite chatte m'a demandé de t'aider à te préparer, m'annonça-t-elle avec un grand sourire. Je ne suis généralement pas du genre à aider les autres, mais toi, je t'aime bien !

— Zeeva ? Où est-elle ?

— Occupée, apparemment. Certainement en train de parler à quelqu'un d'autre comme si c'était de la merde, je suppose. Bon ! Je me suis permis d'amener les vêtements qui étaient dans l'armoire de ta chambre.

— Ah bon ? Mais... Pourquoi ?

— Arès a proposé que vous échangiez vos chambres. La tienne avait besoin d'être nettoyée après...

Elle se tut, et les images atroces du combat, et de l'état lamentable dans lequel j'étais lorsqu'Arès me prit dans ses bras, me revinrent en mémoire comme un coup de poignard. Je fronçai les sourcils.

— Je n'ai pas besoin d'aide pour me préparer. Où est mon sac ?

— Chérie, crois-moi, tu as vraiment besoin d'aide pour te préparer. As-tu déjà assisté à un bal dans l'Olympe ?

— Tu sais très bien que non, répondis-je, mes yeux tombant sur son décolleté ridicule.

Elle m'adressa un sourire soyeux.

— Promis, je ne t'obligerai pas à porter la même tenue que moi, rit-elle. Ça ne t'irait pas du tout, de toute façon.

Faisant la moue, je regardai mes seins, enveloppés dans une grande serviette bleue. Ils n'étaient pas aussi gros que les siens, certes, mais j'en étais assez satisfaite.

— Non, je pense que nous allons opter pour quelque chose de féminin, mais qui mette aussi en valeur ton tempérament de guerrière, réfléchit-elle à voix haute.

— C'est-à-dire ?

Je n'avais aucune idée de ce qu'elle voulait dire.

— Je ne sais pas... Ça peut être plein de choses, dit-elle, se dirigeant vers l'armoire qu'elle ouvrit en grand. Choisis simplement une couleur et je gère le reste !

Je lui lançai un regard méfiant.

— Vous êtes la déesse de la discorde et du chaos. Je ne suis pas sûre de devoir te faire confiance pour le choix de ma tenue... Elle va probablement se désintégrer à la moitié de la soirée et je vais me retrouver complètement nue au milieu de tout le monde !

— Ah... C'est une bonne idée ! fit mine de réfléchir Éris en frappant dans ses mains.

Je levai les yeux au ciel.

— De toute façon, je ne veux pas aller à ce bal. Je suis crevée, et ton frère est un connard.

— Tu *dois* y aller, tu fais partie des invités d'honneur. Et le connard dont tu parles est le deuxième. Alors respire un grand coup, et choisis une couleur.

Je savais qu'il ne me servirait à rien d'argumenter. Et puis, j'avais menti : je n'étais pas du tout fatiguée. Il y avait même une partie de moi qui avait vraiment envie de me retrouver dans une robe « féminine mais qui mette aussi en valeur mon tempérament de guerrière ». Cette même partie de moi qui voulait impressionner Arès...

Je me dirigeai vers l'armoire.

— Celle-ci ? proposai-je en tirant une robe bleu pâle qui avait trop de morceaux de tissu pour que je puisse comprendre ce que c'était.

— Très bon choix ! Ça ira parfaitement avec la couleur de tes cheveux, déclara Éris en prenant une mèche de mes cheveux mouillés dans ses doigts. En revanche, ce mi-long ne te va pas du tout, ma chérie.

— Je ne veux pas plus court ! m'exclamai-je en m'écartant d'elle pour qu'elle lâche ma mèche qui retomba en claquant sur ma joue.

Après avoir dû couper mes cheveux très courts lorsque j'étais en prison – pour éviter que les autres filles ne me les tirent lorsque nous nous battions –, il m'avait fallu des années pour les faire pousser et qu'ils retrouvent une certaine longueur.

— Non, non, rassure-toi ! Pas plus court. Plus long !

Je sentis un picotement sur mon cuir chevelu, puis un mouvement le long de mes épaules et de mon dos. Saisissant ma serviette d'une main pour l'empêcher de tomber, je me tournai vers le miroir de l'armoire et observai ma nouvelle longueur de cheveux.

— Qu'est-ce que tu fais ? demandai-je à Éris.

Elle m'attrapa par les épaules et m'approcha du miroir.

J'étais bouche bée. Mes cheveux étaient longs ! Ils arrivaient à ma taille. Et ils n'étaient plus de cette couleur jaunâtre, mais étaient passés à un magnifique blond centré que mettait en valeur leur texture ondulée.

Putain... !

— C'est mieux, tu ne trouves pas ? Et je promets qu'ils ne tomberont pas de ta tête en plein milieu de la soirée ! ajouta-t-elle avec un clin d'œil.

— On dirait... les cheveux d'une mannequin, soufflai-je, n'osant pas encore les toucher. Comment as-tu fait ça ?

— Chérie, j'ai ma petite expérience, tu sais ! Il n'y a pas grand-chose que je ne puisse pas faire.

— Arès m'a dit que tu ne pouvais pas guérir, dis-je en me souvenant de notre conversation.

Une lueur sombre brilla brièvement dans ses yeux.

— C'est vrai que mes pouvoirs sont surtout destructeurs, admit-elle d'une voix un peu trop dure.

— Pourtant, m'offrir de beaux cheveux est tout sauf destructeur...

— Bella, faire de toi une fille ultra sexy va faire pas mal de ravages, crois-moi, s'enthousiasma-t-elle avec son impertinence et sa légèreté habituelles.

— Comment cela ?

Elle me fixait, les yeux pleins de malice. Mais je n'arrivai pas à déterminer si tout cela était pour elle un jeu innocent ou un plaisir cruel.

— Je suppose que tu n'es pas au courant qu'Arès a une relation avec Aphrodite depuis plusieurs siècles ?

Je la fixai sans savoir quoi répondre, essayant de gérer la sensation douloureuse et désagréable qui rampa en moi, pour se loger dans mon ventre, comme un rocher trop lourd.

— Aphrodite ? La déesse de l'amour ?

— Oui...

Putain ! Putain, putain, putain !

Je l'avais vue deux fois et je l'avais trouvée plus que belle. Elle était si époustouflante qu'elle en devenait presque agaçante.

Pas étonnant qu'Arès ne veuille pas de moi...

— Elle est mariée à Héphaïstos, donc ce n'est pas vraiment sérieux. Mais tout le monde est au courant de leur liaison, continua Éris, sortant la robe bleue de l'armoire et la tenant devant moi.

— Leur liaison... répétai-je bêtement. Donc, la déesse de l'Amour n'est pas fidèle à son mari ?

Éris interrompit son examen minutieux de la robe et leva les yeux vers moi, les sourcils levés.

— Chérie, personne dans l'Olympe n'est fidèle. Sauf Hadès, qui est vraiment un cas à part...

— D'accord...

J'essayai de me rassurer en me disant que, si personne ici n'était à cheval sur la fidélité, Aphrodite ne m'en voudrait certainement pas d'avoir embrassé son amant. Car, je ne savais pas pourquoi, mais l'idée de contrarier la déesse de l'Amour me semblait bien plus effrayante que de contrarier le dieu de la Guerre...

— Aphrodite joue avec mon frère depuis le début, alors que lui, du plus loin que je me souvienne, je ne l'ai jamais vu regarder une autre femme qu'elle, même un peu intéressé par quelqu'un d'autre.

Un autre coup de poing dans le ventre ! Mais pourquoi ? Pourquoi ces révélations me faisaient-elles cet effet-là ?

C'était juste un baiser, arrête d'en faire tout un plat !!

— Jusqu'à toi.

Mes yeux se posèrent sur les siens.

— Moi ? C'est-à-dire ?

— Chérie ! gloussa-t-elle, si tu n'as pas compris, c'est vraiment que tu as de la merde dans les yeux ! Tu n'as pas vu comme il perd ses moyens dès qu'il est avec toi ? L'ardeur avec laquelle il s'est battu à tes côtés et l'empressement qu'il a mis à te sauver ? La douceur avec laquelle il t'a soignée ? Arès n'est jamais comme ça, d'habitude. Ce n'est pas le genre à collaborer, et encore moins à prendre soin des autres...

J'ignorai la vague d'espoir et d'exaltation qui accompagnait ses paroles. Arès m'avait dit qu'il ne voulait pas de moi. Il était avec Aphrodite. Et Éris – même si je ne pouvais pas m'empêcher de l'apprécier – n'était *pas* digne de confiance.

— C'est pour ça que tu veux que je sois belle ce soir ? Pour provoquer des tensions entre Aphrodite et ton frère ?

Éris haussa les épaules.

— Je ne l'aime pas, c'est vrai, mais elle n'a pas besoin de moi pour créer des tensions. Elle est plus fouille-merde que tous les autres dieux réunis. Elle est incroyablement lunatique, s'ennuie facilement, méprise les règles, et est plus manipulatrice que moi. Être au niveau d'Aphrodite est un véritable sport pour moi. Mais un sport qui en vaut la peine...

Je pinçai les lèvres en la regardant.

— Rappelle-moi de ne pas être de toujours être dans ton camp ! lançai-je.

Elle me sourit.

— Quand Aphrodite réalisera que tu as attiré l'attention de son petit guerrier de compagnie, crois-moi, tu me supplieras d'être ta meilleure amie.

VINGT-SEPT

— Pour une femme qui n'a pas porté de robe depuis vingt ans, je trouve que ça te va très très bien ! me dit Éris, alors que nous regardions tous les deux mon reflet dans le miroir.

Je ne répondis rien, trop accaparée par essayer de comprendre ce que je ressentais, vis-à-vis de cette tenue, et vis-à-vis de ce que j'avais appris sur Arès et Aphrodite.

Éris avait apporté toute une série de modifications à la robe, et elle avait totalement réussi à en faire une tenue qui mettait en valeur ma féminité mais aussi mon côté guerrière. Dans un style typiquement érimosien, le bas était une longue jupe en soie flottante qui arrivait presque jusqu'au sol, mais la bande autour de la taille et de l'ourlet était ornée d'un motif doré représentant des épées entrelacées. C'était moi qui lui avais demandé cela, pour remplacer le motif à fleurs qu'il y avait initialement. Quant au haut, elle avait remplacé le corset bleu d'origine par des bandes dorées étroitement enroulées autour de moi, comme sur une momie, dans un tissu vaporeux qu'elle avait superposé de manière experte. De petites manches à capuchon couvraient mes épaules, dans une forme qui ressemblait presque à une armure. Mes nouveaux cheveux longs et ondulés étaient tenus en arrière par un bandeau bleu assorti à la jupe, avec des centaines de minuscules perles d'or tombant sur mon front.

— Tu as fait exprès de me faire une robe qui ressemble à une armure dorée ? lui demandai-je.

Une robe assortie à l'armure d'Arès, aurais-je voulu dire, sans oser.

— Je voulais que tu ressembles à la déesse de la Guerre, tout simplement. Tu aimes ?

— Oui, dis-je d'un ton distrait, en m'observant attentivement.

C'était vrai : au risque de paraître prétentieuse, je trouvais que la robe m'allait à ravir. J'avais passé toute ma vie à essayer de comprendre comment je pouvais être si violente, conflictuelle, et si féroce, tout en aimant le théâtre et les dessins animés Disney ; or, cette robe me représentait parfaitement, dans toute ma complexité. Pour la première fois de ma vie, j'avais l'impression d'être réellement *moi*. Une princesse guerrière.

Je me tournai vers Éris avec un large sourire.

— Merci !

— Je t'en prie, me répondit-elle en me rendant mon sourire. Bon, je vais aller me préparer, maintenant. Arès ne va pas tarder à passer te chercher.

— Attends !

Mais elle me fit un large sourire avec un doigt d'honneur, et disparut en un éclair.

Je fermai les yeux et pris une profonde inspiration. Je venais juste de vaincre une hydre, pourtant, je mourais de peur à la perspective d'aller à ce bal.

Une demi-heure plus tard, Arès frappa à ma porte. Mon cœur bondit dans ma poitrine et je me levai en refoulant mon inquiétude.

Calme-toi, ce n'est que lui...

J'avais passé les deux derniers jours avec lui. Il n'y avait pas de quoi paniquer.

Feu, tambours, chaleur, passion.

Mais les images de notre baiser me revinrent à l'esprit et je serrai les dents pour ne pas flancher.

Accroche-toi, Bella !

Je me forçai à imaginer le beau visage d'Aphrodite à la place, alors que j'atteignais la porte et l'ouvrais.

Arès portait une armure et un casque, exactement comme je m'y attendais. En revanche, moi, je n'étais clairement pas habillée comme il l'avait prévu. Malgré son casque, je sentis sa stupeur : il se figea et me regarda un instant avec des yeux écarquillés, sans dire un mot.

— Allons-y ! Plus vite nous y serons, plus vite tout ce cirque sera terminé !

La colère dans ma voix me surprit moi-même.

— Tes cheveux...

— Sont plus longs, oui, le coupai-je. Tu veux un bon point ou ce n'est pas la peine ?

Devant lui, je me sentais toute chose, et je fus soudain désespérée de ne pas être seule avec lui.

— Bella, je...

— Bon, on y va ? l'interrompis-je encore.

Son regard se durcit et il se redressa.

— Bien.

Il y eut un tiraillement familier dans mon estomac, un éclair, et nous étions de retour dans l'arène de combat.

Je regardai autour de moi en clignant des yeux. Tout était si différent depuis notre dernier combat. Le ciel au-dessus de nous n'était plus brillant et clair comme il l'avait été pendant la journée. Bleu marine, il était parsemé de nuages scintillants et tournoyants, dans des teintes allant de rose pastel à orange. Quant à l'hémicycle dans lequel nous nous battions encore quelques heures plus tôt, il était à présent parsemé de hautes colonnes en marbre, au sommet desquelles brûlaient de hautes flammes orangées qui projetaient sur les convives une douce lueur et des ombres animées. De petits satyres et de jeunes femmes se déplaçaient entre les invités avec des plateaux de boissons, tandis qu'une harpe jouait, même si je ne voyais aucun musicien. C'était magnifique. Et étonnamment calme.

— Bella ! Je suis tellement heureuse que tu ailles bien !

Je me tournai vers la voix de Perséphone, la reine se précipitant vers moi dans une exquise robe vert feuille ras du cou, avec des vignes noires brodées sur les bords.

— Je te remercie. On m'a dit que tu étais venue pour me soigner ?

Mais elle n'eut pas le temps de me répondre.

— Reine Perséphone ! grogna Arès, avant de s'éloigner à grands pas, dans un bruit métallique.

— Toujours aussi affable et souriant ! plaisanta Perséphone en le regardant partir, puis en me regardant d'un air malicieux. Tu es magnifique ! Ça me rappelle la première fois que j'ai porté une tenue d'ici.

— Merci, tu es superbe aussi. Je boirais bien un verre...

Perséphone fit signe à un satyre qui s'approcha de nous aussitôt. J'avalai d'un trait presque tout le verre qu'il me tendit, sous l'œil amusé de Perséphone qui me regardait avec un sourire, et les sourcils levés.

— Mauvaise journée, j'imagine ?

Je discutai un moment avec Perséphone, mais j'eus du mal à empêcher mon esprit de vagabonder. Maintenant que mes forces étaient rétablies, j'avais pleinement conscience de tout ce qui m'entourait – peut-être même plus que d'habitude – et tout était une source d'enthousiasme, de curiosité, et d'excitation. Je ne savais pas si c'était la honte et la colère que je continuais de ressentir à propos du baiser et du rejet d'Arès, ou mon inquiétude concernant Aphrodite. En bonne déesse de la discorde, Éris avait semé en moi un trouble et une défiance vis-à-vis de la déesse de l'Amour qui ne me quittaient plus.

— Est-ce que je peux te poser une question qui me brûle les lèvres ? me demanda soudain Perséphone d'un air pétillant.

— Euh... oui, bien sûr.

— Toi et l'homme qu'a enlevé le démon, vous êtes ensemble ?

Ses mots furent comme un réveil, me sortant de ma torpeur et décuplant mon attention, tandis que la culpabilité me submergea.

— Non, non... Il était mon... euh... mon psy ! Il m'aidait à gérer ma colère, balbutiai-je.

— Pas de sentiments amoureux du tout ? Tu avais l'air si contrariée le jour où tu es arrivée dans l'Olympe que je m'étais fait des idées, s'excusa-t-elle d'une voix douce.

Contrairement à Éris qui essayait toujours d'obtenir des informations utiles pour semer la zizanie, j'avais le sentiment que Perséphone se souciait vraiment de Joshua.

— Il était la seule personne qui n'était pas effrayée par ma force ou mon tempérament, dis-je en baissant les yeux, repensant à Joshua. Mais je comprends pourquoi maintenant... Pourtant, je le considérais vraiment comme mon ami.

— Ce n'est pas parce qu'il savait que tu venais de l'Olympe qu'il n'était pas ton ami.

— Il avait été envoyé pour garder un œil sur moi. Il a passé huit mois à essayer de me convaincre que mes problèmes étaient chimiques, dis-je avec une douleur palpable. Alors que, pendant tout ce temps, il savait... Il savait que ce n'était pas chimique mais que c'était tout simplement *qui* j'étais. Pourquoi m'a-t-il menti ? Il aurait pu tout simplement me dire la vérité...

— Je suis désolée, dit doucement Perséphone. Je comprends ce que tu dois ressentir.

Je secouai la tête, gênée.

— Non, c'est moi qui suis désolé. C'est juste que je n'ai pas eu beaucoup l'occasion d'en parler depuis que je suis ici, m'excusai-je, ce putain de baiser avec Arès faisant irruption dans mon esprit. Pour le moment, l'urgence est de le trouver, repris-je. Je suis la seule à savoir qu'il a été enlevé. Je m'inquiéterai de notre relation une fois qu'il sera en sécurité.

— Tu as raison. Ce monde est si changeant qu'il est sage de prendre une chose après l'autre. Oh, les ennuis commencent, murmura-t-elle soudain.

Je suivis son regard et retins mon souffle en découvrant la femme en train de se diriger vers nous. Elle avait des cheveux noir corbeau, une peau d'albâtre, et des lèvres rouge écarlate assorties à sa robe fourreau en dentelle. Même si elle avait l'air complètement différente de la dernière fois que je l'avais vue, je la reconnus immédiatement : Aphrodite.

— Reine Perséphone ! s'exclama-t-elle en arrivant près de nous, d'une voix douce comme une caresse. Et... tu dois être Bella, n'est-ce pas ? me demanda-t-elle en se tournant vers moi.

J'inclinai légèrement la tête en lui répondant.

— Exactement...

— Tu as été très impressionnante aujourd'hui.

— Oh... Eh bien, merci !

Je ne m'étais pas attendue à ce qu'elle me complimente.

— Avez-vous vu Arès ? J'ai besoin de lui parler.

— Non, il est parti presque tout de suite, dis-je, soulagée de constater qu'elle ne semblait pas être au courant que son amant et moi nous étions embrassés.

Et puis, pour être tout à fait honnête, je fus surtout très satisfaite de constater qu'Arès ne nous avait pas quittées, Perséphone et moi, pour aller la retrouver.

— Peu importe. Je suis sûre qu'il viendra me voir bien assez tôt ! déclara-t-elle.

Elle me regarda lentement de la tête aux pieds, et je ressentis soudain un désir irrésistible de l'impressionner. J'avais besoin qu'elle m'aime – qu'elle me désire, même. Je voulais être comme elle, avoir des yeux aussi profonds et envoûtants, des lèvres aussi pleines et douces, une peau aussi lisse et claire...

— Je vois que tu es restée très... humaine, finit-elle par dire avec un petit sourire narquois.

Aussitôt, le charme se rompit et je me sentis terriblement humiliée, lorsque je réalisai qu'elle avait utilisé son pouvoir sur moi.

J'avais voulu la séduire. J'avais voulu être comme elle ! Réaliser que j'avais été manipulée, amener à vouloir être une autre que moi-même, me mit hors de moi. Je détestais que l'on se moque de moi !

— En effet, je suis encore principalement humaine, répondis-je avec raideur.

— Tu devrais vraiment apprendre à utiliser le peu de

pouvoir que tu as pour te protéger, petite fille, dit-elle doucement.

— « Petite fille » ? répétai-je en arquant un sourcil, tandis que le bruit autour de nous disparut et que ma vision commença à se teinter de rouge.

— Oui. Il faut bien admettre que tu es petite, Bella. Il serait bon que tu ne l'oublies pas. J'appartiens aux douze êtres les plus puissants du monde ; tu es minuscule à côté de moi. Minuscule en taille, en puissance, et en influence. Minuscule dans l'esprit du dieu de la Guerre.

— Tu es blessée parce que tu sais qu'il m'apprécie, grognai-je.

La brume rouge s'intensifiait et j'oubliai de plus en plus que j'avais affaire à une déesse.

Aphrodite éclata de rire.

— « Qu'il t'apprécie » ? Ma pauvre... Il a collaboré avec toi aujourd'hui parce qu'il n'a pas eu le choix. Il doit récupérer ses pouvoirs. Et, si tu veux tout savoir, je suis la raison pour laquelle il veut tellement les récupérer. Car je refuse de me donner à lui tant qu'il ne sera pas redevenu le dieu que j'ai aimé.

Elle murmura ces derniers mots en se penchant près de moi, un sourire cruel déformant son beau visage.

Je mourais d'envie de la frapper, mais mes bras semblaient être collés à mon corps. Avant que je puisse dire quoi que ce soit, elle reprit la parole.

— Je ne sais pas ce que tu t'imagines avec lui, mais oublie-le. La petite Bella dans sa vilaine petite robe de guerre ne pourra jamais rivaliser avec la déesse de l'Amour. C'est un combat perdu d'avance, cette fois...

— Arès n'est pas un trophée ! m'emportai-je.

Son sourire s'agrandit.

— Mais bien sûr que si, au contraire. Un magnifique trophée, même...

— Si tu ne veux pas que je te défonce la gueule, tu ferais bien d'aller te faire foutre, sifflai-je.

Aphrodite gloussa.

— Je comprends mieux maintenant pourquoi l'un et l'autre avez cru que vous aviez quelque chose en commun, dit-elle, se redressant et reculant. Tu es aussi impulsive et idiote que lui.

— Je préfère être impulsive et idiote que cruelle !

— Bella, ma chère, tu apprendras vite, malheureusement, qu'Arès est tout cela à la fois. Tu devrais quitter la cour des grands pendant qu'il est encore temps.

Puis elle tourna les talons, s'éloignant à grands pas sur le sable, et adressant de grands sourires à tous ceux qu'elle croisait. Je sentis mes bras se relâcher à mes côtés et je les levai de manière instinctive, les poings serrés. Mon cœur martelait dans ma poitrine, animé par une rage féroce.

— Calme-toi, me dit doucement Perséphone.

Je sursautai et me tournai vers elle. J'avais complètement oublié sa présence.

— Comment peut-elle parler de lui comme ça ? Elle ne l'aime pas, putain ! Elle joue avec lui !

Perséphone toucha mon bras, jetant un coup d'œil autour de nous alors qu'elle parlait à voix basse.

— Bella, les dieux ont le pouvoir de faire en sorte que les autres n'entendent pas leurs conversations. Seules toi et Aphrodite savez ce que vous vous êtes dit, et il est préférable que cela reste ainsi.

— Tout le monde devrait savoir à quel point elle est méchante !

— Bella, s'il te plaît, écoute-moi. Faire une scène ne

t'apportera que des ennuis, je t'assure. Ce n'est pas une déesse contre laquelle tu dois te mesurer.

Ma colère s'était suffisamment atténuée depuis le départ d'Aphrodite pour que je réalise que Perséphone avait raison. Mais ma fureur avait laissé place à une frustration immense. Qu'Arès et Aphrodite soient ensemble n'était pas le problème. Ce que je détestais par-dessus tout était sa manière de parler de lui comme s'il n'était qu'un jouet, un trophée ! Lui dire qu'elle ne coucherait avec lui que lorsqu'il retrouverait ses pouvoirs revenait à admettre qu'elle n'aimait pas ce qu'il était vraiment, mais qu'elle n'aimait que sa force. C'était cruel. Si un homme me disait qu'il refusait de coucher avec moi tant que je n'avais pas de plus gros seins, de plus longs cheveux, ou un compte bancaire mieux garni, je lui dirais d'aller se faire foutre ! Pourquoi Arès la laissait-il le traiter de cette façon ?

Je mordis l'intérieur de ma joue, très fort.

Je devrais m'en foutre, de toute façon...

Je ne savais pas exactement ce qu'il y avait entre Arès et moi, mais quelle que soit la raison pour laquelle, lorsque nous étions ensemble, le bruit des tambours résonnait et les flammes jaillissaient, quelle que soit la profondeur du lien qui nous unissait, je devais garder mes distances et ne pas m'en mêler. C'était un adulte, après tout, et il n'avait pas besoin que je défende son honneur ou son cœur. Et si Aphrodite était jalouse que nous passions du temps ensemble, si elle avait envie de se comporter comme une salope avec moi, eh bien, je devais l'accepter. Même si le fait de savoir qu'elle pouvait m'insulter et me rabaisser sans que je puisse me défendre me dérangeait profondément. C'était comme si elle me défiait tout en me refusant le droit de me battre. Mais, après tout, ce n'était pas un vrai combat. Car, quand on remportait un vrai combat, gagnait de l'argent, du respect, un titre... On ne gagnait pas un *homme*.

Non. L'amour n'était pas un combat.

Je jetai un regard noir dans la direction où elle avait disparu, essayant d'évacuer complètement ma colère. Je devais aider Arès à remporter les épreuves, à récupérer le démon échappé, et à sauver Joshua. Le reste – sa vie amoureuse de merde et cette conne d'Aphrodite – n'était pas mon problème.

VINGT-HUIT

ARÈS

Je ressentais la colère de Bella alors qu'elle fixait Aphrodite. Et un certain malaise lorsque je suivis du regard la déesse se faufiler à travers la foule.

Elle savait. Je savais qu'elle se douterait de quelque chose si elle me parlait. C'était la raison pour laquelle j'avais fait de mon mieux pour me mettre à l'écart, dans l'ombre, dès mon arrivée.

Mais cela n'avait servi à rien. Aphrodite savait, de toute façon, même sans me parler ni voir mon visage.

— Ça ne te ressemble pas de jouer ainsi avec les autres.

Ma sœur s'approcha de moi et mon estomac se noua.

— Éris, je t'en prie. Ce n'est pas le moment.

— Tu sais que ta maîtresse va faire de la vie de Bella un enfer si tu te bats si bien avec elle demain.

— Je suis obligé de me battre avec elle, grognai-je.

— Non, pas nécessairement.

Je me tournai vers Éris, et la regardai d'un air renfrogné.

— Quoi ? Tu voudrais que je me batte contre elle ?

C'est pourtant bien toi qui m'as reproché, tout à l'heure, de l'avoir vidée de ses pouvoirs, non ?

— Parce que tu avais un autre combat dans la foulée, rétorqua-t-elle en haussant les épaules, faisant onduler sa robe bordeaux. Demain, c'est la dernière épreuve ; tu peux donc la vider sans aucun problème.

— C'est la dernière épreuve de Douleur. Mais il y aura ensuite celles de Panique et de Terreur, dis-je sèchement.

— Je suis sûr qu'elle aura le temps de récupérer avant.

Je la regardai en plissant les yeux tandis qu'elle sirota son verre.

— Je pensais que tu appréciais Bella, dis-je. Pourquoi me conseilles-tu de faire une chose pareille ? Elle va me détester.

— Arès, je n'aime personne, tu le sais. Et c'est quoi ton problème ? Tu l'as bien fait une fois, tu peux le refaire, non ? À moins que... tu ne sois amoureux d'elle ?

Les yeux d'Éris brillaient alors qu'elle sondait les miens.

— Je veux juste récupérer mes pouvoirs.

— Tu *es* amoureux d'elle ! s'exclama Éris avec une joie évidente.

— Ne sois pas bête, me défendis-je en détournant le regard et en le posant instinctivement sur Aphrodite.

— Mon cher frère... Il me semble me souvenir que l'exclusivité ne faisait pas partie des termes de votre engagement, me souffla-t-elle en regardant dans la même direction que moi. Tu sais qu'elle est avec quelqu'un de différent tous les soirs, non ? C'est la déesse de l'Amour, je te rappelle !

Ses mots me brûlèrent les entrailles, et j'étais content que mon casque dissimule mon visage.

—Va-t'en, Éris.

— Ce n'est pas la peine de t'en prendre en moi, fit-elle mine de s'offusquer en faisant la moue. Tu sais, je n'y suis pour rien si, tôt ou tard, Bella va découvrir le monstre que tu es vraiment. Autant lui faire savoir tout de suite, tu ne crois pas ?

Elle m'adressa un petit sourire entendu puis rejoignit la foule.

Je m'appuyai contre la colonne à côté de moi, réprimant ma rage et mon désespoir. Toute cette situation était un tel gâchis !

Pendant des siècles, j'avais partagé le lit de la plus belle femme qui soit. Alors pourquoi, pourquoi, pourquoi n'avais-je jamais ressenti ce que j'avais ressenti en embrassant Bella ? Pourquoi n'avais-je jamais vu le feu brûler dans les yeux d'Aphrodite ? Pourquoi les tambours de guerre n'avaient-ils jamais résonné en moi quand Aphrodite m'embrassait ?

Parce que chaque fois que j'étais avec Aphrodite, je ne faisais attention qu'à elle, réalisai-je.

Je ne faisais jamais attention à moi, à ce que je ressentais. Je ne voulais que son plaisir, son bonheur, sa satisfaction, et me faisais systématiquement passer après elle. Alors qu'avec Bella... Je l'avais désirée pour mon propre plaisir, imaginant ce que cela me ferait d'être en elle, de ressentir son désir pour *moi*...

Je soupirai, en colère contre moi-même. C'était intenable. Une histoire avec Bella était totalement impossible. Pourtant, lorsque je repensai à la blessure sur son visage, à sa colère contre moi, je ne pouvais m'empêcher de ressentir ce sentiment étrange. Celui que j'avais longtemps pris pour de la culpabilité.

Le pire était que je ne pouvais pas lui dire pourquoi nous embrasser était une si mauvaise idée. Je ne pouvais rien lui dire, et pour la première fois de ma vie, je me sentais coupable.

J'essayai de mettre de l'ordre dans mes émotions confuses alors que je regardais la fête, et de leur trouver un sens. J'étais le dieu de la Guerre et, en tant que tel, j'avais une appréciation innée de la bravoure et de l'habileté au combat. Le courage de Bella, son énergie, m'obligeaient à la respecter. Le frisson d'adrénaline que j'avais ressenti après avoir combattu l'hydre devait s'être mélangé au respect que j'avais pour elle, ce qui avait provoqué cet élan de désir. En outre, le fait que je dépendais d'elle pour accéder à mes pouvoirs me donnait l'impression que nous étions proches. Mais ce n'était qu'une impression, *justement*.

Voilà. C'était tout. Ce n'était pas grand-chose, finalement.

Mais, alors, pourquoi ressent-elle la même chose !

Peut-être qu'Éris avait raison ? Peut-être que la meilleure façon d'éviter de commettre une erreur était que je fasse la seule chose qui l'amènerait à me mépriser : lui révéler le monstre que j'étais ? Peut-être que je devrais utiliser à nouveau tout son pouvoir, lors du prochain combat ? Non seulement cela prouverait à Aphrodite que je n'avais aucune attirance pour Bella, mais cela garantirait que Bella et moi ne nous embrasserions plus jamais.

Le sentiment de vide et de perte qui me transperça le cœur en imaginant ne plus jamais goûter aux lèvres de Bella ne fit que renforcer ma détermination.

Je devais mettre fin à l'attirance qu'il y avait entre nous.

VINGT-NEUF

Il était facile de repérer les dieux parmi les invités. Ce n'était pas tant grâce à leur aura qu'à la déférence dont faisaient preuve les autres invités à leurs égards. Encore une fois, je fus déçue de ne pas voir Héra. J'avais hâte de lui poser des questions sur Zeeva et son intérêt pour moi.

Hermès et Dionysos vinrent tous deux me parler. J'appréciai instantanément Hermès, sa barbe et ses cheveux roux illuminèrent mon humeur dès l'instant où il commença à parler. Il me posa de nombreuses questions sur ma condition d'humaine, et l'origine de mes pouvoirs. Lorsque je lui dis que je ne le savais pas, il haussa les épaules, me rassurant en m'apprenant que lui non plus ne savait pas tout de lui-même. Notamment, il m'expliqua avec humour qu'il ne savait même plus combien d'enfants il avait et qu'il avait perdu la trace de ceux dont il se souvenait – l'un des inconvénients d'être immortels, conclut-il, avant de me saluer joyeusement et d'aller parler à une femme qui devait mesurer au moins trois mètres.

Quant à Dionysos, j'avais du mal à le comprendre, avec ses mots confus et son accent étrange. Heureusement, quelques minutes après qu'Hermès soit parti, une petite troupe de femmes silencieuses à la peau couleur écorce – comme celle de la fille du caravansérail – l'emmenèrent avec elles en me lançant des sourires d'excuse.

— Beau combat ! me félicita une voix masculine alors que je regardais, amusée, Dionysos disparaître en compagnie de son harem.

Je me retournai et découvris Douleur, qui me souriait. Il avait l'air vraiment majestueux, dans une toge blanche ornée de broderies dorées, et encore plus de chaînes et de bagues que la première fois que je l'avais vu.

— J'ai hâte de vous voir vous battre à nouveau demain, Arès et toi.

— J'imagine que tu ne vas pas vouloir me dire à quoi nous devons nous attendre ?

Il éclata de rire.

— Tu imagines bien ! En revanche, laisse-moi te dire que tu es ravissante ce soir.

Son regard devint plus sombre, et le malaise que je ressentais chaque fois qu'il était dans les parages me submergea.

— Merci. Je vais rejoindre Éris, dis-je en commençant à me retourner.

— Tu n'es pas n'importe quelle demi-déesse, dit-il doucement.

Je me figeai et me retournai lentement vers lui.

— Je suis surtout humaine, rétorquai-je d'un ton catégorique. Si tu as un problème avec mes pouvoirs, je te suggère d'en discuter avec Arès.

Il allait vraiment falloir que j'aie une discussion avec cet imbécile de dieu de la Guerre, pour qu'il m'explique ce que je pouvais et ne pouvais pas dire aux gens. Vu la réaction d'Éris lorsque je lui avais révélé qu'Arès m'avait appelée la déesse de la Guerre, je faisais maintenant attention à ne pas faire d'impairs.

De toute façon, je n'avais envie de rien dire à Douleur. Ce type me faisait flipper, ce qui était assez rare...

— Tu as les mêmes pouvoirs que nous, me corrigea-t-il d'une voix basse.

Le malaise s'intensifia. Il avait raison. Je partageai les pouvoirs d'Arès, lequel m'avait dit qu'il avait créé les seigneurs de la Guerre. Nous partagions donc quelque chose, en effet.

— Dans ce cas, je suis heureuse que tu aies hérité de la fascination pour la douleur, et moi de la rapidité et de la force., alors je suis content que tu aies le fétichisme de la douleur perverse, et j'ai juste des pieds rapides et un coup de poing solide, dis-je.

Son sourire s'élargit.

— Nous sommes très, très intéressés par toi, Bella.

— Écoute, mec, je crois que j'ai vu assez de tarés pour la soirée. Je vais rentrer ; j'ai un combat à préparer.

Je faisais mine d'être pleine d'assurance mais, en réalité, je n'avais aucune idée de comment retourner au caravansérail. Avec leur manie de se téléporter, je n'avais pas vraiment eu le temps de comprendre comment était faite la ville...

Mais je n'avais qu'une envie : quitter cet endroit. J'avais atteint mon quota de connards pour la soirée, et la tension que je ressentais en cherchant à éviter Arès commençait à être suffocante.

Tant pis si je mettais du temps à retrouver mon chemin...

— J'ai moi aussi besoin de me reposer. Nous allons y aller.

La voix grave d'Arès me fit tressauter l'estomac, et je

ne savais pas si c'était parce qu'il m'avait fait sursauter ou pour une autre raison.

— Tu sais que seuls moi-même ou l'un des douze Olympiens pouvons téléporter un être dans ma ville, déclara Douleur avec un sourire. Mais, allez-y, bien sûr, ajouta-t-il avec un geste dédaigneux de la main.

Arès ne bougea pas, et il faisait trop sombre pour que je puisse voir clairement ses yeux derrière son casque, mais j'étais prête à parier qu'il était furieux. Douleur savait qu'il n'était pas assez fort pour nous téléporter. Et que *je* n'étais pas assez forte pour qu'il utilise mes pouvoirs.

— Renvoie-nous au caravansérail, ordonna-t-il.

— Tes désirs sont des ordres, très cher, répondit Douleur d'une voix sournoise et froide. À demain, donc !

Puis il me jeta un dernier regard et, en un éclair, Arès et moi nous retrouvâmes devant la grande tour étroite au centre d'Érimos.

— Pourquoi n'as-tu pas demandé à l'un des dieux de nous renvoyer, plutôt qu'à ce connard ? demandai-je immédiatement.

— Parce que plus il ajoute de points noirs à sa liste, plus je pourrai le punir quand j'aurai récupéré mon rang.

Je regardai Arès en haussant les sourcils, mais ne répondis rien.

— Tu as mangé ? me demanda-t-il de but en blanc.

— Euh... oui, balbutiai-je, surprise par sa désinvolture. J'ai pris quelques-unes de ces brochettes qui circulaient...

— Bien. Dans ce cas, je vais me retirer dans ma chambre.

— Ah... D'accord, répondis-je, perplexe, ne comprenant pas bien le lien avec le fait que j'aie mangé ou non.

Il commença à monter les marches menant à la tour et je le suivis.

— Arès, Douleur sait que je partage tes pouvoirs, lançai-je finalement. Je ne sais pas ce que je suis censée dire aux gens.

Arès ralentit un instant, puis reprit son pas rapide.

— Dis-leur ce que tu veux.

— « Ce que je veux » ?! Mais je ne sais rien de mes pouvoirs ! Tu ne me dis rien !

— Je t'ai dit que tu étais la déesse de la Guerre. C'est tout ce que tu dois savoir.

Il monta les escaliers et je me dépêchai de le suivre.

— Mais Éris et Perséphone m'ont toutes les deux dit qu'il n'y avait *pas* de déesse de la Guerre !

— Et pourtant, tu es là. Tu vois bien qu'elles ont tort !

— Tu peux t'arrêter et me regarder ?! C'est important !

Il s'arrêta et se tourna vers moi, me fixant à travers les fentes de son casque.

— Non, ce n'est pas très important. Jusqu'à ce que je retrouve mes pouvoirs, je dépends de toi. C'est tout ce qui est important.

— Est-ce toi qui m'as créée, comme tu as créé les seigneurs ? demandai-je, ignorant la douleur que sa brusquerie à mon égard provoquait en moi.

— Non, répondit-il sèchement, avant de se retourner et de repartir encore plus vite.

— Tu es vraiment un connard ! criai-je, mais il ne s'arrêta pas. Tu m'as amenée ici, tu as bouleversé ma vie, tu utilises mes pouvoirs, et tu oses en plus me dire que mon histoire n'a pas d'importance ? Comment peux-tu être si égoïste et insensible ?!

Il ne répondit rien et finit par disparaître de ma vue. Un instant plus tard, j'entendis une porte claquer. Une fureur froide coulait le long de ma colonne vertébrale, et pas uniquement à cause de lui. J'étais en colère contre moi-même. Comment avais-je pu être naïve au point d'imaginer qu'il tenait à moi ? Comment avais-je pu être assez stupide pour l'embrasser ? Et pire, comment pouvais-je avoir eu envie de recommencer ?

Je retournai dans ma chambre et claquai ma porte derrière moi, juste pour lui montrer que je pouvais jouer le même jeu que lui et qu'il ne m'impressionnait pas. J'étais tellement hors de moi que, lorsque je découvris Zeeva sur mon lit, je sursautai en poussant un petit cri.

— *Calme-toi,* me dit-elle.

— Mais tu étais où, putain ?

— *Auprès de ma maîtresse,* répondit-elle en clignant lentement des yeux.

La retrouver me fit du bien. Avec mon petit couteau et mon t-shirt Guns N'Roses, elle était la seule chose véritablement familière que j'avais avec moi, dans l'Olympe. Pendant huit ans, je lui avais confié mes problèmes et, alors que je me débattais avec une foule d'émotions contradictoires et d'informations manquantes, sa présence me soulagea.

— Ah bon ? Eh bien, figure-toi que depuis la dernière fois que je t'ai vue, j'ai vaincu une hydre, j'ai failli perdre mon bras, j'ai embrassé le putain de dieu de la Guerre, j'ai été menacée par la déesse de l'Amour, et j'ai offusqué ce salaud de Douleur. Si tu avais été là, peut-être que rien de tout cela ne se serait passé !

Zeeva agita sa queue alors que je prenais une profonde inspiration, toujours aussi furieuse.

— *Tu l'as embrassé ?*

Je fermai les yeux.

— Oui ! Et Aphrodite est folle, Arès est un con, et je n'aurais jamais dû le faire ! gémis-je.

— *C'est vrai, tu n'aurais pas dû.*

J'ouvris les yeux et la regardai d'un air médusé.

— Zeeva, s'il te plaît. Ce n'est pas d'un sermon dont j'ai besoin. J'ai besoin de savoir d'où je viens, j'ai besoin de savoir comment utiliser mes pouvoirs, j'ai besoin de savoir si je peux faire confiance à Arès. Pourquoi suis-je liée à lui ?

Je m'interrompis juste à temps, avant d'ajouter, *pourquoi est-ce que je n'arrête pas de penser à lui ?*

— *C'est justement pour ça que suis allée voir la reine Héra,* déclara Zeeva, toujours avec calme. *J'avais besoin de sa permission pour t'aider. Quand j'ai vu ce qu'Arès t'a fait lors de ton premier combat, je suis allée la voir immédiatement.*

J'écarquillai les yeux.

— Je croyais que tu t'en fichais de moi ?

— *Ce qui m'importe, c'est que tu survives à ces épreuves absurdes et que tu attrapes ce démon.*

— Pourquoi ?

— *Parce que c'est ce que souhaite ma maîtresse. Je ne peux pas te dire d'où tu viens. Et avant que tu t'emportes, je ne le peux pas parce que je ne le sais pas ! J'ai bien quelques idées, mais je n'en suis pas certaine.*

Je fermai la bouche. Elle avait raison ; j'avais failli m'emporter.

— *Par contre, je peux t'aider à accéder à tes pouvoirs.*

L'excitation explosa en moi.

— Sérieusement ?

— *Oui. Héra et moi pensons qu'il est important qu'Arès ne puisse pas tout reprendre. S'il allait trop loin, il pourrait te tuer.*

Et le moyen le plus simple d'empêcher que cela se produise est de t'apprendre à le contrôler toi-même. Mais, Bella, tu devras utiliser tes pouvoirs avec sagesse et retenue, sinon tu risquerais de te vider toi-même.

— Me vider ?

— *Oui. Beaucoup de demi-dieux qui accèdent tardivement à leurs pouvoirs sont submergés. Si jamais cela t'arrivait durant l'épreuve de Douleur demain, contre un ennemi, cela pourrait t'être fatal. Et Arès serait alors impuissant. Tu m'as bien comprise ?*

— Oui ! Je ne suis pas aussi impulsive que j'en ai l'air, tu sais.

Ce n'était pas tout à fait vrai, mais ses mots firent mouche. Pouvoirs ou pas, je n'avais aucune intention de mourir dans une arène, sous les yeux de Douleur.

— Comment puis-je utiliser mes pouvoirs ? demandai-je, essayant de paraître le plus calme possible.

— *Ta motivation va jouer un rôle crucial. Une fois que tu sauras où sont nichés tes pouvoirs à l'intérieur de toi, il te faudra avoir besoin ou vouloir suffisamment quelque chose pour les activer.*

— Comment savoir où ils se nichent ?

— *Où est ton arme ?*

Je la regardai en clignant des yeux.

— Tu veux dire mon couteau ?

— *Oui.*

Je plongeai la main dans l'une des poches de ma jupe bombée, et en sortis le petit couteau.

— Qu'est-ce qu'il a à voir avec mes pouvoirs ?

— *Tu es liée à cette arme. Il est petit et sans prétention, mais rapide et mortel. Il te représente.*

Je regardai le couteau dans ma paume. Je n'y avais

jamais vraiment pensé de cette manière, mais c'était assez logique, en effet.

— *Sans le vouloir, tu as canalisé tes pouvoirs dans ce couteau depuis longtemps. Il est temps de te les réapproprier.*

Je regardai Zeeva avec étonnement.

— Mais mes pouvoirs ne peuvent pas être dans mon couteau. Quand Arès les utilise, je le sens dans mon ventre. Quand je me bats, ma vision devient rouge, et tous mes sens sont en éveil. Ça n'a rien à voir avec le couteau.

— *C'est parce qu'il y a encore quelques-uns de tes pouvoirs en toi. Mais le vrai pouvoir, le pouvoir divin... Plus tu devenais humaine, et plus il se déversait dans le couteau. Depuis que tu es arrivée ici, chaque fois que toi ou Arès avez accédé à tes pouvoirs, tu avais ton couteau avec toi. Jusqu'à maintenant, tu n'étais qu'un canal. Mais tu vas désormais être la source.*

Je poussai un long soupir, essayant de reprendre mes esprits. Tout cela était si exaltant ! Tout ce que j'avais vécu dans ce monde depuis mon arrivée n'était rien comparé à une révélation aussi énorme ! Je serrai le couteau dans ma main humide, et il commença à chauffer.

— Zeeva, je sens quelque chose, murmurai-je.

— *C'est normal. Maintenant, donne un nom à ton couteau et considère-le comme une partie de toi.*

— *Ischyros,* soufflai-je, puis levai les yeux vers Zeeva, alarmée. D'où vient ce mot ? Comment m'est-il venu à l'esprit ?

— *C'est le nom de votre arme,* me répondit-elle avec un sourire dans la voix. *Cela signifie « puissant ».*

La chaleur du couteau devint intense. Mais, contrairement à la douleur fulgurante que j'avais ressentie en plongeant mon bras à l'intérieur de l'hydre, il me procura un sentiment merveilleux. La chaleur se propagea dans tout mon corps, comme une force imparable, éveillant chaque partie de moi. Puis le couteau se mit à vibrer dans ma main, et alors que la chaleur traversait ma poitrine et semblait s'accumuler sous mes côtes, il brilla d'un rouge vif. Il grandissait.

Je restai bouche bée alors que mon fidèle petit couteau se transformait devant mes yeux, devenant une épée de taille normale. Joignant mon autre main, je le soupesai, et approchai la lame de mon visage pour l'observer de plus près. À cet instant, la chaleur à l'intérieur de moi cessa soudainement de se propager, comme si elle avait trouvé l'endroit où elle devait être.

Je connaissais cette épée. Je connaissais le motif complexe gravé au centre de sa lame. Je connaissais les deux rubis sombres et profonds incrustés de chaque côté du manche or. Je connaissais son poids dans mes mains alors que je la déplaçais de paume en paume. Je la connaissais et je l'aimais.

— *Ischyros*, murmurai-je, sentant une force jaillir dans ma poitrine.

Je levai les yeux vers Zeeva.

— Putain... C'est génial !

TRENTE

BELLA

— Oh non ! soupira Arès dès que je lui ouvris ma porte le lendemain.

Il portait son armure mais tenait son casque sous le bras, et j'eus donc le plaisir de voir son air désespéré. Je le fixai avec un large sourire, tenant mon épée entre nous.

— Et si, mon pote ! J'ai une d'épée.

— Comment as-tu...

— Mettons tout de suite les choses au clair, l'interrompis-je. Je n'ai aucun problème avec le fait que tu utilises mes pouvoirs. À condition que nous les partagions.

Il me regarda d'un air étonné.

— Je ne sais même pas si c'est possible, dit-il lentement. Et d'ailleurs, ce n'est pas parce que tu as une épée que tu peux utiliser tes pouvoirs.

— Oh, tu veux dire comme ça ? demandai-je gaiement, puisant dans la source de chaleur qui s'était nichée sous mes côtes.

Ischyros grandit d'une trentaine de centimètres et sa lame luisait d'un rouge ardent.

Je me gardais bien de lui dire que c'était Zeeva qui m'avait appris à faire ça. Comme elle m'avait appris à soigner des petites blessures, ou encore à protéger mon esprit contre l'influence d'autres dieux. Ce dernier pouvoir, m'avait-elle dit, était le plus important, et elle me força à m'y entraîner un long moment avant de, enfin, me laisser dormir.

Mais faire grandir et briller *Ischyros* était, pour ma part, ce que je trouvais le plus amusant !

Arès plissa les yeux et je sentis un pincement dans mon ventre tandis qu'il grandit lui aussi de plusieurs centimètres.

Je fronçai les sourcils, ne sachant pas comment l'imiter. Surtout que, si je voulais être de la même taille que lui, il me fallait plus que quelques centimètres en plus ! Mais j'avais toujours à l'esprit l'avertissement de Zeeva concernant le fait d'utiliser mes pouvoirs de manière raisonnable. J'avais le temps d'apprendre d'autres trucs. Pour l'instant, l'important était de me concentrer sur le combat que j'allais devoir mener aux côtés de cet idiot, et pas contre lui.

— Tu vois, c'est simple : j'en utilise un peu, et tu en utilises un peu, dis-je d'un air nonchalant.

Arès recula.

— Tu as l'air différente, dit-il, semblant regretter immédiatement de l'avoir dit.

— Ah bon ? Pourtant mes cheveux sont toujours longs, répondis-je maladroitement.

Je portais aussi toujours le bandeau bleu orné de perles qui maintenait mes cheveux en arrière et dégageait mon visage. Je me trouvais pas mal, avec... Et j'avais également trouvé dans l'armoire un pantalon de combat en cuir, ainsi que des bottes qui étaient loin d'être aussi confortables que les miennes avec leurs embouts en acier, mais qui allaient devoir faire l'affaire.

— Nous ferions mieux d'y aller, déclara Arès.

Nos regards se croisèrent et le son lointain et tamisé d'un tambour résonna dans mes oreilles, tandis que le souvenir de notre baiser envahit mon esprit et me réchauffa les joues.

Mal à l'aise, Arès baissa les yeux sur son casque, puis le mit maladroitement sur sa tête.

— Tu as raison, allons-y ! dis-je précipitamment.

La foule dans les gradins autour de l'arène me paraissait encore plus dense et plus bruyante que la veille. Arès nous téléporta directement au centre de l'arène et, alors que je tournais lentement en faisant un signe aux spectateurs, il y eut un éclair rouge et les trois seigneurs apparurent devant nous.

— Quel dommage que tu aies quitté la fête si tôt, hier soir, très cher, déclara Douleur d'un air obséquieux, inclinant la tête.

— C'est vrai. Aphrodite a fait son numéro après que tu es parti. Vous auriez dû voir ça ! C'est une grande déesse, vraiment, ajouta Panique.

Arès se raidit et une colère irrationnelle s'installa en moi.

— Je suis d'accord, si nous devons retenir une chose de ces épreuves, c'est bien la grandeur et la grâce d'Aphrodite, renchérit Terreur, d'une voix sifflante, calme, et terriblement plus cruelle que celle des deux autres.

— Annoncez le dernier combat ! aboya Arès.

Aussitôt, les trois seigneurs inclinèrent la tête avec un sourire narquois, avant de disparaître dans un autre éclair rouge.

La voix de Douleur résonna au-dessus de l'arène.

— Bonjour, Olympe ! Merci d'être venus si nombreux pour voir le puissant Arès, dieu de la Guerre, affronter ma dernière épreuve de douleur !

Quelque chose dans sa façon de prononcer le mot « douleur » suggérait que nous n'allions pas apprécier ce qui allait arriver. J'inspirai profondément, essayant de me rassurer. Cela ne pouvait de toute façon pas être aussi douloureux que lorsque je m'étais brûlé le bras. Et puis, j'avais récupéré des pouvoirs maintenant, et j'avais des onguents pour panser mes plaies, si j'en avais besoin, me répétai-je. Il ne s'agissait que de prouver que nous pouvions endurer son épreuve et je savais que je pouvais gérer, quoi que Douleur ait préparé.

— Comme les fois précédentes, Arès est accompagné de la délicieuse Bella, déesse de la Guerre !

Je me figeai, regardant la foule en liesse.

Bon, eh bien maintenant on est sûrs que ce n'est plus un secret pour personne ! pensai-je, gênée d'être ainsi au cœur de l'attention.

Perséphone ou Éris avait dû leur dire qui j'étais après que nous avions quitté la fête. Je me demandais si cela avait une importance que tout le monde le sache... Les gens savaient-ils aussi que je n'avais pas tous mes pouvoirs ? De toute façon, ils m'avaient déjà vu me battre, alors ils devaient savoir à quoi s'attendre.

Toujours concentrée sur ma respiration, je déplaçai *Ischyros* d'une main à l'autre. Après tout, qu'est-ce que ça pouvait bien me faire ce que pensaient les gens ? Déesse ou pas, j'étais Bella, celle que j'avais toujours été – avec une épée à la place d'un couteau.

— Voici l'épreuve d'aujourd'hui, chers combattants : pour gagner, vous devrez neutraliser les Hécatonchires !

— Les Hécatonchires ? Putain, je t'en supplie, dis-moi que ce ne sont pas ces monstres aux cent mains ! gémis-je en regardant Arès.

— Je crains que si, malheureusement. Ce sont d'anciens Titans ; ils sont exceptionnellement forts.

— Génial ! maugréai-je en serrant les dents.

Le bruit de l'eau jaillissante explosa dans mes oreilles, et la brume rouge envahit ma vision. Je sentais mon épée vibrer dans ma main, et je la serrai plus fort, tandis qu'un délicieux sentiment de confiance et de force me submergea. Ma concentration s'aiguisa et mes muscles étaient prêts.

J'étais née pour cela. Pour me battre.

Avec un rugissement surnaturel, une colonne d'eau jaillit du centre de l'arène, s'élevant à au moins quinze mètres dans les airs, comme un geyser, avant de disparaître aussi brusquement qu'elle était apparue. Mais elle laissa dans son sillage l'une des créatures les plus étranges que j'avais jamais vues.

Encore plus grande que l'hydre, la chose devait mesurer au moins sept ou huit mètres de haut – elle faisait facilement la taille d'une maison. Sa peau caoutchouteuse était pleine de cicatrices, et d'une couleur étrange, comme un mélange non homogène de différents bleus. Ses yeux étaient enfoncés et sombres, et sa bouche trop grande sous son nez écrasé était remplie de dents brunâtres et cassées. Mais tout cela n'était rien comparé à son corps.

La chose était *couverte* de bras. Il y en avait partout. Ils sortaient de chaque morceau de peau disponible sur sa poitrine, ses côtes, ses épaules, son dos, jusqu'à ses hanches. Il devait en effet y en avoir au moins une centaine, chacun se terminant par une main noueuse et griffue à cinq doigts.

— Cottos ! rugit Arès.

Je le regardai avec inquiétude.

— C'est son nom ?

— Enchanté de faire ta connaissance, jeune fille, gronda l'hécatonchire.

Je le regardai avec terreur, choquée.

— Tu peux t'adresser directement à moi, tu sais, ajouta-t-il avec un sourire répugnant.

— Je... Euh... Désolée. Salut ! balbutiai-je.

— J'espère ne pas avoir à te tuer aujourd'hui ; tu as de si beaux cheveux. Mais toi, petit dieu, dit-il en se tournant vers Arès, je suis vais adorer te réduire en miettes.

Ignorant les rires qui s'élevèrent des gradins, je regardai tour à tour Cottos et Arès.

— Je suppose qu'il y a un petit passif entre vous ? demandai-je à Arès en bougeant mes lèvres le moins possible.

— Effectivement, grommela-t-il.

Une brume légère entoura le Titan et, lorsqu'elle disparut, toutes ses mains horribles tenaient soit des arcs soit des flèches.

— Comme tu le vois, ton seigneur de la guerre m'a fourni quelques armes, sourit Cottos, un liquide visqueux coulant du coin de sa bouche.

J'essayai de ne pas montrer à quel point il me dégoûtait, me concentrant plutôt sur les flèches. Mais elles étaient trop loin pour que je les voie correctement.

De toute façon, je n'en eus plus le temps : soudain, il y

eut une secousse, et une vingtaine de ses bras bougèrent. Puis, à la vitesse de l'éclair, le monstre tira au moins dix flèches qui se dirigèrent droit sur nous.

Toute la foule retint son souffle, et le cri de Cottos déchira le silence de plomb.

— Il est temps de mourir, dieu de la Guerre.

Magique ou pas, aucune épée ne pouvait nous protéger des flèches, réalisai-je.

Cette fois, nous étions vraiment dans la merde...

Alors que la vague de flèches s'approchait de nous, je sentis une forte traction dans mon ventre. Puis, soudain, devant mon regard ahuri, toutes les flèches prirent feu et leurs cendres s'écrasèrent au sol.

— Je ne vais pas pouvoir faire ça plusieurs fois ! cria Arès d'un air paniqué, alors qu'il s'élançait vers Cottos. Tu n'es pas assez forte !

Certes, ce n'était pas le moment, mais je ne pus m'empêcher de me sentir indignée par sa remarque. Toutefois, je tins ma langue et m'élançai avec lui. Dès que je me mis en mouvement, je sentis mes jambes plus fortes et plus rapides, et *Ischyros* chauffer dans mes mains.

J'étais à peu près certaine que les flèches de l'hécaton-chire pouvaient atteindre n'importe quelle distance. Et il en avait tellement qu'il pouvait littéralement nous assaillir. En bref, nous n'avions aucune chance de pouvoir leur échapper. Sauf si... Sauf si nous nous placions *en-dessous* de lui.

Arès dut arriver à la même conclusion que moi car il se précipitait en avant, courant en direction des pieds du géant, ses jambes puissantes lui permettant d'aller bien plus vite que moi.

Mais Cottos avait déjà tiré de nouvelles flèches, dont la moitié arrivaient sur moi, et les autres sur Arès.

C'était une véritable pluie de flèches, et mon estomac se tordit alors que je réalisai avec effroi que je ne pouvais absolument rien faire pour les arrêter.

Les flèches ciblées vers Arès durent l'atteindre une fraction de seconde avant moi, car son cri de douleur précéda le premier choc que je ressentis sur mon bras. Immédiatement, d'autres flèches rebondirent sur mon corset en cuir, à la fois sur ma poitrine, mon ventre, et les larges bretelles, mais deux d'entre elles touchèrent ma peau.

Et heureusement que ce ne fut que deux. Car ce n'étaient pas des flèches normales. C'était comme si celle qui avait atteint mon bras gauche était faite de feu. Une sensation de brûlure atroce se répandit dans tout mon corps, déchirant ma peau. Quant à l'autre, qui avait touché ma cuisse, traversant mon pantalon en cuir, elle provoqua au contraire l'impression que ma jambe était gelée, accompagnée d'une douleur glaciale si intense que je pouvais à peine respirer.

Alors que la douleur dans ma jambe et mon bras commençait à me submerger, m'obligeant à ralentir, je sentis un tiraillement dans mon ventre. Arès cessa de crier, et je me souvins subitement que je pouvais utiliser mes pouvoirs.

Je me concentrai sur le puits de puissance sous mes côtes, et sur l'agonie de mon corps. Alors, une chaleur apaisante prit vie à l'intérieur de moi et se propagea rapidement dans tout mon corps. La douleur diminua, et ma force et ma vitesse réapparurent.

Je me remis à courir en direction des pieds de Cottos, et faillis entrer en collision avec Arès. Lorsque nous fûmes près de lui, le géant piétina en rugissant. Nous n'avions que quelques secondes pour bouger, mais ma capacité à appréhender les mouvements de mes adversaires fut obstruée par les vagues de feu et de glace qui continuaient de me submerger malgré le fait que la douleur soit moins intense. Je touchai l'endroit où la flèche avait atteint ma cuisse, mais ne sentis rien.

— Les flèches sont absorbées par ton corps, haleta Arès, alors que nous sautions tous les deux sur le côté, prenant soin de restant sous Cottos qui continuait de piétiner, essayant de nous faire sortir.

— Vous ne réussirez pas à me vaincre, de là-dessous ! cria le géant, avant d'éclater de rire.

Soudain, j'eus une révélation, me souvenant des hommes contre lesquels je m'étais battue, sur les rings, protégeant leurs parties génitales. Je regardai Arès en arquant les sourcils.

— Tu crois que nous pouvons aller sur ses couilles ?

Il me regarda un bref instant, l'air interloqué, puis, à l'unisson, nous levâmes tous les deux les yeux vers les organes génitaux du géant, recouvert de tissu. Ils étaient là, juste au-dessus de nous, et je réprimai une violente envie de vomir. C'était répugnant. Mais, même si ce n'était pas une manière de combattre ni très orthodoxe ni très régulière, nous n'avions pas le choix. Cottos n'allait pas tarder à nous tuer !

Sans perdre une seconde, Arès sauta sur la jambe en forme de tronc d'arbre du géant. Il faisait deux fois sa taille, et Cottos leva son énorme membre, et le secoua tandis, qu'Arès se hissait le long de la chair caoutchouteuse, atteignant facilement le bas du short de Cottos. Une autre vague de douleur traversa alors mon corps et me poussa à agir. À mon tour, je me jetai sur l'autre jambe du géant et commençai à grimper.

— Descendez ! beugla Cottos en secouant et en frappant au sol ses deux jambes, l'une après l'autre. Je m'accrochais à tout ce que je pouvais, essayant d'ignorer à quel point sa peau était visqueuse. Une fois que j'atteignis son short, c'était plus facile, le tissu offrant plus de prises.

Une main répugnante glissa vers moi, et j'eus à peine le temps de l'esquiver. Alors que j'étais tout près de ses avant-bras, il tira une flèche dans ma direction, mais il me manqua de peu. J'en profitai alors pour gagner l'intérieur de sa cuisse et descendre plus bas, hors de portée de ses bras bizarres.

Un autre tiraillement dans mon ventre. Je regardai en direction d'Arès pour voir ce qu'il faisait.

Je sus tout de suite que quelque chose n'allait pas.

Il était à quelques mètres au-dessus de moi, sur le devant de la cuisse de Cottos, évitant les flèches que le monstre lui lançait. Mais quelques-unes durent le percuter car je le vis tressaillir à plusieurs reprises. Je me concentrai sur ses yeux, essayant de les apercevoir à l'intérieur de son casque. Ils étaient rivés sur les miens et, malgré la distance, je lus dans son regard que quelque chose qui n'allait pas.

Le tiraillement dans mon ventre devint une violente déchirure, et Arès fut enseveli dans un nuage doré, se déplaçant si soudainement et si vite que sa silhouette devint floue. Je ne voyais presque plus rien.

Ce putain de connard, ce traître, était à nouveau en train d'utiliser tous mes pouvoirs.

La fureur m'emplit instantanément, plus brûlante et plus intense que la douleur provoquée par les flèches.

Puis, soudain, la chaleur sous mes côtes explosa, et je tirai sur la corde invisible dans mon ventre aussi fort que possible, hurlant, pour essayer de faire cesser le mal.

Arès tomba. Je vis sa silhouette floue et dorée passer à toute vitesse devant moi, avant qu'il ne s'écrase au sol avec un grognement et un bruit de casse métallique. Mais je le remarquai à peine. Car, moi, je rayonnais.

Je fixai mes bras, toujours accrochée au short de Cottos. Ils brillaient d'or. Cottos leva à nouveau la jambe, mais c'était comme si nous étions sous l'eau : ses mouvements étaient au ralenti. Je vis un bras se tendre vers moi, pour me donner un coup, mais j'avais devant moi une éternité avant qu'il ne m'atteigne. Il était si lent...

Saisissant ma chance, et profitant de la force dans mes bras et mes jambes, je m'élançai plus haut. Je grimpai à une vitesse qui m'étonnait moi-même et, dès que j'atteignis la taille de Cottos, je montai plus haut en m'aidant de ses nombreux bras, trop lents pour pouvoir m'atteindre, et grimpai comme un singe à un arbre, sautant d'un bras à l'autre comme si je l'avais fait toute ma vie. Au moment où j'atteignis son cou, je me mis à luire d'une lumière dorée, voyant la pupille du géant se contracter et ses yeux s'élargir, avec une lenteur qui me permettait d'observer chaque détail.

Le Titan m'avait sous-estimée, et il en payait maintenant le prix !

Bondissant sur ses énormes épaules, j'attrapai l'une de ses oreilles, de la taille de ma tête, et tirai *Ischyros* de son fourreau, attaché à ma ceinture.

— Abandonne ! dis-je au Titan, alors que le bout de mon épée était à seulement quelques centimètres de son œil gauche.

Le monde autour de moi s'accéléra à nouveau et j'entendis la foule devenir totalement silencieuse alors qu'elle observait la scène devant elle. Cottos prit une profonde inspiration, braquant son œil énorme sur moi.

— Bravo, jeune fille, tu as gagné cette fois-ci ! dit-il.

Puis il disparut dans un éclair vert, et le gong retentit.

TRENTE-ET-UN

Alors que je tombai dans le vide, je tirai fort sur la chaleur à l'intérieur de moi pour tenter de stopper ma chute. Lorsqu'enfin j'atterris sur un coussin moelleux, je poussai un soupir de soulagement, roulant sur le côté pour me redresser.

— Comment as-tu fait ça ? gronda la voix d'Arès.

Mais la foule rugissait tellement fort que je l'entendis à peine. Je me tournai pour lui faire face.

— Connard ! hurlai-je, emplie d'une rage comme je n'en avais jamais connu.

Je brillais à nouveau, luisante et féroce, et je tenais *Ischyros* contre la poitrine d'Arès.

— Je te faisais confiance, putain ! Et toi tu allais recommencer ! Tu allais me vider complètement et me briser !

J'étais furieuse. Et je savais, au fond, que je me sentais d'autant plus trahie après ce qu'il s'était passé entre nous. Le fait qu'Arès m'ait repoussé n'avait pas changé mes sentiments pour lui, et la conviction que nous étions faits l'un pour l'autre.

Mais le comportement qu'il venait d'avoir avait tout gâché.

— C'était le moyen le plus rapide de gagner le combat et d'en finir, se justifia-t-il, juste assez fort pour que je l'entende. Tu aurais récupéré.

— Non ! Je me fiche de tes excuses ! Tu sais ce que ça fait d'être dépouillé de ses pouvoirs ! Tu le sais parfaitement !

Des larmes de rage brûlantes coulaient le long de mes joues.

Non, je ne veux pas pleurer devant lui ! me dis-je, me concentrant sur ma rage.

Alors ma peau devint plus lumineuse.

— Je ne savais pas que tu avais le pouvoir de le vaincre toi-même. Je ne savais pas que tu étais aussi forte. Pourquoi ne me l'as-tu pas dit ?

— Pourquoi je ne te l'ai pas dit ? Tu es sérieux, putain ?! Tu n'es pas en position de m'accuser de quoi que ce soit, salaud de menteur !

Le feu dansait dans ses yeux, mais il n'y avait pas de tambours. Et plutôt que de me séduire, je n'avais qu'une envie, cette fois : éteindre les flammes.

— J'ai pris une décision stratégique.

— Je te déteste, putain !

Les mots étaient sortis de ma bouche avant que je puisse les arrêter, et je me haïssais de me faire ainsi passer pour une adolescente hystérique. Ou une maîtresse trahie.

— Je ne partagerai jamais, jamais, mes pouvoirs avec toi ! Tu ne les mérites pas, espèce d'égoïste, de petit con arrogant...

Ma tirade fut interrompue par les seigneurs de la

Guerre qui apparurent autour de nous, Terreur tapant lentement dans ses mains de marbre.

— Arès et Bella viennent de remporter la première épreuve ! s'exclama Douleur, sa voix résonnant dans toute l'arène ! Et ils pourront bientôt participer à la prochaine épreuve, celle de mon frère, Panique !

La foule continua à rugir et à applaudir, mais je gardai les yeux rivés sur Arès. Comment avait-il pu me faire ça ? Après avoir combattu à mes côtés, m'avoir *soignée,* m'avoir *embrassée* ! Comment avait-il pu essayer de me vider mes pouvoirs au péril de ma vie, une seconde fois ?

— Peut-être devrions-nous poursuivre cette petite conversation ailleurs, qu'en dites-vous ? proposa Terreur d'un ton soyeux. Les habitants de l'Olympe aiment le drame, mais il est toujours bon de garder une certaine dose d'intimité...

Aussitôt, un flash de lumière nous transporta dans la loge surplombant l'arène.

— Arrête de faire ça, putain ! hurlai-je en direction de Douleur. J'en ai marre d'être trimballée partout sans être prévenue !

— Pourtant, il semblerait que tu sois bientôt capable de le faire toi-même, répondit Douleur avec un sourire. Tu es une élève douée...

— Et toi tu es aussi con que lui ! rétorquai-je. Renvoie-moi au caravansérail. Maintenant !

J'avais besoin d'être seule, de pouvoir déverser ma rage. Je sentais mon sang bouillir. Une minute de plus en compagnie de ces pervers malhonnêtes, et je perdrais complètement le contrôle de moi-même. Or, maintenant que je brillais et que j'avais une épée magique, cela semblait être une très mauvaise idée.

— Tu ne veux pas voir ton ami avant de partir ? demanda Terreur.

Je me figeai sur place.

— Quoi ? Comment cela ? Quel ami ?

— Ton « ami »... Tu t'es montrée si vaillante, dit-il d'une voix doucereuse, que nous avons pensé que tu méritais une récompense.

Je fixai son visage de pierre, son regard noir, tandis que ma tête bourdonnait. Je ne pouvais pas faire confiance à cet homme, ni à ses deux frères. Il était impossible qu'ils veuillent m'aider ou me récompenser.

— Nous nous sommes dit que, comme tu n'étais pas celle qui était directement visée par les Épreuves, il était juste que nous te donnions la chance de capturer le démon toi-même. Sans avoir à te battre.

Clairement, ils essayaient de nous séparer, Arès et moi. Ils savaient qu'il perdrait s'il ne m'avait pas.

Je regardai le dieu de la Guerre, et il me fixa en retour sous son casque, mais je fus incapable de déchiffrer l'émotion qu'il y avait dans ses yeux.

Et je m'en fichais.

— Comment ? demandai-je en me retournant vers les seigneurs.

Terreur agita sa main, et un nuage se forma devant nous, avec des images à l'intérieur, d'abord floues puis de plus en plus nettes. La pièce pleine de lits en pierre que nous avions vue précédemment était là, devant nous, mais, cette fois, les lits étaient tous vides.

— Il te suffit d'entrer par ce portail et de rejoindre cette pièce répondit Terreur. Mais, attention : si tu captures ou tues le démon toi-même, Arès ne pourra pas honorer la demande d'Océanos et ne récupérera pas ses pouvoirs. En revanche, tu pourras sauver ton ami et éviter que quelque chose ne lui arrive.

Mon cœur galopait dans ma poitrine, et j'étais prise dans un tourbillon d'émotions. Je me tournai vers Arès. Si je passais ce portail, je signais son arrêt de mort.

Mais n'était-ce pas ce qu'il avait fait avec moi ? N'avait-il pas pris le risque de me faire mourir ? Il pouvait survivre aux Épreuves sans pouvoirs. Il était assez fort pour cela.

Je regardai à nouveau les images dans le nuage. Il y avait du sang séché sur les lits en pierre, et une vision de Joshua avec ses yeux vitreux morts et sa poitrine ensanglantée s'imposa à moi.

Si j'avais une chance de le sauver maintenant, je devais la saisir.

Tournant la tête vers Arès, j'ouvris la bouche avec l'intention de lui dire que j'étais désolée. Mais, en le voyant, la rage s'empara de moi à nouveau, et je ne dis rien. Il avait essayé de me vider de mes pouvoirs. Pour la deuxième fois. Alors qu'il avait juré qu'il ne le ferait plus. De toute évidence, il n'en avait rien à faire de moi.

Et je ne lui devais rien.

Agrippant *Ischyros* fermement dans ma main, j'entrai par le portail.

MERCI POUR VOTRE LECTURE !

Merci d'avoir lu *Le dieu guerrier*. J'espère que ce livre vous a plu ! Si c'est le cas, je vous serais très reconnaissante de me donner votre avis. Cela m'aide beaucoup ! Il vous suffit de cliquer ici et d'écrire quelques mots. Ce serait formidable de votre part :)

Vous pouvez commander le prochain livre, *Le dieu sauvage*, ici.